余冠英作品集

汉魏六朝诗选

余冠英 选注

中華書局

图书在版编目(CIP)数据

汉魏六朝诗选/余冠英选注. —北京:中华书局,2012.9
(2022.3 重印)
(余冠英作品集)
ISBN 978-7-101-08753-6

Ⅰ.汉… Ⅱ.余… Ⅲ.古典诗歌-诗集-中国-汉代~魏晋南北朝时代 Ⅳ.I222.73

中国版本图书馆 CIP 数据核字(2012)第 128876 号

书　　名	汉魏六朝诗选
选 注 者	余冠英
丛 书 名	余冠英作品集
责任编辑	宋凤娣
出版发行	中华书局 (北京市丰台区太平桥西里 38 号　100073) http://www.zhbc.com.cn E-mail:zhbc@zhbc.com.cn
印　　刷	北京盛通印刷股份有限公司
版　　次	2012 年 9 月北京第 1 版 2022 年 3 月北京第 9 次印刷
规　　格	开本/880×1230 毫米　1/32 印张 14¾　插页 2　字数 235 千字
印　　数	36001-42000 册
国际书号	ISBN 978-7-101-08753-6
定　　价	29.00 元

出版说明

源远流长的中华传统文化孕育了浩如烟海的中国文学传统典籍，而随着时间的推移和文化的不断发展、变迁，曾经通俗易懂的民歌和朗朗上口的诗歌对现代读者而言却形成不小的挑战。为使读者在较短的时间了解和欣赏中国古典文学的精华，出现了众多的古代文学选本，其中余冠英先生选注的《诗经选》、《三曹诗选》、《乐府诗选》、《汉魏六朝诗选》自二十世纪五十年代出版以来，一再重印，广受读者欢迎。

余冠英先生(1906—1995)是中国古典文学专家，1931 年毕业于清华大学，曾得到杨树达、陈寅恪、黄节、刘文典、朱自清、俞平伯等著名学者的亲炙。后在清华大学、西南联大等校任教。1952 年任中国科学院文学研究所研究员。后任文学所副所长、学术委员会主任、《文学遗产》杂志主编、国家古籍整理出版规划小组顾问。余冠英先生不仅在大学讲授中国文学史，各体文习作、历代文选和国文教学实习指导，还曾主编了《国文月刊》的第三期至第四十期。《国文月刊》是抗战时期在上海孤岛极其艰难的环境中发行的著名学术期刊，这本以国学专家写作深入浅出的文章，介绍中国语言文字及文学上的基本知识给青年读者为宗旨的刊物，因保全中华文化命脉而驰誉一时。

“余冠英作品集”所收录的《诗经选》、《三曹诗选》、《乐府诗选》和《汉魏六朝诗选》至今仍被专家公认为现代选注本中的经典之作。余冠英先生善于在纵向的文学发展的历史长河中评价每位作家、每首诗的地位，并在与同时代作家、作品的横向比较中分析其特色，从而客观地评估其历史价值。在每种选本的“前言”部分，余冠英先生都对所选篇目和作家进行了深入的评析和阐发。这几种选注本集中体现了余冠英先生博洽精深、自成一家的学术追求，其翔实的资料、严谨的观点中折射出令人叹服的学术功力和公允、平易的学风。

此次出版“余冠英作品集”，以余冠英先生生前最后的修订本为底本重新排版设计，版面更加疏朗大方。对原书除修订部分注音、调整一些注释体例外，一仍其旧。相信读者在阅读这些经典选本时，在学术大家的引领下能更深入地体悟到中国古典诗歌的艺术魅力。

中华书局编辑部

2012 年 8 月

目　录

汉　诗

魏　诗

晋 诗

宋　诗

齐　诗

梁　诗

陈　诗

北朝诗

隋　诗

前　言

从汉兴到隋亡约八百年。在这一段时间里，诗歌园地中生长了不少花果。我们想通过这个选集向读者介绍其中重要的部分。

这里选录的诗约三百首，其中有几组或几家的诗选得比较多，从数量上可以看出这些是重点部分。在汉代诗歌里重点部分是乐府歌辞中的民歌和无名氏的五言诗（包括《古诗》和曾经被误认为李陵、苏武所作的那些“别诗”）。魏代的重点是曹植和阮籍的诗。西晋的重点是左思的诗。东晋的重点是陶渊明的诗。刘宋一代以鲍照的诗为重点。南齐以谢朓的诗为重点。南北朝的乐府民歌各为重点之一。庾信的诗也是一个重点。从这些重点部分可以看出乐府民歌和无名氏的作品在汉魏六朝诗里占了不小的分量。

这个选集分为九部分：汉诗、魏诗、晋诗、宋诗、齐诗、梁诗、陈诗、北朝诗、隋诗。

从汉魏六朝诗的发展过程看来，两汉是由于民歌被大量集中、整理、加工，在《诗经》、《楚辞》之后开创诗坛新局面，又在这些民歌的丰富营养和《诗经》、《楚辞》的一定影响之下，产生五言诗体的时代。魏晋诗歌(以五言为主)在曹植、阮籍、左思、陶渊明这些优秀作家的手里,沿着一条现实主义道路,继续发展,形成《古诗》之后的新的典范。在东晋、宋、齐,长江流域和汉水流域产生大量民歌,宋、齐是诗歌在民歌的新影响和其他新条件、新要求之下变化翻新的时代。梁至隋是"宫体诗"的逆流泛滥,形式主义的影响较大,杰出作品比较稀少的时代。北朝诗歌除民歌呈现异彩之外,文人诗的作风和梁、陈大体相似。

关于各阶段诗歌的具体特征,在下文还要说明。

一

在汉初的六七十年间诗坛还十分寂寞,高祖唐山夫人的《安世房中歌》和韦孟的《讽谏诗》、《在邹诗》,曾经被封建时代的文人认为"大文字",其实这些文字不过是模仿《诗经》、因袭《楚辞》,毫无意义,还不如《垓下》、《大风》之类的抒情短歌,表现新鲜的风格。这两首都是楚歌体,楚歌原是楚地的民间形式。我们以《垓下歌》和《大风歌》填充这一段空白,可以表示汉初诗歌和楚文学的衔接。

从汉武帝立乐府、采诗合乐以后,许多闾巷歌谣被记录、集中,因而流传。尽管这些民歌不免在记录和配乐的时候被统治阶级所改动,但它们的"感于哀乐,缘事而发"的现实主义精神和劳动人民的粗犷气息终不能掩。

这些诗真实地直接描写了下层人民的悲苦生活。例如《妇病行》写一个穷人，妻死儿幼，向人乞讨；《十五从军征》写一个老兵，从十五岁服兵役直到八十岁，临了却无家可归。只有生活在这些受难者之间的人，才会以那样同情的精神歌唱这些故事。

这些诗也反映了人民对于这种生活的不满和反抗，例如《东门行》，写一个贫民因为无衣无食铤而走险，《战城南》和《东光》写军士对于战争的诅咒，都有鲜明的斗争性。

这些诗也描写了上层社会的生活，用人民的眼光来作批评。例如《陌上桑》暴露了使君的丑恶和愚蠢，赞美了罗敷的坚贞。《陇西行》称扬了一个独力支持门户的“健妇”。其中的爱憎褒贬，显然和统治阶级文人所持的标准有别。

上面所举的例子都是叙事诗。徐祯卿《谈艺录》云：“乐府往往叙事，故与诗殊。”以叙事为主确实是汉乐府民歌最显著的特色。《诗经·国风》里没有叙事诗，南朝乐府民歌里也没有叙事诗，北朝乐府民歌里只有一首《木兰诗》，而汉代叙事乐府在十五篇以上。本书所选还有《孤儿行》、《艳歌行》、《孔雀东南飞》、《上山采蘼芜》等篇，这些诗或写生活中小小的片段，或叙有头有尾的故事，反映社会上大大小小的矛盾。汉乐府因为多叙事，篇幅一般也比较长，像《孔雀东南飞》那样一千七百多字的长篇，代表汉乐府叙事诗发展的顶峰，在文学史上是非常突出的。

汉乐府里的民歌正与《诗经·国风》和南北朝乐府里的民

歌相似，不乏表现男女爱情的作品，但是在汉乐府里却有几篇因为特别慷慨、强烈，给人不同的印象。例如《上邪》篇，一气连举五件事来发誓，说明除非天地合并、世界毁灭，爱情不会终止。这和《诗经·鄘风·柏舟》的“之死矢靡它”和《吴声歌曲·欢闻变歌》的“没命成灰土，终不罢相怜”本是同样的感情，但这里却写得如此的奔放。又如《有所思》写相思变态，那样激动，《公无渡河》写悲歌长号，那样地如闻其声，都是淋漓尽致，给人很强烈的感动。

不仅写男女之情是这样，像《古歌》写旅客的哀愁，《蒿里》写死生的伤感，前者气象惨急，后者简直高亢，都是喷涌而出，不加含蓄的。在汉代的乐府民歌里此类例子也见特色。

比兴的运用在汉乐府民歌里有所推广。《豫章行》和《南山石嵬嵬》通篇用树木喻人，《枯鱼过河泣》、《乌生》和《艳歌何尝行》通篇将鱼鸟拟人，都显出活泼的想象力，使读者感到“奇趣”。在《诗经·国风》里只有《鸱枭》一篇可比。

今天还存在的汉乐府民歌并不多，但内容却异常丰富，它们真实地揭露封建社会种种矛盾，艺术特色又极鲜明，不但本身是文学宝库里灿烂的珠玉，而且给作家无穷的启发，引起热烈的模仿，影响了诗歌发展的道路。

汉乐府民歌原来句式没有一定，汉初的《薤露》、《蒿里》两歌和武帝、宣帝时代的《铙歌》都是杂言。后来却趋向整齐的五言诗体。文人仿作乐府，兴趣偏于五言，到了汉末便形成五言诗特别繁荣的气象。

汉末的许多五言诗，因为作者的姓名不可考，从晋代以来就被称为“古诗”。其中有十九首被萧统收入《文选》，代表当时五言诗最高的成就。这些“古诗”大多数是文人模仿乐府民歌而作，其中有许多是入乐的歌辞〔一〕。

关于“古诗”的作者，在齐、梁时代曾有一些传闻臆测之词，《文心雕龙·明诗篇》：“古诗佳丽，或称枚叔。其《孤竹》一篇，则傅毅之词。”《诗品》上：“《去者日以疏》四十五首，……旧疑是建安中曹、王所制。”其实“古诗”不可能产生于枚乘时代，钟嵘就有“王、扬、枚、马之徒，辞赋竞爽，而吟咏靡闻”之说（见《诗品·总论》），西汉除少数五言歌谣之外并无五言诗，所有传为西汉之作的五言诗实际都是东汉作品，这些经近人考订，已有定说，不需要详细说明了。“古诗”也不可能产生于傅毅时代。傅毅与班固同时，班固有《咏史》五言诗一首，钟嵘评为“质木无文”（《诗品·总论》），其时文人才开始试作五言诗，还不可能有《冉冉孤生竹》这样的成熟之作。如果傅毅曾作五言诗，钟氏《诗品》竟不提一字，也是不可能的。

如果说“古诗”产生于曹植、王粲的时代，也有很多疑问。因为《古诗（青青陵上柏）》所描写的洛阳情况还是第宅罗列，冠盖往来。另一首与洛阳有关的《古诗（驱车上东门）》也并未

〔一〕“古诗”的《青青陵上柏》、《迢迢牵牛星》、《兰若生春阳》、《上山采蘼芜》等篇，唐、宋人引用时称为“古乐府”。其余又有诗句像歌人口吻或体制上带有乐府歌辞的特色，都表明它们曾经入乐。

反映洛阳的残破。到曹、王时代，洛阳早经过董卓的焚烧，已变成“垣墙皆顿擗，荆棘上参天”（见曹植《送应氏诗》）了。此其一。《世说新语·文学篇》记载王恭称“所遇无故物，焉得不速老”为“古诗”佳句〔一〕。王恭是晋代人，晋代人对于魏代的诗不应该不知道作者而称为“古诗”。如果属于曹、王等名家，更不应该不知道。此其二。曹植诗曾受到“古诗”的一些影响，例如《怨诗行》、《浮萍篇》、《游仙》和《门有万里客行》等篇都有用“古诗”或仿“古诗”词句的地方。显然“古诗”应在前。此其三。由于上述理由，我们相信近代一般文学史研究者的看法，“古诗”应是东汉桓帝、灵帝时代的产品。不过这也是大概的说法，“古诗”各篇的风格虽然大致相近，终究不是一人一时之作，很难说其中没有少数诗篇略早或略晚于桓、灵之世。尤其是建安时代，紧相衔接，现存的建安诗和“古诗”相似的也不少，“古诗”中杂有少数建安时代的作品也并非绝对不可能。“古诗”中既有许多曾经入乐的歌辞，它们在传唱中也许屡经润饰。郑振铎先生怀疑《十九首》到建安曹、王之时才润饰到如此完好（《插图本中国文学史》），这也是可能的。

“古诗”的作者既然姓名不彰，何以见得其中大多数是出于文人之手，而不是出于民间呢？这是从“古诗”内容可以看出来的，像“驱车策驽马，游戏宛与洛”、“思君令人老，轩车来

〔一〕这两句属于《古诗十九首》中的《回车驾言迈》篇。

何迟”、“昔我同门友,高举振六翮”等等,所反映的生活都不是下层人民的生活。又如“盛衰各有时,立身苦不早”、“不如饮美酒,被服纨与素”、“何不策高足,先据要路津”、“委身玉盘中,历年冀见食”、“人倘欲我知,因君为羽翼”等等,所反映的思想都不是下层人民的思想。其次,从诗的语言也可以判定。像“晨风怀苦心,蟋蟀伤局促”,用《诗经》中的篇名,“道路阻且长”用《诗经》中的成语,“弃我如遗迹”用《国语》中的词汇,这类的例子很多,表明“古诗”中有许多知识分子语言。此外,《涉江采芙蓉》篇用《楚辞》的意境,也见出是文人之作。

“古诗”中杂有少数民歌。这也是从内容和语言可以辨别的。像《十五从军征》和《上山采蘼芜》所反映的生活都属下层,语言风格具有民歌的特征,和乐府中的“街陌谣讴”没有分别,断非文人所能模仿。这类诗,本书虽从一般选本惯例,列在“古诗”,注中已说明它们和一般古诗的区别。上文已经将它们作为乐府民歌的例子来举述了。

“古诗”的大多数虽是文人之作,但因为它们是模仿乐府民歌的,题材并没有超出乐府民歌中最普遍的相思、离别、客愁和一般的人生慨叹等等。“古诗”也常常套用乐府民歌的句子,如“相去日已远,衣带日已缓”、“浮云蔽白日”、“弃捐勿复道”、“客从远方来”等等。有些“古诗”可能是根据民歌加工改写的,痕迹显明者如《生年不满百》篇,将原系杂言的乐府民歌《西门行》改为五言。正如《玉台新咏》所载的《飞鹄行》把杂言的《艳歌何尝行》改为五言。模仿与加工改写就是民歌过渡到文人制作的一般过程。

“古诗”作者专仿乐府民歌中的抒情之作，而表现方法却倾向于委曲含蓄，婉而多讽。其中游子他乡和失志彷徨之词表现作者处于衰乱之世的苦闷，哀怨虽深却只是“平平说出，曲曲说出”〔一〕，至于模拟思妇之词更是如此。后代评论者往往称赞它们“直而不野”〔二〕，或“清和平远”〔三〕。“古诗”的语言虽然带文人诗的色彩却不失为生动自然，和乐府民歌相去不甚远，所以给读者的印象是“若秀才对朋友说家常话”〔四〕。

过去称为苏、李赠答的那些五言诗同样具有上述的风格特征。所以王士禛《渔洋诗话》说：“《河梁》之作与《十九首》同一风味。”钟嵘《诗品》提到“古诗”的篇数有五十九首〔五〕，现存的“古诗”却不足此数，很可能因为被人附会，加上作者名字而划到“古诗”以外去了。所谓枚乘《杂诗》、苏、李赠答，都是这样采的。枚乘的《杂诗》本是“古诗”，比较容易辨明，因为有《文选》作证。苏、李赠答既与《十九首》相类，我们也不妨这样揣测。本书将过去题为苏武、李陵作的五言诗改题为《别诗》（因其内容都写离别），列在“古诗”之后，表示它们属于相同的时代，同是建安诗的前驱。

〔一〕朱自清语，见《朱自清文集》四。

〔二〕见《文心雕龙·明诗篇》。

〔三〕沈德潜语，见《古诗源》卷上。

〔四〕谢榛语，见《四溟诗话》卷三。

〔五〕《诗品》上：“陆机所拟十四首。文温以丽，意悲而远，惊心动魄，可谓一字千金。其外《去者日以疏》四十五首，虽多哀怨，颇为总杂。”

二

魏、晋两代共约二百年,这时期是五言诗发展的重要阶段,是文人五言诗优良传统构成的关键时期。

紧接着"古诗"时代的是建安时代。建安文学以曹氏父子为中心,其他重要作家都是曹氏的僚属。"七子"中除孔融和阮瑀之外都活到公元216年曹操立为魏王以后。曹操本人既算作魏代诗人,其余作者自当放在魏代叙述。

建安诗人写作了许多乐府歌辞,从民歌吸取营养,五言的抒情诗是他们的作品中的主要部分。其中有些和《古诗》很相近,例如曹丕的《漫漫秋夜长》、《西北有浮云》,曹植的《明月照高楼》、《浮萍寄清水》等篇都和《十九首》相似。不过总的说来,这两个时代的诗歌风格是不同的。

关于建安诗歌,《文心雕龙》总括地说明道:"文帝、陈忠、……王、徐、应、刘,……慷慨以任气,磊落以使才。"(《明诗篇》)又道:"观其时文,雅好慷慨,良由世积乱离,风衰俗怨,并志深而笔长,故梗概而多气也。"(《时序篇》)作为建安诗风格特征的正是这"慷慨任气",而《古诗》的风格,如果同样用《文心雕龙·明诗篇》的话来说明,就是"怊怅切情"。

建安诗的慷慨有两种主要的内容:一是对于乱离中人民疾苦的悲悯之心;一是要求澄清天下、建功立业的热情壮志。前者在那些具体叙写丧乱的诗中表现得最明白,如曹操的《薤露行》、《蒿里行》，王粲的《七哀》都是。后者表现于那些忧时与自述的诗句。例如曹操《秋胡行》道：“不戚年往，忧时不治。”《步出夏门行》道：“烈士暮年，壮心不已。”曹植《鰕䱇篇》道：“高念翼皇家，远怀柔九州。抚剑而雷音，猛气纵横浮。泛泊徒嗷嗷，谁知壮士忧！”《薤露行》道：“人居一世间，忽若风吹尘。……怀此王佐才，慷慨独不群。”这些慷慨之音，不但反映了社会的丧乱，也反映了这个时代文人的积极精神。用曹植的话说，正是所谓“烈士悲心”（《杂诗》），和《古诗十九首》中的那些哀怨显然是不同了。建安时代社会大动乱尚未平定，和还处在暴风雨前夕的桓、灵之世不同。建安作家是半生戎马或备历忧患，能深深体会时代苦难的知识分子，和仅仅因为处在衰世而彷徨苦闷或因漂泊失意而忧伤慨叹的“古诗”作者也不同。因此反映在他们作品里的情调，有上述的差异，是不难理解的。

曹植由于政治上受压抑的特殊遭遇，要求表现才能，要求从“圈牢”中解放和要求传名后世的心特别迫切。因此产生一些求自试的诗，歌颂游侠的诗，或借游仙、咏史、赠别及寓言表示苦闷、发抒抑郁的诗。这些诗也往往带着强烈的感情，表现鲜明的个性。

建安诗比“古诗”题材更丰富，境界较阔大，这些是显而易见的。在曹植的诗中有了诗人自己的“我”，有了更华茂的词采，这都是作家诗的特色。不过在曹植的笔下依然保存着闾里歌谣刚健清新、明白诚恳的本色，不致因为运用“雅词”而致柔弱，或丧失自然。曹植也有些五言诗和“古诗”相近，上文已经举例了。他的赠别诗和所谓苏、李诗也有很相似的，《赠应氏》第二首尤为显然。语言风格的自然是这些诗的共同特色，它们所属的时代本来相去不远啊。

钟嵘《诗品》认为“古诗”和曹植的诗都“出于国风”，如果这话的意思是说它们导源于民歌，却是不错的，它们都和汉乐府民歌有密切的关系。不过它们也都受到《楚辞》的影响。除开词语的沿用不论，“古诗”里那些“失志”之作(如《古诗(明月皎夜光)》等)就通向《楚辞》，其独语、叹喟的情调近于《九辩》。曹植诗中的《盘石篇》和《游仙》诸作，命意都像《远游》。其余忧谗畏讥、牢骚哀怨之作也通向《楚辞》。五言诗从“古诗”到曹植，再进一步到阮籍笔下，文人化的程度加深了，《楚辞》的影响也更加浓重了。

阮籍的《咏怀诗》八十五首(其中八十二首是五言诗)离开了乐府民歌和《古诗》里的游子、思妇等普遍的内容，集中地写他的嗟生、忧时、愤世、疾俗的思想感情。他的诗第一显著特点就是隐晦难懂。颜延之说他“虽志在刺讥而文多隐避，百世而下难以情测”(《咏怀诗注》)。他处在曹氏和司马氏争夺政权的夹缝中，对曹魏的腐败和司马懿父子的暴横都不能不憎恨，憎恨使他不能沉默，但又不能明白痛快地倾吐。于是“隐避”便成为不得不用的手法。他“本有济世志”(《晋书》本传)，但在那样政治窒息的时代，他却不得不力求韬晦，甚至避世。这一种矛盾产生苦闷，却只能用诗来发泄。他的苦闷太深沉了，发为文章不免“反复零乱”，这也会产生隐晦难懂的结果。沈德潜说“遭阮公之时自应有阮公之诗”(《说诗晬语》卷上)，读阮诗应该注意到作者的忧患背景。

畏祸避世是作者思想中的消极部分，文字隐晦也不能不说是艺术上的缺点，虽然在作者是不得已，读者却不能肯定这些方面。阮诗动人之处当然也不在这些方面。

阮籍本是老、庄的信徒，他以道家思想为武器来反对统治阶级所利用的名教礼法，在当时是有进步意义的。他在《大人先生传》里所写的理想人格，在诗里也不断地歌颂，他所憎恶的如“虱处裈中”的那些庸俗人物，在诗里也加以鞭挞。他也歌颂壮士，歌颂气节，赞美“临难不顾生，身死魂飞扬”，承认“忠为百世荣，义使令名彰”。他虽然提出“千秋万岁后，荣名安所之”的怀疑，但也表示了“生命几何时，慷慨各努力”的态度。

从《咏怀诗》中的歌颂与刺讥看出作者强烈的爱与憎，也见到一定的斗争性。严羽《沧浪诗话》说阮诗“有建安风骨”。阮诗也是“慷慨任气”的，所以和建安诗有共同之点。

阮诗往往述神话，有奇丽的想象，多用比兴，托于鸟兽草木之名，所以和《楚辞》又有类似的色彩。大致阮籍有所继承的古人主要是庄周和屈原。钟嵘说“其源出于小雅”(《诗品》上)，或许因为阮诗“志在刺讥”，和《小雅》中某些内容近似，汉刘安曾说：“《国风》好色而不淫，《小雅》怨诽而不乱，若《离骚》者可谓兼之。”钟嵘的话也使人将阮诗和《离骚》作联想。

诗发展到晋代渐渐产生模拟古人，与现实生活不发生关系和宣扬老庄思想,“平典似道德论”的诗。这都是反现实主义的逆流。在这样的逆流中特别显出左思、刘琨、陶渊明这些作家的可贵。

《咏史八首》是左思的代表作,这八首诗借歌咏古人古事抒写作者自己的怀抱,同时批评了当时的社会。当时门阀制度已渐形成,仕进的道路被世家大族所垄断,出身寒微的人不得不屈居下位。《咏史》诗正反映了这种高门与寒门之间的矛盾。《咏史》虽只八首,却清楚地说明了作者由希企用世到决心归隐的思想变化过程。他抱着“铅刀一割”的雄心和攀龙附凤的幻想移家洛阳。现实的教育渐渐使他对环境有了清醒的认识,破灭了他的幻想。当他明白了“世胄蹑高位,英俊沉下僚”是牢不可破的陈规之后,他的不平和反抗情绪激发起来了。于是决心退出“攀龙客”之群,“被褐出阊阖,高步追许由。振衣千仞冈,濯足万里流”就是作者向统治势力宣告决裂的宣言。诗中并没有一般失意者叹老嗟卑的言语,却把高度的蔑视投向那些权贵,唱出:“高眄邈四海,豪右何足陈。贵者虽自贵,视之若埃尘;贱者虽自贱,重之若千钧。”

豪迈高亢的情调和劲挺矫健的笔调是左思《咏史》诗的特色,这也就是钟嵘所说的“左思风力”〔一〕。这个“左思风力”和“建安风骨”正是一脉相承的。

刘琨原是贵公子出身,青年时代曾经和石崇等人在金谷

〔一〕《诗品》中“陶潜”条:“其源出于应璩,又协左思风力。”

园追游酣宴，过的是浮华生活。当时虽有吟咏，并未流传。到中年以后，汉族和当时居于西北地区的民族的矛盾严重起来，他投身前线，作极艰苦的斗争，思想有了剧烈的变化。他在《答卢谌书》中道："昔在少壮，未尝检括。远慕老、庄之齐物，近嘉阮生之放旷。……自顷辀张，困于逆乱，国破家亡，亲友凋残，负杖行吟则百忧俱至，块然独坐则哀愤两集。……然后知聃、周之为虚诞，嗣宗之为妄作。"从这里可以看到时代现实和生活实践对于一个作家的教育。

现存的刘琨诗仅有三首，都是中年以后的作品，都充满爱国的热情。本书所选的两首尤其悲壮。钟嵘称刘诗"自有清拔之气"（《诗品》中），刘勰说"刘琨雅壮而多风"（《文心雕龙·才略篇》），都是中肯的评语。元好问《论诗绝句》将他和曹操并举〔一〕，正因其悲歌慷慨，彼此有类似之处。

陶渊明的生活主要是隐居躬耕，他的诗以很多的篇什歌咏隐逸，描写田园，因此称他为"隐逸诗人"或"田园诗人"都是恰当的。不过"隐逸"还不能说明陶渊明的全部思想，"田园"也不能代表他的全部诗篇。鲁迅就曾举出《读山海经》"刑天舞干戚，猛志固常在"等句说明陶诗有"金刚怒目"的一面，又举《述酒》一篇说明陶渊明也关心政治，对于世事并未遗忘〔二〕。

〔一〕《论诗绝句》第二首："曹刘坐啸虎生风，四海无人角两雄。可惜并州刘越石，不教横槊建安中。"

〔二〕见《且介亭杂文二集·题未定草》和《而已集·魏晋风度及文章与药及酒之关系》。

他也写过《桃花源诗》谈他的政治理想，向往于没有剥削的社会。这确是陶诗的重要一面，绝不能忽略。此外还须注意到陶渊明歌咏隐逸的诗也并非全属“飘飘然”，描写田园的诗也并非都是“静穆”的；往往是冲淡中有勃郁，达观里有执着，也必须善为辨别。

陶渊明因贫而仕，由仕而隐。他之所以“归田”、“辞世”，是由于高傲，耻“为五斗米折腰”；是为了自洁，不肯参加污浊的政治；是由于慕自然，以仕途为“尘网”或“樊笼”；也是为了避祸保身，用他自己的话就是“庶无异患干”。这些想法有一些近于左思，也有一些同于阮籍，但结果却和左、阮不相同。他走向田园之后就接近了农民，参加了劳动。“商歌非吾事，依依在耦耕”。他从此找到更充实的生活，由于热爱这种生活，所以没有缄默，反而写出许多田园诗来。他写的是生活和生活的感受而不是虚无缥缈的游仙想象。

山水、友朋、耕耘、收获，是他的隐逸生活的内容。“平畴交远风，良苗亦怀新；虽未量岁功，即事多所欣”。“时复墟曲中，披草共来往；相见无杂言，但道桑麻长”。平淡地写来，随处表现作者怡然自得的心情。他也写到饥寒、辛苦，但并不为此忧戚。因为经过思想斗争，已经安心了。他说：“贫富常交战，道胜无戚颜。”安贫守贱便成了他的信条。写得较频繁的是饮酒，在饮酒的描写中有时表现友朋之乐，如“过门更相呼，有酒斟酌之”之类；有时是劳动后的一点安慰，如“盥濯息檐下，斗酒散襟颜”之类；也有时是为讽刺而言酒，如《饮酒》（“羲农去我久”）一首，在“如何绝世下，六籍无一亲。终日驰车走，不见所问津”之下忽然写道：“若复不快饮，空负头上巾。”好像与上文不相连接，其实是说“六籍”中的道理已经被某些人抛弃干净，那我除了饮酒，还有什么事可做呢？原是很深的讽刺。所以接着又说“但恨多谬误，君当恕醉人”。以醉人自解，更显出讽刺语气。又如《饮酒》第十三首“一士长独醉，一夫终年醒”云云，对于热衷仕进者的讽刺更属显然。此外，陶渊明的饮酒有时也不免是安于现状的麻醉。如“悠悠迷所留，酒中有深味”之类，分明是醉乡的歌颂了。至于“欲言无予和，挥杯劝孤影”云云，则说明陶渊明在农村有时也不免有精神上寂寞之感，不得不用酒来消解。

陶渊明在《杂诗》中写道：“日月掷人去，有志不获骋。念此怀悲凄，终晓不能静。”这种感慨一再流露于他的诗中，大约他原来也和阮籍一样有济世之志，像他在《感士不遇赋》里所说的“大济于苍生”，所以在隐居中才不甘寂寞，借《拟古》、《读山海经》和一些咏史的题目抒发有关政治的感慨。他在《九日闲居》诗中曾说：“栖迟固多娱，淹留岂无成？”这种竟然能够使他有满足之感的成就又是什么呢？大约是文学事业吧？他在《咏贫士》第六首曾赞美张仲蔚“翳然绝交游，赋诗颇能工”，同时表示：“人事固以拙，聊得长相从。”分明是要学张仲蔚的样子以诗赋为业，这就有点像曹植在政治上失意之后只好以“骋我竟寸翰，留藻垂华芬”来自慰。从这里也可以看出陶渊明对于自己的作品并不是看成无足重轻的啊。

陶渊明的诗在当时是“罕所同”的，因而也不为当代所重视。他的诗是当时形式主义风气的对立面。他不讲对仗，不琢字句，“结体散文”，只重白描，一一和当时正统派文人相反。在前代作家中比较和阮籍相近，但没有阮诗那种奇丽和恍惚。陶诗的特征正如《诗品》所谓“文体省净，殆无长语”，他把深郁的感情表达得很平淡。风格是淳朴自然的。这和他所表现的田园生活内容有关，但很可能也有力矫当时文风的主观努力。

玄言诗的影响陶渊明是沾着一些的。他的诗实际上也宣扬了老庄思想，而这种思想在当时是苟且偷安、怯于斗争的统治阶级的精神麻醉剂。陶渊明当然和那些统治阶级上层的士大夫不同，和玄言诗作者孙绰等人也不同，但他的思想并不曾超出“远慕老庄之齐物，近嘉阮生之放旷”，像刘琨那样大彻大悟，彻底批判，而走上隐逸的道路。隐逸的道路基本上是逃避现实的，因此他的诗中不免有知足保和、乐天安命的消极成分，也不能鲜明地反映现实中的主要矛盾。他曾经在想象中构造了一个避乱的桃源，从《桃花源诗》也可以看出他反对“王税”的剥削，反映了人民的愿望，但他并不曾直接描写现实中的“乱”，直接揭发现实中的剥削。也许我们可以找到一些原谅他的理由，但总不免有这么一些不足之感。

曹植、阮籍、左思、陶渊明是魏、晋的代表作家（刘琨也很重要，但作品太少，影响不大），他们的作品主要是五言诗，他们的道路基本上是现实主义的。不假雕琢，刚健，自然，是其共同的色彩。从正始以下的作家没有不受建安诗影响的，但继承的方面却不尽相同，有人只模仿其形式，效法其中的对仗、用事、炼字、敷采，而大加发展，就趋向于形式主义。陆机的诗源出于曹植，但并不能继承“建安风骨”，就是由于这个缘故。继承“建安风骨”必须由现实主义的方向，而且要有深厚的感情和雄健的笔力，阮籍、左思、陶渊明都具备这些条件，所以和建安作家一脉相承，构成五言诗的优良传统。

三

东晋、宋、齐是南方民歌产生最多的时代。南方民歌大多数属于南朝《清商曲》中的《吴声歌曲》和《西曲歌》两部分。《吴声歌曲》产生于江南，以当时的首都建业（今江苏南京）为中心地带。《西曲歌》产生于长江中流和汉水两岸的城市——荆（今湖北江陵）、郢（今湖北宜昌）、樊（今湖北襄樊一带）、邓（今河南邓县）之间。

南朝乐府民歌的数量虽多于汉乐府民歌和北朝乐府民歌，内容却比较单调，几乎全部都是关于男女爱情的。在古今的民歌中情歌照例很多，但像南朝乐府民歌这样地清一色，却是很特殊的现象。大约因为这些民歌产生于少数繁华的城市或其附近，不是来自广大的农村，它们所反映的民间生活本来不广泛；或者也由于当时统治阶级只采集民间的情歌而把其余的抛弃了。后一种可能性似乎更大些。

据《南史·徐勉传》，梁武帝后宫的女乐有吴声和西曲两部，并且以这种女乐赏赐宠臣。可知今所传的《吴歌》、《西曲》是当时的女乐。设想为了统治阶级声色之娱而采集民歌该用什么标准呢？大概不会什么都采吧？江南也并非绝无另外一种样子的歌谣，例如吴孙皓初童谣云："宁饮建业水，不食武昌鱼。宁还建业死，不止武昌居。"这是吴民反对孙皓迁都的怨声（类似的歌谣后来还有）。这种歌谣的体制和《子夜》、《欢闻》之类并无不同，但是统治阶级绝不会有兴趣拿它来施于女乐。

现存的《吴歌》、《西曲》中确实有一些过于"艳"的，也有文字雕饰，不像民歌的。可能出于文人仿作，或经修改。但一般而论，《吴歌》、《西曲》是"刚健清新"，天真活泼的。

《子夜歌》说："郎歌妙意曲，侬亦吐芳词。"《吴歌》、《西曲》里都有男女赠答之词，但多数还是女性的歌唱。这些歌唱往往热烈真挚。例如：

夜长不得眠，明月何灼灼。想闻欢唤声，虚应空中诺。

——《子夜歌》

怜欢敢唤名，念欢不呼字。连唤"欢"复"欢"，两誓不相弃。

——《读曲歌》

上举两首都是《吴歌》,《西曲》除了反映商妇估客的别情较多,内容和《吴歌》无大区别。在形式上南朝民歌有一个显著的特点,就是双关隐语很多,《吴歌》尤其如此。有的是同字双关,如"朝霜语白日,知我为欢消","消"字双关消融和消瘦;有的是同音双关,如"雾露隐芙蓉,见莲不分明","莲"字谐怜爱之"怜"。也有比这些更曲折或复杂一些的,如"石阙生口中,衔碑不得语","碑"字谐"悲",又以"石阙"作为"碑"的同义语。又如"风吹黄檗藩,恶闻苦离声"以"黄檗藩"隐"苦篱",以"苦篱"谐"苦离"。这些双关语用得巧妙自然的时候也能增加语言的活泼性,但多少带有文字游戏的性质,这种玩意是文人们最感兴趣的,所以仿作者纷纷。吴歌中双关隐语这样地多,我怀疑其中也羼有文人的仿作。

除这种双关语之外,南方民歌给文人诗的影响,在内容上就是艳情的描写,在形式上就是五言四句的小诗的流行。这在下文还要论到,这里不举例了。

宋、齐两代诗风的变化比较大。宋代一般趋向是更重数典隶事,也就是抄书。刻画山水成为重要的题材,描写更加工细,用字更加琢炼。齐武帝永明年间(483—493),"声律说"大盛以后,诗文力求谐调,对于形式技巧更加侧重。鲍照是这时期成就最高的诗人,谢朓仅次于鲍照。他们除继承过去的传统之外,又从民歌汲取了新的营养,各有新鲜的创造,影响下一步的发展。

鲍照在自己的文章里自谓“北州衰沦，身地孤贱”〔一〕，又自称“负锸下农”〔二〕、“田茅下第”〔三〕，可见他的家世是低微的。他曾幻想凭才智取得名位，献诗给临川王刘义庆。后来遇到忌才的孝武帝刘骏，不得不深自掩抑，连文学才能也不敢多表现了。他的遭遇比之左思还要差些，因此他比左思有更多的不平之气，对于现实也有更清醒的认识。他说：“丈夫生世会几时，安能蹀躞垂羽翼？弃置罢官去，还家自休息。”(《拟行路难》)不平和傲气正像左思。他在《瓜步山揭文》说：“才之多少，不如势之多少远矣。”这个“势”就是左思《咏史》诗所说的地势。这是对于社会不合理制度的揭露和批评。他在《拟古》(“束薪幽篁里”)诗中极写贱隶的卑辱：“岁暮井赋讫，程课相追寻。田租送函谷，兽藁输上林。……笞击官有罚，呵辱吏见侵。”在另外一些诗里又写到穷老还家的兵士，也写到豪家后房中像笼鸟养着的女子。他写这些是为了寄托自己的愤慨，但因此也反映了社会上的种种不平。这一类的作品继承着汉乐府和建安时代社会诗的传统精神。

从鲍照的五言乐府诗和拟古、咏史诸体见出他对于前人的优点常有所效法，不过他自己的特色还是很鲜明。他的《代东门行》就非常逼肖汉乐府，但是那急管高弦似的调子却是鲍诗所独有的。他的《咏史》和左思的《咏史》劲健处很相似，但

〔一〕见《拜侍郎上疏》。

〔二〕见《解褐谢侍郎表》。

〔三〕见《谢永安令解禁止启》。

是夸丽的色彩也是鲍诗所独有的。鲍照在这类作品中和在他的抒情诗里一样，常常寄寓着牢骚。《学刘公幹体》五首每首都是“才秀人微”的感慨。拟古而目的不在模仿，所以和陆机不同，因其表达的是自己的思想感情，自然地也就掩盖不住自己的艺术特色。

鲍照写山水的五言诗不少，在他记述行旅的诗中也往往刻画景物，这本是时代风气。在这些诗中用字造句非常锻炼，这也是时代风气。在一些写景的“险句”中也往往见出特色。

但是，更能表现特色的是七言和杂言的乐府诗。这些诗可分两类。《白纻曲》一类的七言本是旧体，《行路难》一类才是创格。在后一类中往往音节错综，感情奔放，笔力雄肆，给人崭新的印象。《行路难》是汉代的歌谣，见《乐府诗集》引《陈武别传》。晋人袁山松曾改变其音调，并造新辞。《晋书·袁瓌传》云：“旧歌有《行路难》，曲辞颇疏质，山松好之，乃文其辞句，婉其节制，每因酣醉纵歌之，听者莫不流涕。”可见《行路难》本是声调慷慨的歌曲。鲍照依旧曲填新词，有无受前人影响之处已经无法知道，古辞和袁辞都不存在了。齐、梁续作者显然都是模仿鲍照的。除《行路难》之外鲍照还有《雉朝飞》，《梅花落》、《淮南王》等首，题是乐府旧题，诗体却是前所未见的七言或以七言为主的杂言。这种诗体是整齐的五言诗和旧体七言诗的解放，鲍照的慷慨奔放的感情得到这种最适合的表达形式之后就更显出风起云飞的异彩。对于后代诗人（如李白）影响最大的也就是这一类。

鲍照除向古代乐府民歌汲取营养之外，也受到当时民歌的影响，他的五言四句的短诗二十余首，形式就是从江南民歌来的。鲍诗也写男女的爱情，多属仿民歌之作。丽词和艳情在鲍诗中并不远于民歌的健康情调，到梁、陈宫体中就成为淫靡腐朽的恶诗了。

鲍诗中间或出现专事清绮的一种，如《玩月城西门廨中》"归华先委露，别叶早辞风"等句，就和谢朓的诗相类，这种诗在鲍照并非常格，不过也值得举出来，以见其和齐、梁新体的一点联系。

鲍诗今存约二百首，据虞炎《鲍照集序》，鲍照身后著作散佚，收集起来的不过半数而已，但已经见出其包罗宏富，向多方面发展，对后来的影响也是多方面的。他的最重要的成就当然还是乐府诗，可以和曹植并驾齐驱。

谢朓是鲍照以后的南朝最优秀作家，不过和有大家气派的鲍照相比，作品的内容不如鲍诗丰富。谢朓是"永明体"的代表诗人，"永明体"讲求音韵铿锵，平仄调协。谢朓有些作品和谐合律，已经和唐代的"近体"诗相似，所以宋人有诗云："玄晖诗变有唐风。"王闿运《八代诗选》将齐以后这一种和唐人近体诗比较接近的称为"新体诗"。谢朓的新体诗如《入朝曲》，《离夜》等首确是很像唐人的律诗。"新体诗"中包括五言四句的短诗，谢朓有一些乐府诗用这种体，仿自《吴声歌曲》。如《有所思》、《玉阶怨》、《王孙游》等首出语天然，情深味长，对于唐人五言绝句极有影响。

"新体诗"在谢朓集中只是少数,不过他的古体诗中也常常有些片段合于新体诗的标准〔一〕。总之,无论新体古体,音律的调谐确是谢朓诗的特点之一。齐、梁人极推重他的诗,和这个特点大有关系。沈约《伤谢朓》诗云:"调与金石谐,思逐风云上。"上句正是赞美这一特点。

在内容上,自然景物的描写是谢朓诗的主要部分。传诵的名句都属模山范水之作。《诗品》说"其源出于谢混"。但也不免受谢灵运的影响,他常常将灵运的诗句变化运用,例如灵运诗云"首夏犹清和,芳草亦未歇",谢朓诗云"首夏实清和,余春满郊甸"。灵运又有句云"既露干禄情,始果远游诺",谢朓诗云"既欢怀禄情,复协沧洲趣"。前一例是变其意,后一例是用其调。不过谢朓所仿效或汲取于前人的并不限于一二家,如《大江流日夜》一首,最为浑壮,是学建安人诗,《入朝曲》风调高华,很像曹植。《宣城郡内登望》一首气格苍莽,又和鲍照相近。《始出尚书省》、《游山》等诗,研炼精实,又似受颜延之的影响。总之,谢朓诗渐启唐风而去古未远,他的时代正是新旧变化之际,所以如此。

谢朓诗风格秀逸,虽不废雕刻和藻绘,还能够归于自然和

〔一〕例如"窗中列远岫,庭际俯乔林"(《郡内高斋闲望答吕法曹》),"凉风吹月露,圆景动清阴"(《和王中丞闻琴》),"徒念关山近,终知返路长"(《暂使下都夜发新林至京邑赠西府同僚》)都极似唐人律诗中的一联。又有一些片段,截取下来就和唐人五绝无甚分别,如"远树暧芊芊,生烟纷漠漠,鱼戏新荷动,鸟散余花落"(《游东田》),"北窗轻幔垂,西户月光入。何知白露下?坐视阶前湿"(《秋夜》)。

清绮，所以有动人之处，使唐代大诗人李白、杜甫也击节称赏〔一〕。但思想性不高，题材不丰富。所写限于个人生活的圈子，而生活圈子又不广大，虽然不乏情致，究竟变化太少，甚至令人觉得“篇篇一旨”〔二〕。所以成就不能和鲍照相比。

四

梁代的诗沿着“转拘声韵，弥尚丽靡”的道路发展〔三〕。梁初的作者，江淹虽过于热心仿古，毕竟意境比较深，也比较有骨力。可是他的诗无甚影响。当时有影响的诗人是沈约。沈约是发明四声、制定“八病”的主要人物之一。他的影响就在声律宫商的技巧和数典用事的功夫。那时的诗坛完全让形式主义做了统帅，确实是到了诗的衰弱时期。当时一般作家的集子里都填塞着应酬诗，咏物诗、拟古诗。甚至出现“县名诗”、“药名诗”、“兽名诗”、“鸟名诗”、“车名诗”、“船名诗”等诗题。这是编押韵的类书，作无聊的消遣。可见得作家生活的空虚。

〔一〕李白在诗中常常称道谢朓的作品，例如《宣州谢朓楼饯别校书叔云》诗云：“蓬莱文章建安骨，中间小谢又清发。”杜甫在《寄岑嘉州》诗中也说：“谢朓每诗堪讽诵。”

〔二〕陈祚明语，见《采菽堂古诗选》卷二十。

〔三〕《梁书·庾肩吾传》：“初，太宗（简文帝）在藩，雅好文章士；时肩吾与东海徐摛、吴郡陆杲……同被赏接。及居东宫，又开文德省，置学士。肩吾子信、摛子陵、吴郡张长公、北地傅弘、东海鲍至等充其选。齐永明中，文士王融、谢朓、沈约，文章始用四声，以为新变，至是转拘声韵，弥尚丽靡，复逾于往时。”

梁简文帝提倡新体，好作艳诗〔一〕，庾肩吾、徐摛等人推波助澜，产生了“宫体”诗。宫体诗是用雕藻浮华的形式寓色情放荡的内容，反映统治阶级极端腐朽的生活和病态的思想感情。标志着诗的堕落，不仅是衰弱了。这种风气，陈、隋两代继续发展，相沿近百年。

当时能够自拔于这种风气之中有所树立的作家是太少了。何逊、阴铿也只是在山水诗中稍稍有一些清爽气息。在那样时代里的作家，如果生活没有巨大的改变，纵使天才过人，也不可能有杰出的成就。庾信的作品之所以能比较深刻地反映现实，有较高的艺术成就，主要由于生活改变引起思想感情的变化，如果没有这种变化，他的成就也不会超出徐陵等人的水平。

庾信生活的变化开始于四十三岁。在此以前他是梁朝宫廷的文学侍从之臣。做过简文帝的抄撰学士。集中有一些宫体的诗赋和一些“奉和”简文帝和元帝流连光景的诗，都是早年“浮艳”之作。公元554年，庾信由江陵出使西魏，被强留在长安，接着在强迫下做了北周的官。这是丧失民族气节的行为，对于庾信既是耻辱又是痛苦。他被强留在北方二十八年，在这期间的作品主要表现了悲痛亡国、怨羁留、思故土的情感和对于自己贪生失节的谴责。这些情感的集中表现就是《哀江南赋》和《咏怀》诗，但在其他许多作品里也随时流露。“娼

〔一〕《梁书·简文帝纪》：“雅好题诗，其序云：余七岁有诗癖，长而不倦。然伤于轻靡，时号宫体。”

家遭强聘,质子值仍留”(《咏怀》),“遂令忘楚操,何但食周薇”(《赠司寇淮南公》),是自述被迫仕周。“唯有丘明耻,无复荣期乐”,“木皮三寸厚,泾泥五斗浊”(以上《和张侍中述怀》),是自责腼颜事敌。“抱松伤别鹤,对影绝孤鸾”,是不忘故君之词。“不言登陇首,唯得望长安”(以上见《咏怀》),是羁留之恨。“还思建业水,终忆武昌鱼”(《言志》),“仿佛新亭岸,犹言洛水滨”(《率尔成咏》),是故土之思。“胡风几时应尽,汉月何时更圆”(《怨歌行》),是望归之心。“虽言异生死,同是不归人”(《和王少保遥伤周处士》),是绝望之痛。“昏昏如坐雾,漫漫疑行海”(《咏怀》),“见月长垂泪,花开定敛眉”(《伤往》),是深愁永恨的总述。这些诗不止是写出了身世之痛,也流露着故国之思。这些情感往往难于自由倾吐,不无隐避压抑之处,典故和比兴也增加其隐曲,但苍凉沉郁,情真语挚,感人的力量还是强烈的。

梁、陈的诗一般都是柔弱的,庾信的诗体也就是梁、陈人的诗体,但笔力的雄健远远超过同时的作家。七言如《燕歌行》可以上追鲍照,五言如《咏怀》令人联想杜甫。所谓笔力也是由于感情充沛形成的,并非由于锻炼之功。归根结柢还是决定于作者的生活。

杜甫在《咏怀古迹》诗中道:“庾信平生最萧瑟,暮年诗赋动江关。”在《戏为六绝句》里又道:“庾信文章老更成,凌云健笔意纵横。”说明了庾诗的成就在晚年,也说明了他的生活遭遇决定了他的艺术成就。

北朝作家诗师法南朝,并无显著的特色。除庾信外也没有突出的成就。但是北方的民歌却表现出亢健、直率、粗犷的独特面貌。梁《鼓角横吹曲》中保存了六十多首北歌,就这些歌辞看来,除二三曲可能是沿用汉魏旧歌外,都是北朝民间所产。这些歌辞是现存的北朝民歌的主要部分。其余大都被收入《乐府诗集》的《杂歌谣辞》和《杂曲歌辞》。

北方民歌题材广泛,反映了社会生活的许多方面,这一点和汉乐府民歌相似。与战争有关的诗以《木兰诗》为最重要,这首诗中的女英雄既勇敢又机智,反映人民的种种优良品质,而且功成不受赏,简直就是左思所歌颂的高尚人格。这个故事的创造和对于这个女英雄的歌颂,打破了重男轻女的封建传统观念。另一首民歌《陇上歌》歌颂壮士陈安的勇猛善战。此外如《企喻歌》是描写从军生活的,《隔谷歌》是反映俘虏生活的,单是战争一类已经显得相当丰富。其余如歌唱宝刀、骏马的《琅邪王歌》,歌唱骑射的《折杨柳歌》和《李波小妹歌》都见出北人豪勇的风俗。这种内容形成北歌的最大特色。

《雀劳利歌辞》云:“雨雪霏霏雀劳利,长嘴饱满短嘴饥。”《幽州马客吟歌辞》云:“黄禾起羸马,有钱始作人。”虽然是极短小的歌辞,却反映出贫富不均的矛盾。北方遭外来的蹂躏,除增加人民的饥寒之外还逼得人民流离迁转。这在民歌里也有反映。《紫骝马歌》云:“高高山头树,风吹叶落去。一去数千里,何当还故处?”所写似属大乱中的流亡,不像平常的游子诗。《琅邪王歌》中有一首道:“客行依主人,愿得主人强。猛虎依深山，愿得松柏长。”这一首反映“五胡乱华”时期一种特殊背景，也不是泛泛的羁旅之词。当时人口迁移，往往数千百家组织起来。平民不得不依附大族同行，因为大族带着部曲，旅途比较安全，到了异乡也可依靠。不能或不肯迁移的往往保聚以自卫，保聚的方法是纠结上千的人，依山阻水，建筑一个“坞”，也称作“壁”或“堡”、“垒”，聚积兵器食粮，推举出“坞主”作领袖。强有力的坞堡就成了独霸一隅的地方武装集团(以强宗豪族为核心)，流人来依附的往往很多。本篇所谓“主人”可能指逃难时拥有部曲的大族，也可能指保聚自卫的坞堡主(无论是哪一种“主人”，都必须是“强”的，不强就不能保障安全，避免劫掠)。从第三句的比语看来，更像是指坞堡主。保聚是为了抵抗“胡人”的，参加保聚不仅是消极的避难，而且意味着抗“胡”，无怪其有自比“猛虎”的气概了。

反映恋爱和婚姻的诗在北歌中也不少，往往直率痛快，和南方民歌宛转缠绵的风格不同。如“天生男女共一处，愿得两个成翁妪”(《捉搦歌》)，“月明光光星欲堕，欲来不来早语我”(《地驱乐歌》)，真是“没遮拦”的表情法。北歌语言质朴往往如此，和南歌的艳丽显然不同。

以上把汉魏六朝诗的重点部分，简括地作了一些说明，作为本书的前言。

余冠英 1958年8月30日，北京。

【附记】

这次重印内容未有大的变动,只是作了文字上的小修改。篇目小有增删,注释也略加修订。

1978 年春

垓下歌
大风歌
秋风辞
悲愁歌
五噫歌
四愁诗
董娇饶
战城南

项　籍

项籍(前232—前202),字羽。下相(今江苏宿迁西)人,秦末起义的群雄之一。秦灭后,项籍自立为西楚霸王。汉王刘邦和他争天下,屡次被他击败,但最后垓下(在今安徽灵璧东南)一战,楚军瓦解,项籍自刎。

垓下歌

【题解】

项籍被刘邦的兵围在垓下,夜中听到刘军在四面唱楚歌,惊异刘军中楚人之多,心疑自己的根据地楚国已为刘邦所得,于是悲歌慷慨。歌辞载在《史记·项羽本纪》和《汉书·项籍传》,后人诗歌选集往往题为《垓下歌》。

力拔山兮气盖世〔一〕,时不利兮骓不逝〔二〕。骓不逝兮可奈何,虞兮虞兮奈若何〔三〕!

【注释】

〔一〕盖世:言笼盖一世。这句诗说自己的体力和勇气过人。

〔二〕骓(音锥):青白杂毛的马。不逝:言困在重围,不得去。逝,行。

〔三〕虞:女子名,项籍的侍姬。奈若何:是说把你怎么处置呢。若,犹“汝”。

刘　邦

汉高祖刘邦(前256—前195),沛县丰邑(今江苏丰县)人。和项籍共击秦,项籍立他为汉王。后来平了项籍,统一天下,在位十二年。刘邦有歌诗两篇流传,一篇是《大风歌》,另一篇是《鸿鹄歌》。

大风歌

【题解】

刘邦平黥布还,过沛县,邀集故人饮酒。酒酣时刘邦击筑,同时唱了这首歌。汉朝人称这篇歌辞为《三侯之章》,后人题为《大风歌》(始于《艺文类聚》)。

大风起兮云飞扬,威加海内兮归故乡〔一〕。安得猛士兮守四方!

【注释】

〔一〕海内:四海之内,就是"天下"的意思。我国古人认为天下是一片大陆,四周大海环绕,海外则荒远不可知。

刘　彻

汉武帝刘彻（前156—前87），是汉景帝中子，继景帝即位，在位五十四年。刘彻在文治和武力两方面都有重要的措施，其直接和诗歌发展有关的是建立乐府，采集民歌。刘彻爱好辞赋，他所作的歌诗六篇，文辞都显然受到《楚辞》的影响。

秋风辞

【题解】

据《汉武故事》，这首歌辞是刘彻行幸河东祭祀后土（土神），在舟中和群臣宴饮时所作。其时大约在元鼎四年（前113）。武帝五幸河东，只有这一次是在秋季。本篇写感秋、怀人和自伤老大的心情。

秋风起兮白云飞，草木黄落兮雁南归。兰有秀兮菊有芳〔一〕，怀佳人兮不能忘。泛楼船兮济汾河〔二〕，横中流兮扬素波。箫鼓鸣兮发棹歌〔三〕，欢乐极兮哀情多。少壮几时兮奈老何！

【注释】

〔一〕兰、菊：比佳人。开花叫做“秀”。在这句诗里，“秀”指颜色，“芳”指香气。“菊有芳”、“兰有秀”互文见义，菊也有秀，兰也有芳。

〔二〕楼船：有楼的大船。汾河：源出山西宁武管涔山，西南流到河津入黄河。

〔三〕棹歌：摇楫时所唱的歌。棹，就是楫，船旁拨水之物。

刘细君

刘细君是汉江都王刘建的女儿。武帝元封(前110—前105)中细君被作为公主嫁给西域乌孙国(今新疆温宿以北伊宁以南地)王昆莫。

悲愁歌

【题解】

这是刘细君在乌孙国思念故国的诗。《汉书·西域传》道:“公主(细君)至其国,……昆莫年老,语言不通。公主悲愁,自为作歌。”

吾家嫁我兮天一方,远托异国兮乌孙王。穹庐为室兮毡为墙〔一〕,以肉为食兮酪为浆〔二〕。居常土思兮心内伤〔三〕,愿为黄鹄兮归故乡。

【注释】

〔一〕穹庐:毡帐,今俗称蒙古包。

〔二〕以肉为食兮酪为浆:《玉台新咏》卷九此句无“以”字。食,饭。酪,用牛、羊或马乳制成的饮料。

〔三〕土思:怀念乡土。

梁 鸿

梁鸿,字伯鸾。扶风平陵(今陕西咸阳西北)人。家贫,好学。曾为人佣工,又曾和妻孟光耕织于霸陵山中。后改姓运期,改名燿,字侯光。隐居著书。传诗三首,都是东汉章帝(刘炟)时(76—88)的作品。

五噫歌

【题解】

这首诗是梁鸿过洛阳时所作(载《后汉书》本传),他见到帝王的奢侈,嗟叹人民无尽期的劳苦。章帝对于这首诗甚为不满。梁鸿因此改名换姓,避居齐、鲁之间。

陟彼北芒兮〔一〕,噫!顾瞻帝京兮,噫!宫阙崔巍兮,噫!民之劬劳兮〔二〕,噫!辽辽未央兮〔三〕,噫!

【注释】

〔一〕北芒:一作"北邙",山名,在洛阳城北。又称芒山或北山。

〔二〕劬(音衢):劳苦。

〔三〕辽辽:远貌。未央:未尽。末句言人民的劳苦是没有限度和没有了期的。

张 衡

张衡(76—139),字平子,南阳西鄂(今河南南阳北)人。东汉安帝(刘祜)时(107—125)为太史令。顺帝(刘保)朝(126—144)迁侍中,出为河间王(刘政)相,后征拜尚书。卒年六十二。张衡是当时著名的文学家和科学家,他是《二京赋》的作者,又是浑天仪和候风地动仪的发明人。诗歌传四言的《怨篇》、五言的《同声歌》和七言的《四愁诗》各一首。

四愁诗

【题解】

本篇分四章,写怀人的愁思。《文选》卷二十九录此诗,前有短序,大意说这诗是张衡做河间王相的时候所作,因为郁郁不得志,所以"效屈原以美人为君子,以珍宝为仁义,以水深雪雰为小人。思以道术相报贻于时君,而惧谗邪不得通"。这序文不是张衡自己所作,而是后代编集张衡诗文的人增损史辞写成的。其中对于本篇寓意的解释并不是定说,可以参考而不必拘泥。

我所思兮在太山,欲往从之梁父艰〔一〕。侧身东望涕沾翰〔二〕。美人赠我金错刀〔三〕,何以报之英琼瑶〔四〕。路远莫致倚逍遥〔五〕,何为怀忧心烦劳?

我所思兮在桂林〔六〕,欲往从之湘水深〔七〕。侧身南望涕沾襟。美人赠我琴琅玕〔八〕,何以报之双玉盘。路远莫致倚惆怅,何为怀忧心烦怏?

我所思兮在汉阳〔九〕,欲往从之陇阪长〔一〇〕。侧身西望涕沾裳。美人赠我貂襜褕〔一一〕,何以报之明月珠。路远莫致倚踌躇〔一二〕,何为怀忧心烦纡?

我所思兮在雁门〔一三〕,欲往从之雪雰雰〔一四〕。侧身北望涕沾巾。美人赠我锦绣段〔一五〕,何以报之青玉案〔一六〕。路远莫致倚增叹,何为怀忧心烦惋?

【注释】

〔一〕梁父:泰山下小山名。

〔二〕翰:衣襟。

〔三〕金错刀:有二说:一说指刀环或刀柄用黄金镀过的佩刀。(《文选》李善注引《续汉书》:"佩刀诸侯王黄金错环。"又引谢承《后汉书》:"诏赐应奉金错把刀。")一说是钱名。据《汉书·食货志》,王莽时的错刀钱用黄金镀钱上文字。一刀值五千。两说都可通,不过作为馈赠的珍物,佩刀比钱刀的意义和价值要高些,故以前一说为胜。错,镀金。

〔四〕英:"瑛"的借字。瑛是美石似玉者。琼瑶:两种美玉。

〔五〕倚:通"猗",语助词,无意义。下仿此。

〔六〕桂林:郡名,约在今广西地区。

〔七〕湘水:源出广西兴安阳海山,东北流入湖南会合潇水,入洞庭湖。

〔八〕琴:一作"金",今从宋刻《玉台新咏》及五臣注本《文选》。琴琅(音郎)玕:琴上用琅玕装饰。琅玕,一种似玉的美石。

〔九〕汉阳:郡名。前汉称天水郡,后汉明帝改为汉阳郡,移治冀县,在今甘肃甘谷南。

〔一〇〕陇阪:山坡为“阪”。天水有大阪,名曰“陇阪”。

〔一一〕襜褕(音单俞):直襟的单衣。

〔一二〕峙躇(音驰除):即“踟蹰”,徘徊不前貌。

〔一三〕雁门:郡名,今山西西北部。

〔一四〕雰雰:雪盛貌。

〔一五〕段:就是“缎”(也就是“锻”),履后跟。一说“锦绣段”就是成段的锦绣,也可以通。

〔一六〕案:放食器的小几(形如有脚的托盘)。

朱　穆

朱穆(100—165),字公叔。南阳宛(今河南南阳)人。少时笃学有名。桓帝(刘志)朝(147—167)为冀州刺史,后征拜尚书。朱穆性情刚直,曾切谏梁冀,反对宦官。他憎恶当时社会上刻薄和朋党的风气,曾作《崇厚论》和《绝交论》。

与刘伯宗绝交诗

【题解】

这诗见于《后汉书》本传注。刘伯宗是作者的旧友,贵为二千石,时作者的官职较卑,刘以富贵骄慢,所以作者和他绝交。诗以鸱鸮比刘,以凤鸟自比。结论是两者趋向不同,只能绝交。作者又有《与刘伯宗绝交书》,责刘薄于仁义之道。

北山有鸱〔一〕,不洁其翼。飞不正向,寝不定息。饥则木览〔二〕,饱则泥伏。饕餮贪污〔三〕,臭腐是食。填肠满膆〔四〕,嗜欲无极。长鸣呼凤,谓凤无德。凤之所趋,与子异域。永从此诀,各自努力。

【注释】

〔一〕鸱:恶鸟名,就是鸱鸮。

〔二〕木览：言登木捉取幼鸟。鸱鹗是捕食小鸟的。览，通“揽”，聚敛撮取的意思。

〔三〕饕餮（音滔铁）：本是传说中的恶兽名（见《山海经》），通常用来作为贪食者的代称。分开用时，贪财为饕，贪食为餮。

〔四〕膆（音素）：又作“嗉”，鸟类喉吭中容纳食物的地方。

秦　嘉

秦嘉，字士会，陇西（今甘肃东南部）人。桓帝时为本郡上计吏（详下），早亡。传诗五首。

赠妇诗　三首

【题解】

这是留别妻的诗。《玉台新咏》卷九序本诗道："秦嘉……为郡上计（计一作"掾"，今从纪容舒校作"计"。汉郡国每年遣吏人到京师致事，叫做"上计"，其所遣之吏也叫做"上计"。钟嵘《诗品》卷上称秦嘉为"汉上计"）。其妻徐淑寝疾还家（归母家），不获面别，赠诗云尔。"第一首大意说奉役离乡，不得见面告别，独自伤感，无人慰解。

人生譬朝露，居世多屯蹇〔一〕。忧艰常早至，欢会常苦晚。念当奉时役〔二〕，去尔日遥远。遣车迎子还，空往复空返〔三〕。省书情凄怆，临食不能饭。独坐空房中，谁与相劝勉？长夜不能眠，伏枕独辗转〔四〕。忧来如寻环〔五〕，匪席不可卷〔六〕。

【注释】

〔一〕屯蹇：不顺利。

〔二〕奉时役：指为郡上计的事。汉朝制度每年终各郡国须遣吏送簿记到京师。时，通“是”，就是“此”。

〔三〕以上二句是说打发车子到徐淑母家接她，车子空着回来。其时徐正卧病。

〔四〕辗转：言屡次翻身，不能安睡。

〔五〕寻环：犹言“循环”，比喻愁思无穷无尽。

〔六〕这里借用《诗经·柏舟》“我心匪席，不可卷也”成句。以席之能卷反喻愁思不能收拾。

其　二

【题解】

第二首述自己和妻少时孤苦，结婚后的欢乐日子也不多，现在又当远别，顾恋不舍，触景伤情。

皇灵无私亲〔一〕，为善荷天禄〔二〕。伤我与尔身，少小罹茕独〔三〕。既得结大义〔四〕，欢乐苦不足。念当远离别〔五〕，思念叙款曲〔六〕。河广无舟梁，道近隔丘陆〔七〕。临路怀惆怅，中驾正踯躅〔八〕。浮云起高山，悲风激深谷。良马不回鞍，轻车不转毂〔九〕。针药可屡进，愁思难为数〔一〇〕。贞士笃终始〔一一〕，恩义不可属〔一二〕。

【注释】

〔一〕皇灵:神灵。

〔二〕荷天禄:享受天赐之福。

〔三〕茕(音琼):孤独。

〔四〕结大义:谓结为夫妇。

〔五〕念:疑是“今”字之讹。远别:指离乡赴京师。

〔六〕款曲:衷肠话。

〔七〕道近:言自己和徐淑所在相距不远。虽然相距不远却不得相见,所以说“隔丘陆”。陆:高平之地。

〔八〕中驾:言车在中路。踯躅:行不进貌。以上二句言临行依恋不舍。

〔九〕毂:车轮的中心,车行则毂转。以上二句是“踯躅”的具体描写,“不回鞍”言意欲前往,“不转毂”言不肯遽行。

〔一〇〕针:针刺可以治病。数(音朔):频。以上二句言针和药虽然痛于肤、苦于口,因其是治病的,可以常常忍受,愁思连续却难忍受。

〔一一〕贞士:言行一贯,守志不移的人。笃:厚。

〔一二〕恩义:犹情谊。不可属:未详。疑当作“可不属”。属,同“续”。这句诗似说恩义岂可不继续呢?

其　三

【题解】

第三首叙临去顾看空房,想象妻的容态,满怀惆怅,无可奈何,只能留赠几件东西,表达情意。

肃肃仆夫征〔一〕,锵锵扬和铃〔二〕。清晨当引迈〔三〕,束带待鸡鸣。顾看空室中，仿佛想姿形。一别怀万恨，起坐为不宁。何用叙我心？遗思致款诚。宝钗好耀首，明镜可鉴形。芳香去垢秽，素琴有清声〔四〕。诗人感木瓜，乃欲答瑶琼。愧彼赠我厚，惭此往物轻〔五〕。虽知未足报，贵用叙我情〔六〕。

【注释】

〔一〕肃肃：疾速貌。仆夫：赶车的人。征：行。

〔二〕锵锵：铃声。和：铃名，在车前横木上。

〔三〕引迈：启行。

〔四〕秦嘉《重报妻书》："间得此镜，既明且好，形观文彩，世所希有，意甚爱之，故以相与。并致宝钗一双，价值千金，龙虎组履一緉，好香四种各一斤。素琴一张，常所自弹也。明镜可以鉴形，宝钗可以耀首，芳香可以馥身去秽，麝香可以辟恶气，素琴可以娱耳。"

〔五〕《诗经·木瓜》云："投我以木瓜，报之以琼琚。匪报也，永以为好也。"这里的"诗人"指《木瓜》篇的作者。往物：指上列的宝钗、明镜、芳香、素琴四物。以上四句言对方待我情义极厚，我的赠品不能相称，有愧于古诗人用美玉报答木瓜的精神。

〔六〕以上二句用《木瓜》篇"匪报也"两句意。

赵 壹

赵壹，字元叔，汉阳西县（今甘肃天水西南）人，灵帝（刘宏）时代（168—189）的名士。恃才倨傲，不受征辟。

疾邪诗 二首

【题解】

二诗见于《刺世疾邪赋》，托为“秦客”和“鲁生”所歌。赋和诗都反映当时社会的不平，指斥小人窃居高位，豪强把持一切，刚正的人不容于时，有才而贫贱的人多被埋没。充满愤激的感情。

河清不可恃，人命不可延〔一〕。顺风激靡草，富贵者称贤〔二〕。文籍虽满腹，不如一囊钱。伊优北堂上，肮脏倚门边〔三〕。

【注释】

〔一〕以上二句言人寿有限，不能等待黄河之清（《左传·襄公八年》“俟河之清，人寿几何”二句是其所本），也就是说混乱的社会不知何日才得澄清。

〔二〕靡：顺风倒下。以上二句言对于富贵的人众口称贤，好像小草顺着风势急速地一面倒。

〔三〕伊优：逢迎谄媚的样子。肮（音慷）脏：刚直。以上二句言谄媚的人被人亲近，刚直的人被人摈斥。

其　二

势家多所宜，咳唾自成珠〔一〕。被褐怀金玉，兰蕙化为刍〔二〕。贤者虽独悟，所困在群愚〔三〕。且各守尔分，勿复空驰驱〔四〕。哀哉复哀哉，此是命矣夫！

【注释】

〔一〕首二句言权势之家干什么都被人认为适当，说什么都被人奉为珍宝。

〔二〕褐：粗布衣，贫贱者所着。金玉：比才德。本《老子》七十章“圣人被褐怀玉”。以上二句言贫贱的人虽怀抱才德也没人重视，就像兰蕙被视为贱草。

〔三〕以上二句言贤者见解虽高，但在愚昧的人群之中，仍不得不受困。

〔四〕以上二句言贤而贫贱者只合各守本分，奔走无益。这是愤激的话。

孔　融

孔融(153—208),字文举,鲁国(治所在今山东曲阜)人,是东汉末年的名士。性刚直,放言无忌惮。曹操憎恶他屡次违忤,不受笼络,又怕他名高望重,与己为敌,终于将他杀害。孔融是曹丕在《典论·论文》里所称道的"七子"之一。但他比其余六人年长得多,并非同辈。孔融死时曹操尚未立为魏公,所以他的作品向来是编在汉代的。他长于散文,做诗不多,今存七首。

杂　诗 二首

【题解】

诗以"杂诗"命题最初见于《文选》所选的汉、魏人诗。原先可能另有题目,后来题目失去了,选诗的人就称之为《杂诗》。这里的两首见于《古文苑》卷四,据《文选》李善注和《文镜秘府论》,这两首诗亦见于《李陵集》。第一首是慷慨言志的诗,大意说:人虽有贵贱穷达不同,贤士所重的只是不改操守。人生无常,穷者不一定终穷,有志者就一定有为。最后说自己怀抱远大,非庸人所能了解。

岩岩钟山首,赫赫炎天路〔一〕。高明曜云门,远景灼寒素〔二〕。昂昂累世士〔三〕,结根在所固〔四〕。吕望老匹夫,苟为因世故〔五〕。管仲小囚臣,独能建功祚〔六〕。人生有何常?但患年岁暮。幸托不肖躯,且当猛虎步〔七〕。安能苦一身,与世同举厝〔八〕?由不慎小节,庸夫笑我度。吕望尚不希,夷齐何足慕〔九〕?

【注释】

〔一〕岩岩:高峻貌。钟山:传说中极北海中的山,是无日极寒之地。赫赫:显盛貌。炎天:指南方炎热之地。以上二句喻势位悬殊则一凉一热处于两个极端。

〔二〕高明:指势位高贵的人。云门:犹言天路。远景:犹言余光或余焰。景,即"影"。灼:熏炙。寒素:指清寒微贱的人。以上二句是说显赫的人气焰熏天,余焰还能够逼灼寒素。

〔三〕昂昂:言志节高尚。累世士:言不是每代都能有的贤士。累世,犹间世。

〔四〕结根:喻操守。贤士守节不移,犹如树木结根坚固。

〔五〕吕望:即吕尚,号太公望。相传他五十岁在棘津卖食,七十岁在朝歌做屠户,九十岁遇周文王,方为天子师。匹夫:平民。苟为:言聊且为之。以上二句是说吕望未遇之时,聊且做一个匹夫,因为时世使他不得不这样,若不是商亡周兴,时代改变,他只能以匹夫终身。

〔六〕小囚臣:管仲在相齐桓公小白之前本是公子纠的臣,公子纠和小白争位失败,管仲幽囚受辱。建功祚:指辅佐齐桓公成就霸业。以上四句举例说明穷者不一定终穷。

〔七〕猛虎步:形容气概雄杰,高视阔步。此二句《文选》李善注数引,皆作李陵诗。

〔八〕举厝:即"举措",指动作行为。以上六句是说只要生命未竭,躯体还在,就应当昂昂虎步,不能和世俗的人看齐。

〔九〕夷齐:伯夷、叔齐的简称。他们是商代孤竹君的二子,父死兄弟让位。商亡后不食周粟,饿死。或疑"夷齐"当作"夷吾",似是。夷吾是管仲的表字。末二句言自己的抱负又在吕望等人之上。

其　二

【题解】

这是悼儿的诗。前幅叙到家初闻儿死,中幅想象死者骨肉已寒,孤魂无依,后幅写自悲丧子和惜儿短命。

远送新行客,岁暮乃来归。入门望爱子,妻妾向人悲。闻子不可见,日已潜光辉〔一〕。"孤坟在西北,常念君来迟〔二〕。"褰裳上墟丘,但见蒿与薇。白骨归黄泉,肌体乘尘飞。生时不识父,死后知我谁?孤魂游穷暮,飘飖安所依?人生图嗣息〔三〕,尔死我念追。俛仰内伤心,不觉泪沾衣。人生自有命,但恨生日希〔四〕。

【注释】

〔一〕日已潜光辉:言日已没,喻儿死。

〔二〕以上二句是妻妾的话。

〔三〕嗣息:言养儿接代。

〔四〕希:即"稀"。

蔡　琰

蔡琰,字文姬,又字昭姬,陈留圉(今河南杞县南)人。她是蔡邕的女儿,博学有才,通音律。初嫁卫氏,夫亡无子,归宁于家。兵乱中被虏,展转入南匈奴。身陷南匈奴十二年,生二子。曹操遣使将她赎还,重嫁同郡董祀。

悲愤诗

【题解】

《后汉书·董祀妻传》说蔡琰"感伤乱离,追怀悲愤,作诗二章"。第二章是骚体,凡三十八句。第一章是五言诗,凡一百零八句,就是本篇。这诗开头四十句叙遭祸被掳的原由和被虏入关途中的苦楚。次四十句叙在南匈奴的生活和听到被赎消息悲喜交集以及和"胡子"分别时的惨痛。最后二十八句叙归途和到家后所见所感。

汉季失权柄,董卓乱天常〔一〕。志欲图篡弑〔二〕,先害诸贤良〔三〕。逼迫迁旧邦〔四〕,拥主以自强。海内兴义师〔五〕,欲共讨不祥〔六〕。卓众来东下〔七〕,金甲耀日光。平土人脆弱,来兵皆胡羌〔八〕。猎野围城邑,所向悉破亡。斩截无孑遗〔九〕,尸骸相撑拒〔一〇〕。马边悬男头,马后载妇女。长驱西入关〔一一〕,迥路险且阻〔一二〕。还顾邈冥冥〔一三〕,肝脾为烂腐。所略有万计,不得令屯聚。或有骨肉俱,欲言不敢语。失意几微间,辄言"弊降虏〔一四〕。要当以亭刃〔一五〕,我曹不活汝〔一六〕"。岂敢惜性命,不堪其詈骂。或便加棰杖,毒痛参并下〔一七〕。旦则号泣行,夜则悲吟坐。欲死不能得,欲生无一可。彼苍者何辜〔一八〕?乃遭此戹祸。

边荒与华异〔一九〕,人俗少义理〔二〇〕。处所多霜雪,胡风春夏起。翩翩吹我衣,肃肃入我耳。感时念父母,哀叹无穷已。有客从外来,闻之常欢喜。迎问其消息,辄复非乡里。邂逅徼时愿〔二一〕,骨肉来迎己〔二二〕。己得自解免,当复弃儿子。天属缀人心〔二三〕,念别无会期。存亡永乖隔,不忍与之辞。儿前抱我颈,问"母欲何之?人言母当去,岂复有还时?阿母常仁恻,今何更不慈?我尚未成人,奈何不顾思!"见此崩五内〔二四〕,恍惚生狂痴〔二五〕。号泣手抚摩,当发复回疑。兼有同时辈,相送告离别。慕我独得归,哀叫声摧裂。马为立踟蹰,车为不转辙。观者皆歔欷〔二六〕,行路亦呜咽。

去去割情恋,遄征日遐迈〔二七〕。悠悠三千里,何时复交会?念我出腹子,胸臆为摧败。既至家人尽,又复无中外〔二八〕。城郭为山林,庭宇生荆艾。白骨不知谁,纵横莫覆盖。出门无人声,豺狼号且吠。茕茕对孤景〔二九〕，但咤糜肝肺〔三〇〕。登高远眺望，魂神忽飞逝。奄若寿命尽，旁人相宽大〔三一〕。为复强视息〔三二〕，虽生何聊赖〔三三〕？托命于新人〔三四〕，竭心自勖厉〔三五〕。流离成鄙贱，常恐复捐废〔三六〕。人生几何时，怀忧终年岁。

【注释】

〔一〕乱天常：犹言悖天理。天常，天之常道。

〔二〕篡弑：言杀君夺位。董卓于189年以并州牧应袁绍召入都，废汉少帝（刘辩）为弘农王，次年杀弘农王。

〔三〕诸贤良：指被董卓杀害的丁原、周珌、任琼等。

〔四〕旧邦：指长安。190年董卓焚烧洛阳，强迫君臣百姓西迁长安。

〔五〕兴义师：指起兵讨董卓。初平元年（190）关东州郡皆起兵讨董，以袁绍为盟主。

〔六〕不祥：指董卓。祥，善。

〔七〕卓众：指董卓部下李傕、郭汜等所带的军队。初平三年（192）李、郭等出兵关东，大掠陈留、颍川诸县。蔡琰于此时被掳。

〔八〕胡羌：指董卓军中的羌胡。董卓所部本多羌、氐族人（见《后汉书·董卓传》）。李傕军中杂有羌胡（见《后汉纪·献帝纪》记载）。

〔九〕截：斩断。孑：独。这句是说杀得一个不剩。

〔一〇〕相撑拒：互相支拄。这句是说尸体众多堆积杂乱。

〔一一〕西入关：指入函谷关。卓众本从关内东下，大掠后还入关。

〔一二〕迥：遥远。

〔一三〕邈冥冥：渺远迷茫貌。

〔一四〕獘降虏：犹言"死囚"。獘，即"毙"，詈骂之词。

〔一五〕停刃：犹言加刃。亭，古通"停"。一说"亭"是"楟"的省字，楟是击刺的意思。

〔一六〕我曹：犹我辈，兵士自称。以上四句是说兵士对于被虏者小不满意就说："杀了你这死囚，让你吃刀子，我们不养活你了。"

〔一七〕毒：恨。参：兼。这句是说毒恨和痛苦交并。

〔一八〕彼苍者：指天。这句是呼天而问，问这些被难者犯了什么罪。

〔一九〕边荒：边远之地，指南匈奴，其地在河东平阳（今山西临汾附近）。蔡琰如何入南匈奴人之手，本诗略而不叙，史传也不曾明载，《后汉书》本传只言其时在兴平二年（195）。是年十一月李傕、郭汜等军为南匈奴左贤王所破，疑蔡琰就在这次战争中由李、郭军转入南匈奴军。

〔二〇〕少义理：言其地风俗野蛮。这句隐括自己被蹂躏被侮辱的种种遭遇。

〔二一〕邂逅（音蟹后）：不期而遇。徼：侥幸。这句是说平时所觊望的事情意外地实现了。

〔二二〕骨肉：喻至亲。作者苦念故乡，见使者来迎，如见亲人，所以称之为骨肉。或谓曹操遣使赎蔡琰或许假托其亲属的名义，所以诗中说"骨肉来迎"。

〔二三〕天属：天然的亲属，如父母、子女、兄弟、姐妹。缀：联系。

〔二四〕五内：五脏。

〔二五〕恍惚：精神迷糊。生狂痴：发狂。

〔二六〕歔欷：悲泣抽噎。

〔二七〕遄（音传）征：疾行。日遐迈：一天一天地走远了。

〔二八〕中外：犹中表。中，指舅父的子女，为内兄弟。外，指姑母的子女，为外兄弟。以上二句是说到家后才知道家属已死尽，又无中表近亲。

〔二九〕茕茕：孤独貌。景：就是"影"。

〔三〇〕怛咤（音达诈）：惊痛而发声。

〔三一〕相宽大：劝她宽心。

〔三二〕息:呼吸。这句是说又勉强活下去。

〔三三〕何聊赖:言无聊赖,就是无依靠,无乐趣。

〔三四〕新人:指作者重嫁的丈夫董祀。

〔三五〕勖:勉励。

〔三六〕捐废:弃置不顾。以上二句是说自己经过一番流离,成为被人轻视的女人,常常怕被新人抛弃。

辛延年

辛延年,后汉人,身世不详。

羽林郎

【题解】

羽林是皇家的警卫军,羽林郎是羽林中的官名。本篇内容并不是咏羽林郎,而是歌咏一个酒家女反抗强暴、拒绝贵家豪奴调笑的事。乐府诗有用旧题咏新事,诗题和内容不相干的,疑这篇《羽林郎》也是用旧题。诗中的冯子都是西汉人,而诗是东汉诗,作者假托往事以讽当时。朱乾《乐府正义》疑这诗为讽刺窦景而作,是可能的。东汉和帝(刘肇)时(89—105)窦宪做大将军,兄弟骄横,尤其是执金吾窦景,常常纵容部下强夺民间妇女财物,百姓都把他们看做虎狼。窦氏家奴的头子侯海地位相当于霍氏的冯子都。

昔有霍家奴,姓冯名子都〔一〕。依倚将军势,调笑酒家胡〔二〕。胡姬年十五,春日独当垆〔三〕。长裾连理带〔四〕,广袖合欢襦〔五〕。头上蓝田玉〔六〕,耳后大秦珠〔七〕。两鬟何窈窕〔八〕,一世良所无。一鬟五百万,两鬟千万余〔九〕。“不意金吾子〔一〇〕,娉婷过我庐〔一一〕。银鞍何煜爚〔一二〕,

翠盖空踟蹰〔一三〕。就我求清酒，丝绳提玉壶。就我求珍肴，金盘脍鲤鱼〔一四〕。贻我青铜镜，结我红罗裾〔一五〕。不惜红罗裂，何论轻贱躯〔一六〕！男儿爱后妇，女子重前夫。人生有新旧，贵贱不相逾〔一七〕。多谢金吾子〔一八〕，私爱徒区区〔一九〕。”

【注释】

〔一〕冯子都：名殷，西汉昭帝（刘弗陵）时（前86—前74）霍光为大司马大将军，冯子都是霍光所爱幸的奴才头子。

〔二〕酒家胡：酒家“胡”女。当时称西北外族都叫“胡”。

〔三〕当垆：就是卖酒。垆，放酒坛子的地方，用土垒成，四边隆起，一面稍高。

〔四〕裾：衣的前襟。连理带：两条相联结的带子。

〔五〕合欢：一种图案花纹的名称，这种花纹是象征和合欢乐的，凡器物有合欢文的往往就以合欢为名，如“合欢席”、“合欢扇”、“合欢被”等。襦：短衣。

〔六〕蓝田：山名，在今陕西蓝田东，相传山出美玉，又名玉山。

〔七〕大秦：国名，即罗马帝国，当时由西域和中国交通。《后汉书·西域传》：“大秦土多金银奇宝，有夜光璧、明月珠。”这句说珠在耳后，似指簪两端垂下的珠（簪长一尺，横穿髻上，两端悬挂珠玉等饰物），不是耳珰。

〔八〕两鬟：将头发挽成环形的髻，叫做“鬟”。古时年轻女子挽两鬟或三鬟。窈窕（音咬佻）：美好貌。

〔九〕以上二句是说鬟上首饰贵重，值钱千万。

〔一〇〕金吾：即执金吾，官名，统率一部分禁军，负巡防京师的责任。冯子都是霍氏家奴，并非执金吾（《汉书·宣帝纪》称他为“长安男子冯殷”，可见他并无官职），这里胡姬称冯为“金吾子”，正如后世的老百姓见了兵都称“老总”、“长官”之类。

〔一一〕娉婷(音乒庭):婉容曰娉,和色曰婷。

〔一二〕煜爚(音郁跃):光辉照耀。

〔一三〕翠盖:用翠鸟羽毛装饰起来的车盖。

〔一四〕脍鲤鱼:细切鲤鱼肉。

〔一五〕以上二句言霍家奴以铜镜送胡姬,要系在她的衣襟上。这种举动就是上文所说的“调笑”。

〔一六〕以上二句是说对于霍家奴的赠镜结裾,不惜绝裾抗拒,如果他进一步侵犯身体,将如何对待就不消说了。

〔一七〕逾:越。胡姬表明拒绝的理由:一是爱情已有所属,二是不愿嫁给贵人。后一层表示出阶级敌意。

〔一八〕多谢:犹言郑重告诉。谢,告。

〔一九〕徒区区:白白地殷勤。末二句意在向一切“金吾子”宣告,不专对冯说。

宋子侯

宋子侯，后汉人，身世不详。

董娇饶

【题解】

董娇饶：女子名。疑这也是乐府旧题。这诗以花拟人，设为问答。诗意是感叹花落还可以重开，而人的盛年一去不返，欢爱也跟着年华永逝。

洛阳城东路，桃李生路旁。花花自相对，叶叶自相当。春风东北起，花叶正低昂。不知谁家子〔一〕，提笼行采桑。纤手折其枝，花落何飘扬〔二〕。请谢彼姝子〔三〕："何为见损伤〔四〕？""高秋八九月，白露变为霜。终年会飘堕，安得久馨香〔五〕？""秋时自零落，春月复芬芳。何如盛年去，欢爱永相忘〔六〕？"吾欲竟此曲，此曲愁人肠。归来酌美酒，挟瑟上高堂〔七〕。

【注释】

〔一〕子：女子。

〔二〕飘扬：飞扬。

〔三〕请谢:就是请问。姝子:犹言好姑娘。

〔四〕这句是花向折花的女子发问。

〔五〕以上四句是女子答辞,言秋天来了以后你反正是要飘落的,言外之意是说现在小小的损伤又何足道?

〔六〕以上四句是花答女子之辞,言拿我的命运和你的比较,花落还能重开,不像你盛年一去就不再被人喜爱了。何如,《玉台新咏》卷一作"何时",这里据《艺文类聚》卷八十八改正。

〔七〕最后四句作歌者口吻,言曲中所说盛年欢爱不能再来是使人忧愁的,破愁之法只有及时行乐。

无名氏

战城南

【题解】

这是诅咒战争和劳役的诗。前方白骨暴露，后方禾黍不获，受尽痛苦的老百姓虽不敢明白地攻击朝廷，但也忍不住借良臣之思表示出他们的怨愤。本篇是汉乐府诗《鼓吹曲辞·铙歌》十八首之一。《铙歌》本是军乐，但歌辞内容庞杂，其中有叙战阵，有纪祥瑞，有表武功，也有关涉男女爱情的。歌辞产生的时代不出武帝和宣帝（刘询）两朝。有些是文人的制作，有些本出民间。这里所选的三篇都是民歌。

战城南，死郭北，野死不葬乌可食。为我谓乌〔一〕："且为客豪〔二〕，野死谅不葬，腐肉安能去子逃〔三〕？"水深激激〔四〕，蒲苇冥冥〔五〕。枭骑战斗死〔六〕，驽马徘徊鸣。〔梁〕筑室〔七〕，何以南〔梁〕，何以北〔八〕，禾黍不获君何食〔九〕？愿为忠臣安可得〔一〇〕？思子良臣，良臣诚可思。朝行出攻，莫不夜归〔一一〕。

【注释】

〔一〕我:诗人自称。

〔二〕客:指死者。豪:读为“譹”,就是“号”。古人对于新死者须行招魂的礼,招时且哭且说,就是号。诗人要求乌先为死者招魂,然后吃他。

〔三〕子:指乌。以上二句是说这些战死在郊野的人一定没有人来埋葬,已腐烂的肉体绝不能离开乌而逃走,先号后吃也不迟。

〔四〕激激:清澄。

〔五〕冥冥:幽暗。

〔六〕枭骑:就是“骁骑”,良马,喻战死的英雄,也就是指上文的“客”和下文的“忠臣”。

〔七〕梁:表声的字,下同(古乐录著录歌曲,用大字写歌辞的正文,用小字写其中的泛声。流传久了,声和辞往往混杂起来。汉《铙歌》中有些不可解的句子,主要原因便是声辞相杂)。筑室:指构筑宫室、城堡、营垒等工事。

〔八〕以上二句言那些服工役的人为何也像兵士一样南北征调呢?

〔九〕这句是说壮丁既不能在乡生产粮食,君主也就无从得食了。

〔一〇〕忠臣:指战死者。这句是说那些应役筑室而南北奔走劳苦致死的人,即使愿意痛快地战死,落个忠臣名号,还得不着呢。

〔一一〕以上四句是说由于良臣不可得,战者只有朝出而无夜归。良臣,指善于谋划调度的大臣。

有所思

【题解】

这一首是情诗,主人公是女性,当她听到情人有了“他心”的时候,她把准备寄给他的礼物一齐摧毁了,下决心和他断绝情谊。但回想起当初两人偷偷地相会时惊鸡动犬提心吊胆的光景，又觉得很难断绝。究竟断不断呢？她说：等天亮了，天日自会照彻我的心。

有所思，乃在大海南。何用问遗君〔一〕？双珠玳瑁簪〔二〕，用玉绍缭之〔三〕。闻君有他心，拉杂摧烧之。摧烧之，当风扬其灰。从今以往，勿复相思！相思与君绝！鸡鸣狗吠，兄嫂当知之。〔妃呼豨〕秋风肃肃晨风飔〔四〕，东方须臾高知之〔五〕。

【注释】

〔一〕问遗：赠与。这句是说用什么送给你？

〔二〕簪：古人用来连接冠和发髻，横穿髻上，两端出冠外。《后汉书·舆服志》云："簪以玳瑁为擿，长一尺，端为华胜，下有白珠。"

〔三〕绍缭：缠绕。

〔四〕妃呼豨：表声的字，无意义。肃肃：风声。晨风：鸟名，就是鹯，和鹞子是一类，飞起来很快。飔：疾速。

〔五〕高：读为"皜（音皓）"，白。

上　邪

【题解】

这一首也是情诗。指天为誓，表示爱情的坚固和永久。有人猜想这诗和上篇有关联，或本为一篇。如果真是这样，两篇就是同一女子之辞，上篇写考虑和情人断绝，欲决未决，这篇是打定主意之后的誓言。

上邪〔一〕！我欲与君相知〔二〕，长命无绝衰〔三〕。山无陵，江水为竭，冬雷震震，夏雨雪，天地合，乃敢与君绝〔四〕！

【注释】

〔一〕上邪（音耶）：犹言“天啊”。这句是指天为誓。上，指天。

〔二〕相知：相亲。

〔三〕命：令，使。从“长命”句以下是说不但要“与君相知”，还要使这种相知永远不绝不衰。

〔四〕除非高山变平地、江水流干，冬雷、夏雪，天地合并，一切不可能发生的事都发生了，我才会和你断绝。

陌上桑

【题解】

这诗叙述一个太守侮弄一个采桑女子遭到抗拒的故事。诗中揭露了上层统治阶级荒淫无耻的面目，同时刻画了一个坚贞美丽的女性形象。据郑樵《通志》，《陌上桑》本有两首，一首又名《秋胡行》，咏秋胡故事；另一首又名《艳歌罗敷行》，咏罗敷故事，即本篇。本篇分三解。“解”犹“章”，是乐歌的段落。

日出东南隅〔一〕，照我秦氏楼。秦氏有好女，自名为罗敷。罗敷喜蚕桑〔二〕，采桑城南隅。青丝为笼系〔三〕，桂枝为笼钩。头上倭堕髻，耳中明月珠〔四〕。缃绮为下裙〔五〕，紫绮为上襦。行者见罗敷，下担捋髭须。少年见罗敷，脱帽着帩头〔六〕。耕者忘其犁〔七〕，锄者忘其锄。来归相怒怨，但坐观罗敷〔八〕。一解。

使君从南来，五马立踟蹰〔九〕。使君遣吏往，"问是谁家姝〔一〇〕。""秦氏有好女，自名为罗敷〔一一〕。""罗敷年几何?""二十尚不足，十五颇有余。""使君谢罗敷，宁可共载不〔一二〕?"罗敷前置辞："使君一何愚〔一三〕！使君自有妇，罗敷自有夫。"二解。

"东方千余骑，夫婿居上头〔一四〕。何用识夫婿〔一五〕?白马从骊驹〔一六〕，青丝系马尾，黄金络马头，腰中鹿卢剑〔一七〕，可值千万余。十五府小史〔一八〕，二十朝大夫，三十侍中郎〔一九〕，四十专城居〔二〇〕。为人洁白皙，鬑鬑颇有须〔二一〕，盈盈公府步，冉冉府中趋〔二二〕。坐中数千人，皆言夫婿殊〔二三〕。"三解。

【注释】

〔一〕隅：方。北回归线以北地区见太阳东升稍偏南方。

〔二〕喜：一作"善"。

〔三〕笼：篮子。系：系物的绳。

〔四〕倭堕：就是"委佗"或"婀媠"，美好。明月珠：大珠名。

〔五〕缃:杏黄色。

〔六〕帽:一作“巾”。帩头:即“绡头”,是包头发的纱巾。古人用丝或麻织品束发然后加冠。帽大约是戴在绡头之上的。这一句是说脱了帽子仅着绡头。

〔七〕犁:一作“耕”。

〔八〕坐:因。以上二句是说耕者、锄者归来互相抱怨,只因看罗敷采桑,误了工作。一说,因为男子痴看罗敷引起妻的愤怒,回家后发生诟谇。这也是可能的。此种叙写的作用是衬托罗敷的美。

〔九〕使君:对太守或刺史的称呼,最早见于《后汉书·寇恂传》。五马:古代诸侯驾车用五匹马,汉太守也用五马。“五马”句:是说使君的车停止不进。

〔一〇〕姝:美女。这句是太守命令他的吏人。

〔一一〕以上二句是吏人的回复。一作“答云秦氏女,且言名罗敷”。以下三句是使君和吏人的问答。

〔一二〕谢:问。以上二句是吏人奉命问罗敷。

〔一三〕置:一作“致”。一:语助词。

〔一四〕上头:行列的前端。

〔一五〕何用:何以。

〔一六〕骊:纯黑的马。

〔一七〕鹿卢:滑车。普通写作“辘轳”。古时长剑之首用玉作辘轳形。

〔一八〕府小史:太守府中的吏人。史:一作“吏”。

〔一九〕朝大夫、侍中郎:都是官名。侍中在汉朝是加官,就是在原官上特加的荣衔。

〔二〇〕专城居:犹言为一城之主,如州牧和太守。

〔二一〕鬑鬑(音廉廉):长貌。白面长髯是当时男性美的标准。

〔二二〕盈盈、冉冉:都是美好而迟缓的样子,形容贵人的步法。公府:是三公之府。府中:是太守所居。公府步、府中趋,等于后世所谓“官步”。

〔二三〕殊：出众。

猛虎行

【题解】

这首诗以猛虎和野雀起兴，而着重在野雀，所以下文不涉及猛虎，这是双起单承。诗中用两个比喻表示游子不干非法和放荡的事。

饥不从猛虎食，暮不从野雀栖〔一〕。野雀安无巢？游子为谁骄〔二〕？

【注释】

〔一〕猛虎：喻盗匪一类以暴力害人的人。野雀：喻娼女荡妇之类。

〔二〕骄：自重自爱的意思。

陇西行

【题解】

这诗描写并赞美一个能操持门户的“好妇”。“为乐甚独殊”以上写天上星宿，和下文不相连。旧说这是以天上物物成双和凤凰将雏的乐趣来衬托“好妇”的孤独，这是勉强串讲。开头四句又见于另一首乐府歌辞《步出夏门行》的篇末，本篇似取《步出夏门行》的尾声拼凑成篇，所以文义不连贯，这是乐府歌辞常有的现象。

天上何所有？历历种白榆〔一〕。桂树夹道生〔二〕，青龙对道隅〔三〕。凤凰鸣啾啾〔四〕，一母将九雏〔五〕。顾视世间人，为乐甚独殊。好妇出迎客，颜色正敷愉〔六〕。伸腰再拜跪〔七〕，问客平安不。请客北堂上，坐客毡氍毹〔八〕。清白各异樽〔九〕，酒上正华疏〔一〇〕。酌酒持与客，客言主人持。却略再拜跪〔一一〕，然后持一杯。谈笑未及竟，左顾敕中厨〔一二〕。促令办粗饭，慎莫使稽留。废礼送客出〔一三〕，盈盈府中趋。送客亦不远，足不过门枢。取妇得如此，齐姜亦不如〔一四〕。健妇持门户〔一五〕，一胜一丈夫〔一六〕。

【注释】

〔一〕历历：分明貌。白榆：星名。本篇所举星宿都是以植物或动物命名，诗人幻想它们是真的动植物。

〔二〕桂树：也是指星而言，纬书里有"阳星之精生椒桂"之说。道：指"黄道"。古人认为太阳绕地而行，黄道就是想象中的太阳绕地的轨道。在这里诗人幻想为天上的一条大道。

〔三〕青龙：星名，东方七宿之称。隅：旁。

〔四〕凤凰：指星，即鹑火。

〔五〕将：率领。

〔六〕敷愉：和悦美丽。

〔七〕伸腰再拜跪：直起腰来行拜礼（抱手当胸，俯身），然后恢复原来坐的姿势。古人坐时两膝着地，和今人的跪相同。

〔八〕氍毹：较粗的毛褥，就是毡。陇西（今甘肃东南部）“羌”、“戎”杂居，用“氍毹”见地方色彩。

〔九〕清白：指清酒、白酒。这句是说两种酒都有，随客取用。

〔一〇〕华疏：柄上刻有花纹的勺。这句是说酒送上来的时候将勺摆正，使柄向南方。

〔一一〕却略：稍稍退后。

〔一二〕敕：吩咐。中厨：内厨房。厨在东，从北堂东顾是面向左，所以说“左顾”。左顾解作回头也可以通，左右都有回环之义。

〔一三〕废礼：犹言罢礼。

〔一四〕齐姜：犹言齐国姜姓之女，用来作为高贵及美好女子的代表。《诗经·衡门》：“岂其取妻，必齐之姜？”“齐姜”犹“齐之姜”。在这里可能是指春秋时晋文公的夫人，她是齐桓公的宗女。她把丈夫从偷安的生活里救出来，使他能成就大事，是一个有远大识见的女子，正是古之“健妇”。

〔一五〕健妇：犹言有男子气概的女子。

〔一六〕这句一作“胜一大丈夫”。

饮马长城窟行

【题解】

这诗写女子怀念在远方作客的丈夫。前半写因想望而入梦，梦后想望更切。后半写得到远方来书和来书的内容。

青青河畔草，绵绵思远道〔一〕。远道不可思，宿昔梦见之〔二〕。梦见在我傍，忽觉在他乡。他乡各异县，展转不相见〔三〕。枯桑知天风，海水知天寒〔四〕。入门各自媚，谁肯相为言〔五〕！客从远方来，遗我双鲤鱼〔六〕。呼儿烹鲤鱼〔七〕，中有尺素书〔八〕。长跪读素书〔九〕，书中竟何如？上言加餐食，下言长相忆〔一〇〕。

【注释】

〔一〕畔：一作“边”。绵绵：延续不断貌，形容草也形容对于远方人的相思。因为河边的青草绵绵不断，延向远处，引起了对于远方人的不断想念。

〔二〕宿昔：犹“昨夜”。昔，与“夕”通。

〔三〕展转：亦作“辗转”，不定。这里是说在他乡作客的人行踪无定。“展转”又是形容不能安眠之词。如将这一句解释为指思妇而言，也可以通，就是说她醒后翻来覆去不能再入梦。

〔四〕枯桑：落了叶的桑树。这两句是说枯桑虽然没有叶，仍然感到风吹，海水虽然不结冰，仍然感到天冷。比喻那远方的人纵然感情淡薄也应该知道我的孤凄、我的想念。

〔五〕媚：爱。言：问讯。以上二句是说远方归来的人只顾爱自家的人，不管别家的事，谁都不肯为我打听个消息带回来。这是把远人没有音信归咎于别人不肯代为问讯。

〔六〕双鲤鱼：指藏书信的函，就是刻成鲤鱼形的两块木板，一底一盖，把书信夹在里面。一说将上面写着书信的绢结成鱼形。以上二句是说正在盼望消息的时候，有个从远方来的客人捎着信来了。

〔七〕烹：煮。假鱼本不能煮，诗人为了造语生动故意将打开书函说成烹鱼。

〔八〕尺素：素是生绢，古人用绢写信。

〔九〕长跪：伸直了腰跪着，古人席地而坐，坐时两膝着地，臀部压在脚后跟上。跪时将腰伸直，上身就显得长些，所以称为“长跪”。

〔一〇〕末二句“上”、“下”指书信的前部和后部。这封书信里只说到劝加餐和怀念，而不曾提到归期，读完了失望的情绪可以想见。古诗常在文意突变的地方换韵，这里就是一个例子。

孤儿行

【题解】

本篇叙一个孤儿受兄嫂奴役，苦得活不下去。所写虽然是一个家庭问题，同时也反映了当时奴婢的生活。这首诗的产地是九江之北、齐鲁之西，该是河南境内。

孤儿生，孤子遇生，命独当苦〔一〕！父母在时，乘坚车，驾驷马。父母已去〔二〕，兄嫂令我行贾〔三〕。南到九江〔四〕，东到齐与鲁〔五〕。腊月来归，不敢自言苦。头多虮虱，面目多尘〔六〕。大兄言办饭，大嫂言视马。上高堂，行取殿下堂〔七〕。孤儿泪下如雨。使我朝行汲，暮得水来归。手为错〔八〕，足下无菲〔九〕。怆怆履霜〔一〇〕，中多蒺藜〔一一〕。拔断蒺藜肠肉中〔一二〕，怆欲悲。泪下渫渫〔一三〕，清涕累累〔一四〕。冬无复襦〔一五〕，夏无单衣。居生不乐，不如早去下从地下黄泉〔一六〕！春气动，草萌芽。三月蚕桑，六月收瓜。将是瓜车〔一七〕，来到还家。瓜车反覆。助我者少,啖瓜者多[一八]。愿还我蒂[一九],兄与嫂严,独且急归[二〇],当兴校计[二一]。乱曰[二二]:里中一何诿诿[二三],愿欲寄尺书,将与地下父母,兄嫂难与久居!

【注释】

〔一〕遇:偶。开头三句言孤儿偶然生到世上来,偏他命苦。

〔二〕已去:已死。

〔三〕行贾:往来贩卖。汉朝社会上商人地位低,当时的商贾有些就是富贵人家的奴仆。兄嫂命孤儿行贾也是将他当奴仆驱使。

〔四〕九江:郡名,西汉治寿春,即今安徽寿县;东汉治陵阴,在今安徽定远西北。

〔五〕齐:西汉有齐郡,东汉为齐国,约有今山东东部及东北部地。鲁:汉县名,即今山东曲阜。

〔六〕这句的句尾可能脱掉一个"土"字。因为这里应该有个韵脚,而且和上下文比较,这句也该是五言句。

〔七〕行取殿下堂:就是跑向殿下之堂。办饭要上高堂,视马要下高堂,就这么上下奔走。行,复。取,读为"趣",就是"趋"。殿,就是高堂。

〔八〕错:读为"皵",皮肤皴裂。

〔九〕菲:亦作"扉",就是草鞋。

〔一〇〕怆怆:悲伤。或读为"跄跄",趋走之貌。履:践踏。

〔一一〕蒺藜:一种蔓生的草,子有刺。

〔一二〕肠:指腓肠,或名腨肠,就是胫骨后的肉。

〔一三〕渫渫(音牒):水流貌。

〔一四〕累累:不断。

〔一五〕复襦:有里子的短衣,就是短夹袄。

〔一六〕早去:早死。黄泉:地下。这句是说宁愿早死,向地下追随父母。

〔一七〕将:推。

〔一八〕啖:吃。

〔一九〕蒂:是瓜和藤相连接之处。孤儿无法阻止别人吃他的瓜,但要求还给他瓜蒂,以便向兄嫂交代。

〔二〇〕独:将。且:语助字。

〔二一〕校计:就是计较。

〔二二〕乱:音乐的最后一段,可能是合唱。以下四句是乱辞。

〔二三〕谑谑(音饶):怒叫声。以下写孤儿未到家已听到兄嫂在里中叫骂,他怕极了,又想到死了。

艳歌行

【题解】

这首诗的主人公是漂泊在外乡的旅客,自述在他的流浪生活中遇到一位好心的女主人为他缝补衣裳,却遭到男主人的猜疑。因而引起满心的委屈和乡愁。题目中的"艳"字是音乐名词,就是正曲之前的一段。

翩翩堂前燕,冬藏夏来见。兄弟两三人,流宕在他县〔一〕。故衣谁当补?新衣谁当绽〔二〕?赖得贤主人,览取为吾组〔三〕。夫婿从门来,斜柯西北眄〔四〕。"语卿且勿眄,水清石自见〔五〕。"石见何累累,远行不如归〔六〕。

【注释】

〔一〕宕:同“荡”。以上四句是说旅人漂泊在异乡不如燕子冬去夏来,能够一年一度回到它的本土。

〔二〕绽:本是裂缝的意思,补联裂缝也叫做绽。以上二句“故衣”、“新衣”是连类偏举。新衣本不须绽,下句不过是上句的陪衬,本身没有意义。

〔三〕览:就是“揽”,取。组:就是“绽”,缝补。以上二句是说贤惠的女主人热心为客缝衣。

〔四〕斜柯:犹今语“歪邪”。一作“斜倚”。眄:斜视。

〔五〕卿:称谓之词,犹“您”。水清石见:比喻心迹总有表明的一天。以上二句是说:您不必这样瞅我,事情总会搞明白的。

〔六〕末二句表示心迹结果是表明了,但是经过这一次的纠纷感觉在外作客的味道实在不好受,不如回家的好。

白头吟

【题解】

这诗所写的是一个女子对她的负心的爱人表示决绝,责备他只重钱刀,不重爱情。有人误认这篇是卓文君的作品。据《宋书·乐志》知道这篇和《江南可采莲》、《乌生八九子》一类,同是汉代的“街陌谣讴”,与卓文君无关。《乐府诗集》卷四十一作《古辞》,属《相和歌·楚调曲》。

皑如山上雪,皎若云间月〔一〕。闻君有两意〔二〕,故来相决绝〔三〕。今日斗酒会,明旦沟水头〔四〕。躞蹀御沟上,沟水东西流〔五〕。凄凄复凄凄，嫁娶不须啼〔六〕。愿得一心人，白头不相离。竹竿何袅袅〔七〕，鱼尾何簁簁〔八〕。男儿重意气，何用钱刀为〔九〕。

【注释】

〔一〕皑、皎：都是白。开头二句是比喻，言“君有两意”这件事已如雪如月，明明白白，无可隐瞒了。或以雪月比自己的纯洁来和对方比照，也可以通。

〔二〕两意：就是二心（和下文“一心”相对），指情变。

〔三〕决：别。

〔四〕斗：盛酒的器具。这两句是说今天置酒作最后的聚会，明早沟边分手。

〔五〕躞蹀：行貌。御沟：流经御苑或环绕宫墙的沟。古人对属于皇帝的事物都称“御”。东西流：即东流。“东西”是偏义复词，这里偏用东字的意义。以上二句是设想别后在沟边独行，过去的爱情生活将如沟水东流，一去不返。

〔六〕嫁娶：也是偏义复词，这里偏用嫁字的意思。这句连下两句是说嫁女不须啼哭，只要嫁得“一心人”，白头到老，别和我一样，那就好了。

〔七〕竹竿：指钓竿。袅袅：动摇貌。

〔八〕簁簁（音筛）：犹“漇漇”，形容鱼尾像濡湿的羽毛。在中国歌谣里钓鱼常常是男女求偶的象征隐语。这里用隐语表示男女相爱的幸福。

〔九〕意气：这里指感情、恩义。钱刀：古时的钱有铸成马刀形的，叫做刀钱。所以钱又称为钱刀。末二句是说男子应该重视情义，追求钱刀有什么用呢？

梁甫吟

【题解】

梁甫：山名，在泰山下，古代世俗相信泰山梁甫是人死后魂魄所归处。古曲《泰山梁甫吟》分为《泰山吟》和《梁甫吟》二曲，都是葬歌。这篇是齐地土风（曾被人误会是诸葛亮所作），记述“二桃杀三士”故事。

步出齐城门，遥望荡阴里〔一〕。里中有三坟，累累正相似〔二〕。问是谁家墓，田疆古冶氏〔三〕。力能排南山，又能绝地纪〔四〕。一朝被谗言，二桃杀三士。谁能为此谋？相国齐晏子〔五〕。

【注释】

〔一〕荡阴里：一名阴阳里，在齐国都城临淄东南。这句一作“追望阴阳里”。

〔二〕累累：即“垒垒”，丘陵起伏之貌。

〔三〕以上二句用问答说明三坟所属。田开疆、古冶子和公孙接是齐国齐景公所养的三勇士（见《晏子春秋·谏下》），这里只举了前二人。

〔四〕以上二句写三勇士的力量。排，推倒。南山，指齐国的牛山。地纪，地基。《庄子·说剑》：“此剑上决浮云，下绝地纪。”《庄子》两句都说剑，这里两句都说勇。又，一作“文”。

〔五〕《晏子春秋·谏下》记载：三勇士得罪了宰相晏婴，晏婴劝齐景公除去三人,并献一条计,就是送给三人两只桃子,叫他们自己评功,功大的可以吃桃。首先,公孙接自报了打虎功,拿过一只桃。其次,田开疆自报了杀敌功,又拿过一只桃。这时古冶子站起来说:“当年跟咱主上过黄河,有只大鼋衔去拉车的马。俺在逆流里潜行九里,捉住大鼋,把它宰了。左手提马尾,右手提鼋头,从水里跳了出来。岸上的人都道是河神出现。这样的功劳该够资格吃桃吧?两位把桃子还出来吧!”说着拔出剑来。公孙接、田开疆满脸羞惭,还过桃子,说:“咱们本领不如人家,还抢着吃东西,好不丢人,是好汉就没脸活下去!”说罢都自己割下脑袋。古冶子一看,后悔道:“俺羞死两个伙伴,独个儿活着,还成什么勇士?”也自刎了。这就是“二桃杀三士”的故事。

怨歌行

【题解】

这诗用扇来比喻女子。扇在被人需要的时候就“出入怀袖”,不需要的时候就“弃捐箧笥”。旧时代有许多女子处于被玩弄的地位,她们的命运决定于男子的好恶,随时可被抛弃,正和扇子差不多。这一篇旧以为班婕妤诗,或以为颜延年作,都是错误的。今据《文选》李善注引《歌录》作无名氏乐府《古辞》。属《相和歌·楚调曲》。

新裂齐纨素,鲜洁如霜雪〔一〕,裁为合欢扇,团团似明月〔二〕。出入君怀袖,动摇微风发。常恐秋节至,凉飙夺炎热〔三〕,弃捐箧笥中〔四〕,恩情中道绝。

【注释】

〔一〕新裂：是说刚从织机上扯下来。裂，截断。素：生绢，精细的素叫做纨。齐地所产的纨素最著名。鲜：一作“皎”。

〔二〕团团：一作“团圆”。

〔三〕飙：急风。

〔四〕箧笥：箱子。

枯鱼过河泣

【题解】

这诗以鱼拟人，似是遭遇祸患的人警告伙伴的诗。枯鱼作书的确是奇想，汉乐府里所有寓言体的歌辞无不表现极活泼的想象力。

枯鱼过河泣〔一〕，何时悔复及！作书与鲂鱮〔二〕，相教慎出入。

【注释】

〔一〕枯鱼：干鱼。

〔二〕鲂：鳊鱼。鱮（音叙）：鲢鱼。

古　歌

秋风萧萧愁杀人，出亦愁，入亦愁。座中何人，谁不怀忧？令我白头。胡地多飚风〔一〕，树木何修修〔二〕。离家日趋远，衣带日趋缓。心思不能言，肠中车轮转〔三〕。

【注释】

〔一〕飙（音标）风：暴风。

〔二〕修修：通“翛翛”，鸟尾干枯不润泽貌，这里借以形容树木被风吹得干枯如鸟尾。

〔三〕思：悲。末二句是说难言的悲感回环在心里，好像车轮滚来滚去，用这个比喻更能传达痛楚之感给读者。

古　歌

【题解】

本篇是旅客怀乡的诗，用小麦不宜种在高田，比人不宜住在他乡。《古诗赏析》评：“他乡最易憔悴，说得极直捷，而其故却未说破，又极含蓄。”

高田种小麦，终久不成穗。男儿在他乡，焉得不憔悴？

古乐府

【题解】

此题一作《古艳歌》。诗言芳兰不生于幽谷而长在路旁，到秋天便不免和杂草同被刈割，杂置在束薪之中。本篇似以兰喻志行高洁而不善于自处的人。

兰草自然香〔一〕，生于大道旁。要镰八九月〔二〕，俱在束薪中。

【注释】

〔一〕然：一作“言”。

〔二〕要：同“腰”。此句一作“十月腰镰起”。

古艳歌

【题解】

这篇最初见于《太平御览》卷六百八十九，题为《古艳歌》，无作者名氏。明、清人选本往往作窦玄妻《古怨歌》。《艺文类聚》卷三十记窦玄妻事云，“后汉窦玄形貌绝异，天子以公主妻之。旧妻与玄书别曰：‘弃妻斥女敬白窦生：卑贱鄙陋，不如贵人。妾日已远，彼日已亲。何所告诉，仰呼苍天。悲哉窦生！衣不厌新，人不厌故。悲不可忍，怨不自去。彼独何人，而居是处。’”并不曾提到窦玄妻作这首歌。今仍从《太平御览》。这首诗是弃妇诗，上二句比喻自己被出而终恋故人，下二句是说服故人也应该念旧。

茕茕白兔，东走西顾。衣不如新，人不如故。

焦仲卿妻

【题解】

这一篇长诗和序最早见于《玉台新咏》卷一。诗中叙写汉末庐江郡的一幕家庭悲剧。主人公焦仲卿和刘兰芝夫妇爱情非常深厚。但焦母不喜兰芝，逼迫仲卿将兰芝遣回娘家。兰芝回娘家后又被亲兄强迫许嫁太守的儿子，她不屈而投水自杀。仲卿也跟着上吊死了。他们为了忠于爱情，以一死表示对于压迫者的反抗。作者以十分同情的态度叙述了这个故事，通过有力的艺术表现，揭露了封建礼教的吃人的罪恶。

序曰：汉末建安中〔一〕，庐江府小吏焦仲卿妻刘氏〔二〕，为仲卿母所遣，自誓不嫁。其家逼之，乃投水而死。仲卿闻之，亦自缢于庭树。时人伤之，为诗云尔。

孔雀东南飞〔三〕，五里一徘徊。"十三能织素，十四学裁衣，十五弹箜篌〔四〕，十六诵诗书。十七为君妇，心中常苦悲。君既为府吏，守节情不移〔五〕。鸡鸣入机织，夜夜不得息。三日断五匹，大人故嫌迟〔六〕。非为织作迟，君家妇难为。妾不堪驱使，徒留无所施〔七〕。便可白公姥〔八〕，及时相遣归。"

【注释】

〔一〕建安:汉献帝(刘协)年号(196—219)。

〔二〕庐江:汉郡名,初治在今安徽庐江西,汉末徙治今安徽潜山。

〔三〕孔雀:鸟名,鹑鸡类。古诗言夫妇离别往往用双鸟起兴。《艳歌何尝行》"飞来双白鹄,乃从西北来,……五里一返顾,六里一徘徊",是本篇起头两句的来源。

〔四〕箜篌:乐器名,体曲而长,二十三弦,弹时抱在怀中,两手拨弦。

〔五〕此句下一本有"贱妾留空房,相见常日稀"二句。

〔六〕断:从机上截下。大人:刘氏称仲卿的母亲。一作"丈人"。

〔七〕施:用。

〔八〕白:告语。公姥:公公和婆婆。这里"公姥"是偏义复词,因姥而连言公。

以上头两句是起兴,下十八句是刘氏对仲卿诉说痛苦,自请回家。

府吏得闻之,堂上启阿母〔九〕:"儿已薄禄相〔一〇〕,幸复得此妇。结发同枕席〔一一〕,黄泉共为友。共事二三年,始尔未为久。女行无偏斜,何意致不厚〔一二〕?"阿母谓府吏:"何乃太区区〔一三〕!此妇无礼节,举动自专由〔一四〕。吾意久怀忿,汝岂得自由!东家有贤女,自名秦罗敷。可怜体无比,阿母为汝求。便可速遣之,遣去慎莫留〔一五〕!"府吏长跪告,伏惟启阿母:"今若遣此妇,终老不复取〔一六〕!"阿母得闻之,槌床便大怒〔一七〕:"小子无所畏，何敢助妇语！吾已失恩义，会不相从许〔一八〕！”

【注释】

〔九〕府吏：指仲卿，他是庐江府小吏。启：和“白”相同，禀告。

〔一〇〕古人迷信相术，根据相术见出一个人的贫富贵贱叫做“禄相”。薄禄相：言命中难致富贵。

〔一一〕结发：指男女初成年时。男子二十岁束发加冠，女子十五岁束发加笄表示成年，通称结发。同枕席：指成为夫妇。《文选》卷二十九苏武诗：“结发为夫妻。”

〔一二〕意：料。不厚：犹不爱。这句是说哪料到使母亲不喜爱。

〔一三〕区区：犹“憃憃”，愚。

〔一四〕自专由：自专，自由，即不向尊长请示，擅自行动。

〔一五〕去：一作“之”。

〔一六〕取：同“娶”。

〔一七〕床：坐具。小床只容一人坐，比板凳稍宽。年老或尊贵者坐在床上。坐床是席地到用椅子的过渡。

〔一八〕恩义：情谊。会：犹“必”。

以上三十二句是府吏母子的问答，府吏要求阿母不要驱逐媳妇，阿母坚决不许。

府吏默无声，再拜还入户。举言谓新妇，哽咽不能语〔一九〕：“我自不驱卿〔二〇〕，逼迫有阿母。卿但暂还家，吾今且赴府〔二一〕。不久当归还，还必相迎取。以此下心意〔二二〕，慎勿违吾语。”新妇谓府吏：“勿复重纷纭〔二三〕！

往昔初阳岁[二四],谢家来贵门[二五]。奉事循公姥[二六],进止敢自专?昼夜勤作息[二七],伶俜萦苦辛[二八]。谓言无罪过,供养卒大恩[二九]。仍更被驱遣,何言复来还?妾有绣腰襦[三〇],葳蕤自生光[三一]。红罗复斗帐[三二],四角垂香囊[三三]。箱帘六七十,绿碧青丝绳[三四]。物物各自异,种种在其中。人贱物亦鄙,不足迎后人[三五]。留待作遗施[三六],于今无会因。时时为安慰,久久莫相忘。"

【注释】

〔一九〕举言:犹发言。新妇:犹言媳妇,非专指新嫁娘。哽咽:悲极时气结不能发声。

〔二〇〕卿:称谓之辞。君呼臣或地位平等的人互相称呼都可以用"卿",这里是夫对妻的爱称。

〔二一〕赴府:是说到庐江府去办公。一作"报府",义同"赴府"。

〔二二〕下心意:犹今言"低心下气"。这句是说为了这个,你就委屈一点罢。

〔二三〕勿复重纷纭:就是说不必再找麻烦,也就是说别再提迎娶了。

〔二四〕初阳:约指阴历十一月。旧有冬至阳气初动之说。

〔二五〕谢:辞。

〔二六〕奉事:行事。

〔二七〕作息:操作和休息。这里"作息"是偏义复词,"勤作息"就是勤于操作。

〔二八〕伶俜:犹"联翩",不绝貌。一说是孤单貌。

〔二九〕以上二句是说自以为无过,事奉婆婆可以始终受她的恩遇。

〔三〇〕腰襦:短袄的一种,下齐腰部。

〔三一〕葳(音威)蕤(音锐,阳平):草木下垂貌,这里形容绣腰襦上的金缕。《艺文类聚》三十二引此句作“葳蕤金缕光”。

〔三二〕复:双层。斗帐:一种小帐,形如向下覆着的斗(斗的形状是方口方底,口大底小)。

〔三三〕香囊:盛香料的袋子。

〔三四〕帘:读为“奁”,镜匣。丝绳:大约箱奁上有套,口用丝绳结起。以上二句一作“交文象牙簟,宛转素丝绳”;一作“交文象牙篪,宛转青丝绳”。

〔三五〕后人:指府吏将来再娶的新娘。以上二句是说我这人既然卑贱,我的东西自然也不会是可贵的,不配给未来的新娘用。

〔三六〕遗施:赠送,施与。遗,一作“遣”。这句是说这些东西可以施赠给别人。

以上三十八句叙府吏向刘氏传达母亲的意思。府吏表示过些时要再迎娶,刘氏认为不可能再回来。

鸡鸣外欲曙,新妇起严妆〔三七〕。着我绣夹裙〔三八〕,事事四五通〔三九〕。足下蹑丝履,头上玳瑁光,腰若流纨素〔四〇〕,耳着明月珰〔四一〕。指如削葱根〔四二〕,口如含朱丹〔四三〕。纤纤作细步,精妙世无双。上堂谢阿母,母听去不止〔四四〕。“昔作女儿时,生小出野里,本自无教训,兼愧贵家子。受母钱帛多〔四五〕,不堪母驱使〔四六〕。今日还家去,念母劳家里。”却与小姑别〔四七〕,泪落连珠子。“新妇初来时〔四八〕,小姑如我长。勤心养公姥,好自相扶将。初七及下九〔四九〕,嬉戏莫相忘。”出门登车去,涕落百余行。

【注释】

〔三七〕严妆：整妆。

〔三八〕夹裙：有里面两层的裙。

〔三九〕通：犹"遍"。每事四五遍，或是心烦意乱，一遍二遍不能妥帖，或言其极意装束，一遍两遍不能满意。

〔四〇〕这句是说腰际纨素的光彩像水流动。或疑"若"是"着"字之误。

〔四一〕明月珰：明月珠做的耳珰。

〔四二〕削葱根：尖削的葱白。

〔四三〕朱丹：一种红色的宝石。这句是说嘴唇红得好看。

〔四四〕这句一作"阿母怒不止"。

〔四五〕钱帛：指聘礼。

〔四六〕不堪：言不能胜任。

〔四七〕却：退。

〔四八〕此句下一本有"小姑始扶床。今日被驱遣"两句。

〔四九〕初七：指阴历七月七日，妇女在这天晚上供祭织女，乞巧。下九：指每月十九日，古人以每月二十九日为上九，初九日为中九，十九日为下九。妇女常常在下九日举行俱乐会，叫做"阳会"。

以上三十二句叙刘氏辞阿姥，别小姑，挥涕登车。

府吏马在前，新妇车在后，隐隐何甸甸〔五〇〕，俱会大道口。下马入车中，低头共耳语："誓不相隔卿，且暂还家去，吾今且赴府。不久当还归，誓天不相负。"新妇谓府吏："感君区区怀〔五一〕。君既若见录〔五二〕，不久望君来。

君当作磐石〔五三〕,妾当作蒲苇。蒲苇纫如丝〔五四〕,磐石无转移。我有亲父兄〔五五〕,性行暴如雷,恐不任我意,逆以煎我怀。”举手长劳劳〔五六〕,二情同依依。

【注释】

〔五〇〕隐隐、甸甸:都是车声。何:语助词。

〔五一〕区区:犹“拳拳”、“款款”,忠爱的意思。

〔五二〕录:收留,记取。

〔五三〕磐石:大石。

〔五四〕纫:似当作“韧”,柔而固。

〔五五〕亲父兄:“父兄”是偏义复词,因兄而连带提到父,刘氏这时似已无父。

〔五六〕举手:是告别的表示。劳劳:是惆怅不已。劳,忧。

以上二十五句叙仲卿和刘氏分手,立誓不相负。

入门上家堂,进退无颜仪。阿母大拊掌〔五七〕:“不图子自归!十三教汝织,十四能裁衣,十五弹箜篌,十六知礼仪,十七遣汝嫁,谓言无誓违〔五八〕。汝今无罪过〔五九〕,不迎而自归?”“兰芝惭阿母〔六〇〕,儿实无罪过。”阿母大悲摧。

【注释】

〔五七〕拊掌:拍手。通常这是欢乐的表示,这里表示惊骇。《汉书·萧望之传》:"天子闻之,惊拊手曰……"也是以拊手表惊骇。

〔五八〕无誓违:勿违背誓言。或疑"誓"是"諐"之误。諐是古"愆"字。愆违都是过失的意思。

〔五九〕令:犹"若"。

〔六〇〕兰芝:刘氏名。

以上十五句叙兰芝回母家,初见阿母。

还家十余日,县令遣媒来。云"有第三郎,窈窕世无双〔六一〕,年始十八九,便言多令才〔六二〕"。阿母谓阿女:"汝可去应之。"阿女衔泪答〔六三〕:"兰芝初还时,府吏见丁宁〔六四〕,结誓不别离。今日违情义,恐此事非奇〔六五〕。自可断来信,徐徐更谓之〔六六〕。"阿母白媒人:"贫贱有此女,始适还家门〔六七〕,不堪吏人妇,岂合令郎君?幸可广问讯,不得便相许。"

【注释】

〔六一〕窈窕:美好。

〔六二〕便(平声)言:有口才。令:美。

〔六三〕衔:一作"含"。

〔六四〕丁宁:嘱咐。

〔六五〕非奇:等于说"不妙"。奇,犹"嘉"。

〔六六〕断来信:就是回绝来使(指媒人)。信,使者。之:指出嫁的事。"徐徐"句译成白话就是"慢慢再谈它"。

〔六七〕始适：言出嫁未久。适，嫁。或以“始适”为复词，即刚才的意思。

以上二十三句写县令遣媒说婚，兰芝拒绝。

媒人去数日〔六八〕，寻遣丞请还〔六九〕，说“有兰家女，承籍有宦官〔七〇〕。云“有第五郎，娇逸未有婚〔七一〕，遣丞为媒人，主簿通语言〔七二〕。直说“太守家，有此令郎君，既欲结大义〔七三〕，故遣来贵门”。阿母谢媒人：“女子先有誓，老姥岂敢言〔七四〕？”阿兄得闻之，怅然心中烦，举言谓阿妹：“作计何不量〔七五〕！先嫁得府吏，后嫁得郎君，否泰如天地〔七六〕，足以荣汝身。不嫁义郎体〔七七〕，其往欲何云〔七八〕？”兰芝仰头答：“理实如兄言。谢家事夫婿，中道还兄门，处分适兄意〔七九〕，那得自任专？虽与府吏要〔八〇〕，渠会永无缘。登即相许和〔八一〕，便可作婚姻。”媒人下床去，诺诺复尔尔〔八二〕。还部白府君〔八三〕：“下官奉使命，言谈大有缘。”府君得闻之，心中大欢喜。视历复开书〔八四〕，便利此月内，六合正相应〔八五〕。“良吉三十日，今已二十七，卿可去成婚。”交语速装束〔八六〕，络绎如浮云。青雀白鹄舫〔八七〕，四角龙子幡〔八八〕，婀娜随风转〔八九〕。金车玉作轮，踯躅青骢马〔九〇〕，流苏金镂鞍〔九一〕。赍钱三百万〔九二〕，皆用青丝穿，杂彩三百匹，交广市鲑珍〔九三〕。从人四五百，郁郁登郡门〔九四〕。

【注释】

〔六八〕这句是说媒人回复县令后离去。县令和刘家说婚的事到此结束。

〔六九〕寻:随即。遣丞:县令差遣县丞。请:因事请命于太守。还:丞还县。

〔七〇〕承籍:承继先人的仕籍。以上二句是县丞向县令建议另向兰家求婚,说兰家是官宦人家,和刘氏不同。

〔七一〕娇逸:美。

〔七二〕主簿:官名,府县都有主簿,这里指府中的主簿。以上四句是县丞告县令已受太守委托为他的五少爷向刘家求婚,这委托是府主簿传达的。再下四句便是县丞到刘家说媒的话。

〔七三〕结大义:即结婚姻。

〔七四〕姥(音姆):老妇。

〔七五〕作计:决定主意。不量:不加考虑。

〔七六〕否(音匹)泰:《易经》里的两个卦名,表示坏运和好运。这里"否"指先嫁,"泰"指后嫁。言先后相较,高下有如天地之比。

〔七七〕郎:就是郎君,等于说公子。义:是美称(古乐府《平陵东》:"不知何人劫义公。""义"字用法和这里相同)。

〔七八〕其往:过此以往,这句是刘兄问兰芝今后将作何打算。

〔七九〕适:顺从。

〔八〇〕要:约。

〔八一〕登即:犹"当即",立即。和:应。

〔八二〕诺诺、尔尔:应声。

〔八三〕府君:即太守。

〔八四〕视历、开书:翻查历书,选择吉日。《隋书,经籍志》有"六合婚嫁历"、"阴阳婚嫁书"等目。

〔八五〕六合：月建和日辰相合，即子与丑合，寅与亥合，卯与戌合，辰与酉合，巳与申合，午与未合。

〔八六〕交语：交相传语。

〔八七〕舫：船。船前画青雀叫青雀舫。白鹄舫大约也是因船头画白鹄而得名。

〔八八〕龙子幡：绣龙的旗帜，挂在船舱的四角。

〔八九〕婀娜：柔弱轻飘貌。

〔九〇〕踯躅：犹"踟蹰"。骢：青白杂毛的马。

〔九一〕流苏：彩丝或羽毛做成的下垂的缨子。

〔九二〕赍：付。

〔九三〕或说"交"、"广"指交州和广州，但其地距庐江很远，未免夸张太过。而且据《三国志·吴书》，黄武五年(226)才分交州置广州，叙汉末的事不应交广并称。这句诗似可读成上一下四句。交，同"教"。广市鲑(音鞋)珍，就是广泛购买鲑珍。广，一作"用"。鲑，鱼类菜肴总称。

〔九四〕郁郁：盛貌。登：当作"发"。

以上六十二句叙太守遣媒说婚，刘家允婚。

阿母谓阿女："适得府君书，明日来迎汝。何不作衣裳？莫令事不举〔九五〕！"阿女默无声，手巾掩口啼，泪落便如泻。移我琉璃榻〔九六〕，出置前窗下。左手持刀尺，右手执绫罗。朝成绣夹裙，晚成单罗衫。晻晻日欲暝〔九七〕，愁思出门啼。府吏闻此变，因求假暂归。未至二三里，摧藏马悲哀〔九八〕。新妇识马声，蹑履相逢迎，怅然遥相望，知是故人来。举手拍马鞍，嗟叹使心伤。"自君别我后，人事不可量〔九九〕，果不如先愿，又非君所详。我有亲父母〔一〇〇〕，逼迫兼弟兄，以我应他人，君还何所望！”府吏谓新妇：“贺卿得高迁！磐石方且厚，可以卒千年；蒲苇一时纫，便作旦夕间。卿当日胜贵〔一〇一〕，吾独向黄泉。”新妇谓府吏：“何意出此言！同是被逼迫，君尔妾亦然〔一〇二〕。黄泉下相见，勿违今日言！”执手分道去，各各还家门。生人作死别，恨恨那可论！念与世间辞，千万不复全〔一〇三〕。

【注释】

〔九五〕不举：犹“不办”。

〔九六〕琉璃榻：嵌琉璃的榻。榻，坐具。

〔九七〕晻晻（音演）：日落昏暗貌。暝：暮。

〔九八〕摧藏：或是“凄怆”之转。一说“藏”同“脏”，犹言摧挫肝肠。

〔九九〕量：料。

〔一〇〇〕亲父母：生父和生母，兰芝婚姻由兄做主，似已无父。这里“父母”是偏义复词。下句“弟兄”同。

〔一〇一〕日胜贵：言生活一天比一天好，地位一天比一天高。

〔一〇二〕尔：如此。

〔一〇三〕千万：表示坚决之辞。这句是说无论如何不再想保全了。

以上五十四句叙兰芝含悲做嫁妆，仲卿闻变来会，两人相约同死。

府吏还家去，上堂拜阿母：“今日大风寒，寒风摧树木，严霜结庭兰。儿今日冥冥〔一〇四〕，令母在后单。故作不良计，勿复怨鬼神〔一〇五〕！命如南山石，四体康且直〔一〇六〕。”阿母得闻之，零泪应声落。“汝是大家子，仕宦于台阁〔一〇七〕。慎勿为妇死，贵贱情何薄〔一〇八〕？东家有贤女，窈窕艳城郭〔一〇九〕。阿母为汝求，便复在旦夕。”府吏再拜还，长叹空房中，作计乃尔立〔一一〇〕。转头向户里〔一一一〕，渐见愁煎迫。

【注释】

〔一〇四〕日冥冥：日暮。府吏自言即将了结生命，如日之冥冥。

〔一〇五〕故：故意。这两句是说我自己故意寻此短见，别以为是鬼神所害。

〔一〇六〕以上二句是说将使自己的身体僵卧如石。

〔一〇七〕台阁：指尚书台。尚书在东汉是权力很大的官，其官署在东汉末称为尚书台。这句是预拟之辞，言你本是大家子弟，将来还要进尚书台呢，可别为女人轻生。

〔一〇八〕“贵贱”句：言仲卿贵而兰芝贱，离婚不为薄情。

〔一〇九〕艳城郭：全城数她最艳。

〔一一〇〕乃尔：如此。这句是说就这样立定主意——决定自杀的方法。

〔一一一〕“转头”句：是写仲卿临死时顾念阿母。

以上二十六句叙府吏回家，向阿母告别，准备自杀。

其日牛马嘶，新妇入青庐〔一一二〕。庵庵黄昏后〔一一三〕，寂寂人定初〔一一四〕。“我命绝今日，魂去尸长留。”揽裙脱丝履，举身赴清池。府吏闻此事，心知长别离。徘徊庭树下，自挂东南枝。

【注释】

〔一一二〕青庐：以青布幔为屋，行婚礼用。

〔一一三〕庵庵：和“晻晻”通用。

〔一一四〕人定初：指亥时初刻。

以上十二句叙刘兰芝和焦仲卿的死。

两家求合葬，合葬华山傍〔一一五〕。东西植松柏，左右种梧桐。枝枝相覆盖，叶叶相交通。中有双飞鸟，自名为鸳鸯，仰头相向鸣，夜夜达五更。行人驻足听，寡妇起彷徨。多谢后世人〔一一六〕，戒之慎勿忘！

【注释】

〔一一五〕华山：庐江小山名，今不可考。或疑即是今安徽舒城南的华盖山。

〔一一六〕多谢：多多告诉。

以上前十二句写仲卿夫妇死后合葬事。末二句是歌者之辞。

古 诗

【题解】

“古诗”本是后代人对于古代诗的普通称谓，汉人称《诗经》为古诗，六朝人也称汉魏诗为古诗。汉诗中有一批流传到梁、陈时代，不但“不知作者”或作者“疑不能明”，而且题目也失传了（其中有些是乐府歌辞，但篇题已失），对于这些诗，编集者便一概题为《古诗》，例如《文选》卷二十九所录的《古诗十九首》就是这样。《古诗》中有一部分曾被指为或疑是某些知名作家（如枚乘、傅毅、曹植、王粲等）的诗，都不可信。《行行重行行》篇以下到《明月何皎皎》篇都见于《文选》。本篇是写女子对于离家远行的爱人的思念。首先追叙初别，然后说到路远难行，然后诉述自己的相思憔悴和游子行不顾返，两相对照，最后表示什么都撇开不谈，只希望在外的人自家保重。这诗的题材是民歌中常见的，它的风格也和民歌接近。

行行重行行〔一〕，与君生别离。相去万余里，各在天一涯〔二〕。道路阻且长，会面安可知？胡马依北风，越鸟巢南枝〔三〕。相去日已远，衣带日已缓〔四〕。浮云蔽白日〔五〕，游子不顾返〔六〕。思君令人老，岁月忽已晚〔七〕。弃捐勿复道〔八〕，努力加餐饭。

【注释】

〔一〕重行行:是说走个不停。

〔二〕天一涯:天的一边。

〔三〕古称北狄为“胡”,北狄就是汉朝的匈奴,在汉的北方。依:依恋。越:这里用来和“胡”相对,应是指越族,就是“百越”的“越”,其地最南为交趾。以上二句说北地所产的马依恋北风,南方所产的鸟巢于南枝,比喻不忘本。暗示物尚有情,何况于人?

〔四〕日已远:就是一天比一天远了。已,同“以”。缓:宽松。衣带日缓,表示人一天比一天瘦。这两句套用汉乐府《古歌》“离家日趋远,衣带日趋缓”旧句。

〔五〕浮云蔽日:比喻游子的心有所惑。

〔六〕顾:念。

〔七〕岁月已晚:指秋冬之季岁月无多的时候。

〔八〕捐:弃。

古　诗

【题解】

这也是思妇的诗。诗中明白交代了思妇的身世,就是由“倡家女”成为“荡子妇”。荡子在外遨游忘返。当春光明媚的季节,那少妇凭倚楼窗,望着青青的杨柳和芳草,想着远方的人,为自己的孤独和寂寞发出叹息。全诗共十句,首二句写景色,次四句写思妇的姿容仪态,再次四句写思妇的身世和愁思。

青青河畔草，郁郁园中柳〔一〕。盈盈楼上女〔二〕，皎皎当窗牖〔三〕。娥娥红粉妆〔四〕，纤纤出素手〔五〕。昔为倡家女〔六〕，今为荡子妇〔七〕。荡子行不归，空床难独守。

【注释】

〔一〕郁郁：浓密茂盛的样子。汉人有折柳赠别的风俗，“园中柳”是容易引起离别的回忆的。

〔二〕盈：通“嬴”，也就是“嬴”，美好多仪态的意思。

〔三〕皎皎：白皙明洁貌。

〔四〕娥娥：美貌。

〔五〕纤纤：细。

〔六〕倡：歌舞妓。

〔七〕荡子：在外乡漫游的人，和游子的意思差不多。后世所谓荡子是浪荡不务正业的人，与此不同。

古　诗

【题解】

这首诗上半从人生短促之感写到行乐的愿望，从行乐的愿望写到“游戏宛洛”的具体行动。下半写在京洛所见的繁华景象和最后得到的一个印象，就是那些权贵豪门原来是戚戚如有所迫的。弦外之音是富贵而可忧不如贫贱之可乐。《北堂书钞》引本篇作《古乐府》，《乐府诗集》未收。

青青陵上柏，磊磊涧中石〔一〕。人生天地间，忽如远行客〔二〕。斗酒相娱乐，聊厚不为薄〔三〕。驱车策驽马，游戏宛与洛〔四〕。洛中何郁郁〔五〕，冠带自相索〔六〕。长衢罗夹巷〔七〕，王侯多第宅。两宫遥相望〔八〕，双阙百余尺〔九〕。极宴娱心意，戚戚何所迫〔一〇〕？

【注释】

〔一〕磊磊：众石累积貌。

〔二〕忽如远行客：言人在世上为时短暂，犹如远行作客，匆匆走过，不能像陵上的柏树常青青，涧中的众石常磊磊。

〔三〕聊厚不为薄：言"斗酒"虽少，聊以为厚，不以为薄，而用它来"相娱乐"。同样的看法，驽马虽劣也可以驾之而游。

〔四〕宛与洛：宛县和洛阳。宛县是南阳郡治所在，汉时有"南都"之称。洛阳是东汉的京城。这诗本是东汉作品，宛、洛代表当时最繁华的都市。

〔五〕郁郁：在这里形容繁盛热闹的气象。

〔六〕冠带：指贵人。索：求访。这句是说那些冠带人物自相往来交结。从"自"字可以意味到他们自成集团，高高在上。

〔七〕罗：列。这句是说大街上排列小巷。

〔八〕两宫：洛阳有南北两宫，相距七里。

〔九〕双阙：宫门前的两座望楼。

〔一〇〕极宴：言穷极奢侈地尽情宴乐。戚戚：忧惧貌。以上二句是说那些住在第宅宫阙的人本可以极宴娱心，为什么反倒戚戚忧惧，有什么迫不得已的原因呢？

古　诗

【题解】

这诗所歌咏的是听曲感心。托为阐明曲中的真意，发了一番议论。议论的内容是：人生短促，富贵可乐，不必长守贫贱，枉受苦辛。这些是感愤的言语，也有自嘲的意味。

今日良宴会，欢乐难具陈〔一〕。弹筝奋逸响〔二〕，新声妙入神。令德唱高言〔三〕，识曲听其真〔四〕。齐心同所愿〔五〕，含意俱未伸〔六〕。人生寄一世，奄忽若飙尘〔七〕。何不策高足，先据要路津〔八〕？无为守穷贱，轗轲长苦辛〔九〕。

【注释】

〔一〕具陈：全部说出。

〔二〕筝：乐器名，瑟类。古筝竹身五弦，秦汉时筝木身十二弦。奋逸响：发出超越寻常的音响。

〔三〕令德：贤者。指作歌辞的人。高言：高妙之论，指歌辞。

〔四〕识曲：知音者。真：真理。这句是说知音者请听歌中的真意。所谓"高言"和"真"都指下文"人生寄一世"六句。

〔五〕齐心同所愿：是说人人所想的都是这样，心同理同。齐，一致。

〔六〕含意：是说心中都已认识那曲中的真理。未伸：是说口中表达不出来。

〔七〕奄忽：急遽的意思。暴风自下而上为“飙(音标)”。飙尘：是卷地狂风里的一阵尘土。以上二句是说人在世上是暂时寄居，一忽儿就完了。

〔八〕策：鞭马前进。高足：指快马。要路津：比喻有权有势的地位。津，渡口。以上二句是说应该赶快取得高官要职。

〔九〕轗轲(音坎渴)：本是车行不利的意思，引申为人不得志的意思。以上六句就是座中人人佩服的高言、真理，这里面含有愤慨和嘲讽，而不是正言庄语。

古　诗

【题解】

这诗所咏的是高楼上的哀歌，引起一个楼外人对于歌者的同情和知音稀少的感慨。前部写歌者所在的地方，中部写歌声，后部写听者所感。

西北有高楼，上与浮云齐。交疏结绮窗〔一〕，阿阁三重阶〔二〕。上有弦歌声，音响一何悲！谁能为此曲？无乃杞梁妻〔三〕。清商随风发〔四〕，中曲正徘徊〔五〕。一弹再三叹〔六〕，慷慨有余哀。不惜歌者苦，但伤知音稀〔七〕。愿为双鸿鹄，奋翅起高飞〔八〕。

【注释】

〔一〕交疏：花格子。结绮：格子联结着如丝织品的花纹。这句是说窗子都是“交疏结绮”的，言其玲珑工细。

〔二〕阿阁：四面有檐的阁子。三重阶：阶梯有三重。言阁之高。

〔三〕杞梁妻：杞梁名殖字梁，春秋时代齐国的大夫，为齐国伐莒，死于莒国城下。他的妻哭了十天，然后自杀。琴曲有《杞梁妻叹》，《琴操》说是杞梁妻所作，《古今注》说是杞梁妻妹朝日所作。以上二句言这样的哀曲莫不是杞梁妻那样的寡妇所作吗？也就是说其悲哀可比《杞梁妻叹》。

〔四〕清商：乐曲名。

〔五〕中曲：一曲分数段，中曲就是曲子的中段。徘徊：萦绕。

〔六〕叹：就是《乐记》所谓“一倡而三叹”的“叹”，就是和声。

〔七〕知音：能听出奏曲者的感情叫做知音（此从伯牙和钟子期的故事中来，相传伯牙善鼓琴，子期善听琴。当伯牙弹琴志在登高山的时候，子期便从琴音感到峨峨若泰山；当伯牙志在流水的时候，子期又感到洋洋若江河。子期死后伯牙便绝弦不弹，因为再没有知音者了）。引申用起来，人和人彼此知心也叫知音。以上二句是说我所痛惜的还不是歌者心有痛苦，而是歌者心里的痛苦没有人能够理解。这种缺少知音的悲哀乃是楼中歌者和楼外听者所共有的（听者设想如此），所以闻歌而引起情绪的共鸣。

〔八〕双鸿鹄：一作“双鸣鹤”。末二句是借愿为双鸟共飞这一古诗中的套语来表示对于楼中歌者的深切同情。

古　诗

【题解】

这诗写游子怀念远在故乡的一个“同心”的人。诗共八句，先说采得美花香草，欲有所赠，次说所思在远道，欲赠不能，然后说还乡的路偏是这样漫长，同心的人偏是分隔两地，这忧伤怎么排遣得了呢？

涉江采芙蓉，兰泽多芳草〔一〕。采之欲遗谁？所思在远道〔二〕。还顾望旧乡，长路漫浩浩〔三〕。同心而离居，忧伤以终老。

【注释】

〔一〕芙蓉：荷花。兰泽：有兰草的低湿之地。以上二句言涉江可以采得芙蓉，而泽中又有兰和其他芳草，可采者不仅是芙蓉，可以赠给"所思"的芳物很多。

〔二〕遗：赠送。以芳草送人是结恩情的表示，古代有此风俗，屡见于《诗经》和《楚辞》。以上二句是说这些赠物是没法子送到的。

〔三〕漫：犹"漫漫"，长。这里是叠字省为单词。浩浩：广大貌。

古　诗

【题解】

这首诗写的是悲秋和对于世态凉薄的怨愤。前半写景物和景物所引起的"时节复易"之感，后半写朋友新贵而弃旧交和因此而引起的"虚名何益"之感。

明月皎夜光，促织鸣东壁〔一〕。玉衡指孟冬〔二〕，众星何历历〔三〕。白露沾野草，时节忽复易〔四〕。秋蝉鸣树间，玄鸟逝安适〔五〕？昔我同门友〔六〕，高举振六翮〔七〕。不念携手好，弃我如遗迹〔八〕。南箕北有斗〔九〕，牵牛不负轭〔一〇〕。良无盘石固〔一一〕,虚名复何益?

【注释】

〔一〕促织:蟋蟀。

〔二〕玉衡:指北斗星七星中的第五星,又可以指北斗的斗柄三星。北斗七星形状像个舀酒的斗,第一星至第四星成勺形,叫斗魁,第五星至第七星为斗柄。指孟冬:由于地球绕日公转,若每天在一固定时刻看北斗某一星,则每年旋转一周,每月变一方位(三十度),所以古人以固定时间的斗星所指的方位来辨节令的推移。本篇第一句说明时间是半夜,这时看玉衡所指的方位(西北),知道节令已到孟冬(夏历十月)。

〔三〕历历:分明貌。

〔四〕时节复易:指由秋到冬。

〔五〕玄鸟:就是燕子。以上所描写的是季秋之月初立冬时的景物。

〔六〕同门友:同学。

〔七〕振六翮:是以鸟的高飞比人的腾达。六翮,指鸟的翅膀。翮,羽茎。

〔八〕如遗迹:就像行路人遗弃脚迹一样。

〔九〕南箕:星名,即箕宿。箕宿四星,联起来成梯形,也就是簸箕形。斗:指南斗星。北有斗:南斗六星,聚成斗形,当它和箕星同在南方的时候,箕在南,斗在北。《诗经·大东》:“维南有箕,不可以簸扬;维北有斗,不可以挹酒浆。”言箕星和斗星徒然有箕斗的名称,而没有簸米去糠和舀酒的实用。本篇只引了《诗经》中诗句的上半句,将下半句的意思让读者自己去联想,这是歇后的手法。

〔一〇〕牵牛:星名,河鼓三星之一。它是天鹰座主星,在银河南,民间通称为扁担星。不负轭:就是不拉车。轭,车前架在牛颈上的部分。牛拉车必须负起轭来。《诗经·大东》:“睆彼牵牛,不以服箱。”就是说牵牛星名叫牵牛而不能用来拉车,本篇用此意思而略改说法。以上二句是用星宿的有虚名无实用来比喻朋友的有名无实。

〔一一〕盘石：大石。这句是说朋友交情不能像盘石那样坚固而不可移。

古诗

【题解】

这首诗写女子新婚后久别的怨情。《乐府诗集》收在《杂曲歌辞》。

冉冉孤生竹，结根泰山阿〔一〕。与君为新婚，菟丝附女萝〔二〕。菟丝生有时，夫妇会有宜〔三〕。千里远结婚，悠悠隔山陂〔四〕。思君令人老，轩车来何迟〔五〕。伤彼蕙兰花，含英扬光辉，过时而不采，将随秋草萎〔六〕。君亮执高节〔七〕，贱妾亦何为？

【注释】

〔一〕冉冉：柔弱下垂貌。阿：山曲。以上二句是诗中主人公用比喻说明自己本无兄弟姊妹，有如孤生之竹。未嫁时依靠父母，有如孤竹托根于泰山。或说"泰山"应作"大山"，魏明帝（曹叡）《种瓜篇》："愿托不肖躯，有如倚大山。"本此。

〔二〕菟丝：一种柔弱蔓生的植物。女萝：古人或以为就是菟丝；或说是松萝，松萝也是柔弱植物。以上二句言嫁后得不着依靠，好像以柔弱的菟丝依附柔弱的女萝。

〔三〕宜：指适当的时间。以上二句是说夫妇该及时相聚，也正像菟丝及时而生。

〔四〕悠悠：远貌。陂：山坡。以上二句，上句说离家远嫁，结婚不易；下句说婚后不能相聚，又久别远离。

〔五〕轩车：有屏障的车。古时大夫以上乘轩车。这女子的夫婿想是远宦不归，使她久盼。

〔六〕以上四句以蕙兰自比。伤彼：也就是自伤。蕙兰以芳香和颜色为重，过时不采就和秋草一块儿蔫了，人的青春也不能长久保持，在相思中白白地老去，难道不伤心么？

〔七〕亮：诚信。最后二句是说：准知道丈夫守节不移，他准会来的，那我又何必自伤呢？这是无可奈何的自慰。

古　诗

【题解】

这篇和《涉江采芙蓉》相似，也是怀人的诗，也是写所思在远方，采芳而不能寄，所不同者那是在外的思念在家的，这是在家的思念在外的。本篇也只八句，从庭树开花说到折花欲寄远人，再说到怀藏多时，没人送去，最后却说这微物送不送本来算不了什么，不过是因久别而生痴想罢了。

庭中有奇树〔一〕，绿叶发华滋〔二〕。攀条折其荣〔三〕，将以遗所思。馨香盈怀袖〔四〕，路远莫致之。此物何足贡？但感别经时〔五〕。

【注释】

〔一〕奇树:犹“嘉树”。“奇”本有佳美的意义。

〔二〕发华滋:开花开得很繁盛。

〔三〕荣:花。

〔四〕馨:香气。香盈怀袖:表示怀藏了不少时间。

〔五〕贡:一作“贵”。最后两句含蕴意思很深曲,那是说花是区区微物本不值得献给在远方的爱人,不过一个久别伤怀的人对着这谢了又开的花,不知有多少感触,假如能将这枝花送到那人的手里,岂不是就代替了千言万语吗?

古　诗

【题解】

这诗全篇刻画织女望牵牛的心情,借牛女的故事写夫妇的离别之感。《玉烛宝典》引本篇作《古乐府》,《乐府诗集》未收。

迢迢牵牛星〔一〕,皎皎河汉女〔二〕。纤纤擢素手〔三〕,札札弄机杼〔四〕。终日不成章〔五〕,泣涕零如雨〔六〕。河汉清且浅,相去复几许?盈盈一水间,脉脉不得语〔七〕。

【注释】

〔一〕迢迢:远貌。一作“苕苕”,高貌。

〔二〕河汉:银河。河汉女:就是织女星。它是天琴座主星,在银河北,和牵牛星相对。牵牛织女为夫妇的传说故事大约产生在西汉时。

〔三〕擢：举。

〔四〕札札：织机声。

〔五〕不成章：言不能织成经纬文理。《诗经·大东》："跂彼织女，终日七襄；虽则七襄，不成报章。"据郑玄解释，这是说织女空有织之名，不能像人用梭，一去一来，一反一复。既然不能反复，自然织不成章了。本篇"终日不成章"句不一定从《诗经》来，但诗人所以有"不成章"的想象，可以用郑玄的话来解释。

〔六〕零：落。泣涕如雨和织不成章都是由于离别的哀愁。

〔七〕脉脉：当作"眽眽"，也就是"覛覛"，相视貌。

古　诗

【题解】

这一篇是自警自励的诗。诗人久客还乡，一路看到种种事物今昔不同，由新故盛衰的变化想到人生短暂，又想到正因为人生短暂就该及时努力，建功立业，谋取不朽的荣名。

回车驾言迈〔一〕，悠悠涉长道。四顾何茫茫〔二〕，东风摇百草。所遇无故物，焉得不速老〔三〕？盛衰各有时，立身苦不早〔四〕。人生非金石，岂能长寿考？奄忽随物化，荣名以为宝〔五〕。

【注释】

〔一〕驾言迈：犹言驾而行。

〔二〕茫茫：草木广盛貌。

〔三〕焉得：怎能。以上四句是说茫茫绿原都是新草代替了陈草。一路所见种种事物也都是新的代替了旧的，和自己所记得的不一样了，一切变化是这样地快，人又怎能是例外呢？

〔四〕立身：指立德立功立言等各种事业的建树。苦：患。以上二句是说各物的荣盛时期都有一定，过时就衰了。人生的盛年也是有限的，所以立身必须及时，否则徒遗悔恨。

〔五〕物化：死亡。末二句是说人的形体很快地就化为异物，只有荣名可以传到身后，所以是可宝贵的。

古　诗

【题解】

这篇和《燕赵多佳人》十句在《文选》和《玉台新咏》都合为一首。但文义不连贯，情调不一致。张凤翼《文选纂注》和刘大槐《历朝诗约选》都分为两首。乐府歌辞有时以两诗并合为一辞，疑此诗原是乐府歌辞，所以有此现象。今依《文选纂注》分"燕赵多佳人"以下为另一首。本篇十句，内容是感叹年华容易消逝，主张荡涤忧愁，摆脱束缚，采取放任情志的生活态度。结构是从外写到内，从景写到情，从古人的情写到自己的情。

东城高且长，逶迤自相属〔一〕。回风动地起〔二〕，秋草萋已绿〔三〕。四时更变化，岁暮一何速。晨风怀苦心〔四〕，蟋蟀伤局促〔五〕。荡涤放情志，何为自结束〔六〕？

【注释】

〔一〕逶迤（音萎移）：长貌。相属：连续不断。

〔二〕回风：旋风。

〔三〕萋已绿：犹言“萋且绿”。萋，盛也。以上四句写景物，这时正是秋风初起，草木未衰，但变化即将来到的时候。

〔四〕晨风：《诗经·秦风》篇名。《晨风》是女子怀人的诗，诗中说“未见君子，忧心钦钦”，情调是哀苦的。

〔五〕蟋蟀：《诗经·唐风》篇名。《蟋蟀》是感时之作，大意是因岁暮而感到时光易逝，因而生出及时行乐的想法，又因乐字而想到“好乐无荒”，而以“思忧”和效法“良士”自勉。局促：言所见不大。

〔六〕结束：犹拘束。以上四句是说《晨风》的作者徒然自苦，《蟋蟀》的作者徒然自缚，不如扫除烦恼，摆脱羁绊，放情自娱。

古　诗

【题解】

这一篇是写“佳人”的情思。那情思一表现于音乐，再表现于动作，最后诗人用一个比喻来点明它，就是愿与所慕的人做一对双飞的燕子。“佳人”也可能有所喻，刘履《选诗补注》说：“此不得志而思仕进者之诗。”也是可能的。

燕赵多佳人〔一〕，美者颜如玉。被服罗裳衣，当户理清曲〔二〕。音响一何悲，弦急知柱促〔三〕。驰情整中带〔四〕，沉吟聊踯躅〔五〕。思为双飞燕，衔泥巢君屋。

【注释】

〔一〕燕赵：二国名，战国时燕国都在今北京南郊大兴，赵国都在今河北邯郸。

〔二〕理：温习。清曲：清商曲。

〔三〕柱：筝瑟等乐器上架弦的木柱。促：移近。柱移近则弦紧音高。

〔四〕中带：古代妇女衣服的一种。《仪礼·既夕》云："妇人则设中带。"郑玄注云："中带若今禅襂。"禅襂就是单衫子。

〔五〕沉吟：言心里在斟酌犹豫。踯躅（音掷烛）：言脚步才移又止。

古　诗

【题解】

这诗说人生如寄，圣贤同归一死，神仙虚幻，长生不能追求，不如且满足衣食口腹的欲望，图个眼前的快意。反映社会混乱时期一部分人的颓废思想。

驱车上东门〔一〕，遥望郭北墓〔二〕。白杨何萧萧，松柏夹广路。下有陈死人〔三〕，杳杳即长暮〔四〕。潜寐黄泉下〔五〕，千载永不寤。浩浩阴阳移〔六〕，年命如朝露。人生忽如寄〔七〕，寿无金石固。万岁更相送〔八〕，贤圣莫能度〔九〕。服食求神仙，多为药所误〔一〇〕。不如饮美酒，被服纨与素。

【注释】

〔一〕上东门：洛阳有十二门，东面三门，最北头的门名“上东门”。

〔二〕洛阳城北有邙山。山上多坟墓。“郭北墓”指此。

〔三〕陈死人：死去已久的人。

〔四〕杳杳：幽暗。即：就（动词）。长暮：犹长夜。人死后在坟墓里长眠等于到了无穷尽的黑夜里。

〔五〕潜：深藏。

〔六〕浩浩：水流貌。阴阳移：言四时变迁，古人谓春夏为阳，秋冬为阴。

〔七〕忽：急遽貌。这句是说人活在世上时间极短促，好像暂时寄居。

〔八〕万岁更相送：是说人生一代一代更递相送，千秋万岁永无了时。

〔九〕度：越过。

〔一〇〕服食：指吃丹方。古代有些人相信有一种药可以使人长生。秦始皇、汉武帝时代的“不死药”都是自然的植物或矿物，东汉就有了合炼而成的丹药。信方士修神仙的人都想借服药延年，但是这种药不但不能使人长生，反而伤害身体，所以说“多为药所误”。

古　诗

【题解】

这是客中经过墟墓有感，因而思归的诗。诗的大意说：少年时代越去越远了，老年一天比一天逼近了，满眼丘坟就是人生的归宿，就连丘坟也不是能长保的，这多么叫人伤感啊！回家乡吧，别等到那一天把骨头抛在异乡。但是回乡有回乡的条件，自己正是有家归不得的人啊！

去者日以疏，来者日以亲〔一〕。出郭门直视，但见丘与坟。古墓犁为田，松柏摧为薪。白杨多悲风，萧萧愁杀人。思还故里闾，欲归道无因。

【注释】

〔一〕去者：指逝去的日子，也就是少年。疏：远。以：一作“已”，古通用。来者：指将来的日子，也就是老年。亲：近。以上二句是说青春日远一日，衰老日近一日。旧说以“去者”、“来者”指死者和生者，稍嫌曲折。

古　诗

【题解】

本篇出于古乐府《西门行》。诗旨是主张及时行乐，并讽刺富贵贪愚的人不能达观。诗的首尾都是讽世破惑的话，中段“昼短”四句是说行乐和惜时。

生年不满百，常怀千岁忧〔一〕。昼短苦夜长，何不秉烛游〔二〕？为乐当及时，何能待来兹〔三〕？愚者爱惜费，但为后世嗤。仙人王子乔,难可与等期〔四〕。

【注释】

〔一〕千岁忧:指身后的种种考虑,如为子孙的生活打算,为自己的冢墓计划等等。

〔二〕秉烛:是说夜以继日。秉,持。

〔三〕来兹:来年。

〔四〕王子乔:古仙人名。相传是周灵王的太子,被浮丘公接上嵩高山,成仙。等期:作同样的希冀。末二句是说对于升仙得道的事是不能存什么希望的。世上的富贵人像秦始皇那样想法的很多,秦始皇一方面要传二世三世以至千万世,一方面自己希求长生,求不死之药,就是作者所谓"常怀千岁忧"的"愚者"。

古　诗

【题解】

这是女子想念丈夫的诗。因岁暮风寒想起他乡游子。由想而梦,梦后更想。

凛凛岁云暮〔一〕,蝼蛄夕鸣悲〔二〕。凉风率已厉〔三〕,游子寒无衣。锦衾遗洛浦〔四〕,同袍与我违〔五〕。独宿累长夜〔六〕,梦想见容辉〔七〕。良人惟古欢,枉驾惠前绥〔八〕。"愿得常巧笑,携手同车归〔九〕。"既来不须臾〔一〇〕,又不处重闱〔一一〕。亮无晨风翼〔一二〕,焉能凌风飞〔一三〕?眄睐以适意，引领遥相睎〔一四〕。徙倚怀感伤〔一五〕，垂涕沾双扉〔一六〕。

【注释】

〔一〕凛：寒。

〔二〕蝼蛄：虫名，俗称土狗，又叫拉拉古。

〔三〕率：疾急貌。厉：猛烈。

〔四〕衾：大被。洛浦：洛水之滨。传说洛水女神名宓妃。张衡《思玄赋》云："召洛浦之宓妃。"这句诗说丈夫将锦被送向洛浦，就是设想他另有所欢。

〔五〕袍：就是被袛，今名披风，古代行军者白天用来当衣穿，夜里用来当被盖，也叫"裾"。《说文》："裾，衣袍也。"《玉篇》，"裾，被也。"《诗经·无衣》有句云："与子同袍。"那是军士表示友爱的话。本篇以"同袍"代同衾，指夫妇。违：离。这句是说与我有同袍之亲的人现在和我离得远了（指形体，也指感情）。

〔六〕累长夜：言经历了许多长夜。

〔七〕容辉：犹言风采。

〔八〕良人：女子对丈夫的称谓。惟古欢：思旧爱。惠：授。绥：车上的索子，上车的时候拉着它。古代风俗，结婚时丈夫驾车迎接新妇，把绥授给她，引她上车。见《礼记·昏义》。以上二句是说丈夫不忘旧日的恩爱，驾车来迎，亲自递给我索子，助我上车。这是梦中所见。

〔九〕以上二句是良人的话。这是梦中所闻。

〔一〇〕须臾：一会儿。

〔一一〕重闱：犹言"深闺"。闱，闺门。

〔一二〕亮：同"谅"。晨风：鸟名，见《有所思》注〔四〕。

〔一三〕凌风：乘风。以上四句是说良人既来，顷刻间就不见了，又不曾进屋子。难道他会飞走么？这是梦中所想。

〔一四〕眄睐:邪视貌。适意:宽心。引领:伸长脖子。晞:望。一本无此二句。胡克家《文选考异》云:"六臣本校云:'善无此二句。'此或尤本校添,但依文义恐不当有。"

〔一五〕徙倚:犹"徘徊"。

〔一六〕沾:湿。扉:门扇。徘徊而泪湿门扉似不近理,疑"扉"当作"屝"。屝是粗屦。凡草屦、麻屦、皮屦都叫屝。屝又作"菲",古乐府《孤儿行》有句云"足下无菲",也是和"归"、"悲"等字押韵。

古　诗

【题解】

这也是思妇的诗。上半说冬夜漫漫,愁人不寐,往往是望星望月地度过。下半追述曾接到爱人一封多情的书札,藏在怀袖中已经三年了,因为保护得好,丝毫不曾磨损,这种拳拳忠爱之心不晓得远方人知还是不知。

孟冬寒气至,北风何惨慄〔一〕。愁多知夜长,仰观众星列。三五明月满〔二〕,四五蟾兔缺〔三〕。客从远方来,遗我一书札。上言长相思,下言久离别。置书怀袖中,三岁字不灭。一心抱区区〔四〕,惧君不识察。

【注释】

〔一〕惨慄:寒貌。一说当作"栗冽"。

〔二〕三五:十五日。

〔三〕四五：二十日。蟾兔：月的代词。古代神话说月中有玉兔捣药不息，又说后羿妻姮娥偷吃神药，飞入月宫，化为蟾蜍。月中有兔的传说曾见于《楚辞·天问》。月中有蟾蜍的传说曾见于汉乐府。《董逃行》："白兔长跪捣药虾蟆丸。"虾蟆就是蟾蜍。

〔四〕区区：忠爱。

古　诗

【题解】

这也是歌咏爱情的诗，主人公是女性。诗中大意说：故人老远地寄来半匹花绸子，那上面的文采不是别的而是一双鸳鸯。我把它做成合欢被，装进丝绵，四边用连环不解的结做装饰。这被就是我和他的如胶似漆的爱情的象征。古诗中往往有和歌谣风味很相近的，本篇就是显著的例子。

客从远方来，遗我一端绮〔一〕。相去万余里，故人心尚尔。文采双鸳鸯，裁为合欢被〔二〕。著以长相思〔三〕，缘以结不解〔四〕。以胶投漆中，谁能别离此〔五〕。

【注释】

〔一〕一端：半匹。《左传·昭公二十六年》注："二丈为一端，二端为一两，所谓匹也。"

〔二〕合欢被：见《羽林郎》注〔五〕。

〔三〕著：在衣被中装绵叫做著，也叫做"楮"，字通。长相思：丝绵的代称。

"思"和"丝"字谐音,"长"与"绵绵"同义,所以用"长相思"代称丝绵。

〔四〕缘:沿边装饰。结不解:以丝缕为结,表示不能解开的意思。这是用来象征爱情的,和同心结之类相似。

〔五〕别:分开。离:离间。此:指固结之情。以上二句是说彼此的爱情如胶和漆结合在一起,任何力量不能将它分开。

古　诗

【题解】

这诗有人说是游子久客思归的诗,有人解为女子闺中望夫的诗,两说都可以通。诗的情调和古乐府《伤歌行》、曹丕《燕歌行》相类,作思妇的诗为是。诗写月明之夜因忧愁而不寐,因不寐而徘徊,由徘徊而出户,出户之后仍然徘徊,徘徊久之,忧愁仍然不能排遣,回到房中独自下泪。

明月何皎皎,照我罗床帏〔一〕。忧愁不能寐,揽衣起徘徊〔二〕。客行虽云乐,不如早旋归〔三〕。出户独彷徨〔四〕,愁思当告谁。引领还入房〔五〕,泪下沾裳衣〔六〕。

【注释】

〔一〕床帏:就是帐帏。一作"裳帏"。

〔二〕揽:持。

〔三〕旋:回转。以上二句是望夫之词。客行乐不乐,闺中的人本不得而知,不过出门的人既然久久不归,猜想他或许有可乐之道。但即使可乐也不会比在家好，假如并不可乐，那就更应该回家来了。这两句诗是盼他回家，劝他回家，也可能有揣测他为何不回家的意思。

〔四〕彷徨：犹“徘徊”。

〔五〕引领：抬头远望。这句是说入房的时候还要仰望，仰望一番还只得入房。这是彷徨孤独、极无聊赖的情境。

〔六〕裳衣：一作“衣裳”，与上句“引领还入房”为韵。

古　诗

【题解】

这是写弃妇的诗。开端三句是作者的叙述，以下都是弃妇和故夫的问答之辞。这首诗在弃妇诗中显得颇为别致，它不从正面写弃妇的怨哀，反而写故夫的念旧，更见出女主人公的被弃是无辜的。尽管她的劳动比人强，颜色也不比人差，她还是不能免于被弃。她的命运决定于丈夫一时的好恶。封建社会女性的被压迫地位在这里清楚地被反映出来。《太平御览》卷五二一作《古乐府》，《乐府诗集》未收。

上山采蘼芜〔一〕，下山逢故夫。长跪问故夫：“新人复何如？”“新人虽言好，未若故人姝〔二〕。颜色类相似，手爪不相如〔三〕。”“新人从门入，故人从阁去〔四〕。”“新人工织缣，故人工织素〔五〕。织缣日一匹〔六〕，织素五丈余，将缣来比素，新人不如故。”

【注释】

〔一〕蘼芜：一种香草，叶子风干可以做香料。古人相信蘼芜可使妇人多子。

〔二〕姝：好。不仅指容貌。当“新人从门入”的时候，故人是丈夫憎厌的对象，但新人入门之后，丈夫久而生厌，转又觉得故人比新人好了。这里把男子喜新厌旧的心理写得更深一层。

〔三〕手爪：指纺织等技巧。

〔四〕阁（音各）：旁门，小门。新妇从正面大门被迎进来，故妻从旁面小门被送出去。一荣一辱，一喜一悲，尖锐对照。这两句是弃妇的话，当故夫对她流露出一些念旧之情的时候，她忍不住重提旧事，诉一诉当时所受委屈。

〔五〕缣、素：都是绢，素色洁白，缣色带黄，素贵缣贱。

〔六〕一匹：长四丈，广二尺二寸。

古　　诗

【题解】

这诗借歌咏香炉寄托讽喻。先写香炉的精致，次写香烟的悦人，最后以香风不久、香草空残比喻世俗的人竭尽精力追求浮名，博得一时的称羡，到头是空虚的，不值得的。

四坐且莫喧，愿听歌一言〔一〕。请说铜炉器，崔嵬象南山〔二〕。上枝似松柏，下根据铜盘，雕文各异类，离娄自相联〔三〕。谁能为此器？公输与鲁班〔四〕。朱火然其中，青烟扬其间，从风入君怀，四坐莫不叹〔五〕。香风难久居，空令蕙草残〔六〕。

【注释】

〔一〕四坐:即"四座"。喧:哗。首二句是歌者对听众的开场语。这首诗原来可能是乐府歌辞。

〔二〕南山:山名。叫做南山的山很多,普通指终南山。香炉的形状上端似碗,有盖,周围都有小孔。下端似覆盘,中部较细长。全器高约一尺。像海中博山。炉放在铜盘内,盘的直径约一尺,中盛热水。

〔三〕离娄:玲珑通明的样子。又作"离楼"或"麗廔"。以上二句形容炉上的雕刻,上文所谓松柏也就是雕刻的一部分。

〔四〕春秋时代鲁国有巧匠名公输班。《吕氏春秋·爱类篇》和《淮南子·脩务训》注说:"公输,鲁班之号也。"这里"公输与鲁班"一句语气虽似指两个人,意思还是指一个,就是说能雕刻成这样好器物的人除了公输班还是公输班,也就是说只有这最有名的巧匠做得出。

〔五〕叹:称美。《艺文类聚》卷三十二作"欢",此从《玉台新咏》卷一。

〔六〕蕙:香草名。古代用兰蕙等香草炼膏,放在香炉里燃烧取烟。末二句说烧毁香草取得香气,而香气顷刻就散了,这是很可惜的。似讽世人为了追求一时浮名徒耗毕生精力。

古　诗

【题解】

这是女子春日怀望所欢的诗。上半写由风吹衣裾而想到对方的青袍。下半写望而不见的怨思。

穆穆清风至〔一〕，吹我罗衣裾。青袍似春草，草长条风舒〔二〕。朝登津梁山〔三〕，褰裳望所思〔四〕。安得抱柱信，皎日以为期〔五〕？

【注释】

〔一〕穆穆：和。

〔二〕条风：立春时候的东北风，又作“调风”。这句《玉台新咏》卷一作“长条随风舒”，今从《艺文类聚》卷八十一。

〔三〕津梁：渡水处为“津”，架在津上的桥为“津梁”。山：似是“上”的误字。

〔四〕褰裳：提起裙裳。褰裳是登桥时的动作。

〔五〕抱柱信：古代有一个男子名叫尾生，和一个女子相约在桥下相会。女子不曾到，河水却暴涨起来，尾生不肯离去，抱着桥柱淹死。这是宁可牺牲性命不肯负约的故事。皎日：《诗经·大车》云：“谓予不信，有如皎日。”古人往往指日为誓。以上二句是说怎得像尾生那样守信的人和我指着太阳定下誓约？这是深怨“所思”不可靠的意思。

古　诗

【题解】

这首诗的作者借橘柚为比，表示自己怀抱高才被闲置不用，希望得到有力者的荐引。东汉的统治者尊重处士只是表面，实际上并不能让有才能的人真正得到施展的机会。本篇似反映这种情况。

橘柚垂华实，乃在深山侧〔一〕。闻君好我甘，窃独自雕饰。委身玉盘中〔二〕，历年冀见食。芳菲不相投，青黄忽改色〔三〕。人倘欲我知，因君为羽翼〔四〕。

【注释】

〔一〕柚：或作“櫾”，果名，橙类。首二句比喻自己本是怀才而隐居的人。

〔二〕委身玉盘：比喻投入仕途。委身，托身。

〔三〕芳菲：香气。不相投：言不合意。以上二句是说橘柚虽具芳香而不能中人之意，比喻自己虽怀才而不见用，年华空掷。

〔四〕欲我知：就是“欲知我”。末二句是说如有人注意到我，还得借你的力量达到高飞的愿望。这是希望在位者推荐的意思。

古　诗

【题解】

这是一首叙事的诗。诗中的主人公少小从军，老年还乡，还乡后才知道亲属已经死尽，家园成了废墟，实际上已经是无家可归了。这诗反映战争的残酷，也反映人民被统治者奴役的痛苦。

十五从军征，八十始得归。道逢乡里人：“家中有阿谁〔一〕？”“遥望是君家”，松柏冢累累〔二〕。兔从狗窦入〔三〕，雉从梁上飞。中庭生旅谷，井上生旅葵〔四〕。烹谷持作饭,采葵持作羹。羹饭一时熟,不知贻阿谁〔五〕。出门东向望,泪落沾我衣。

【注释】

〔一〕阿:发语词。

〔二〕冢:高坟。累累:与“垒垒”通,形容丘坟一个连一个的样子。当归客打听家中有什么人的时候,被问的人不愿明告,但指着那松柏成林荒冢垒垒的地方说:那就是你的家。言外之意就是说你自己去一看就明白了。以下便是到家后的事。

〔三〕狗窦:给狗出入的墙洞。

〔四〕植物未经播种而生叫“旅生”。旅生的谷与葵叫“旅谷”、“旅葵”。

〔五〕贻:送给。

古　诗

【题解】

这首诗和《涉江采芙蓉》、《庭中有奇树》同类,也是怀人的诗,也是就采芳引起,但比前两首多出终日采花不盈一抱和馨香易歇繁华易槁两层意思。

新树兰蕙葩〔一〕,杂用杜蘅草〔二〕。终朝采其华,日暮不盈抱〔三〕。采之欲遗谁?所思在远道。馨香易销歇,繁华会枯槁〔四〕。怅望何所言,临风送怀抱。

【注释】

〔一〕葩：花。

〔二〕杜蘅：香草名，可供药用，即土细辛。

〔三〕终朝：或作“崇朝”，指从天明到早饭时一段时间。这两句本于《诗经·采绿》“终朝采绿，不盈一掬”和《诗经·卷耳》“采采卷耳，不盈顷筐”的意思，都是说采集植物而心思不在采集，因为想念着远方的人。

〔四〕以上二句不仅是说兰蕙和杜蘅终究会香消花谢，同时也比喻人的青春不能久保。

古　诗

【题解】

这是怀念情人的诗，似女子辞。前四句言自己虽经历艰苦而情意如旧。后六句言所思已远，相见无由，忧思累积，至于发狂。本篇《玉台新咏》卷一作为枚乘《杂诗》九首之一，《文选》未录。

兰若生春阳，涉冬犹盛滋〔一〕。愿言追昔爱〔二〕，情款感四时〔三〕。美人在云端〔四〕，天路隔无期。夜光照玄阴〔五〕，长叹恋所思。谁谓我无忧？积念发狂痴〔六〕。

【注释】

〔一〕兰若：都是香草名。古人所谓“兰”，属菊科，和今之兰花不同。若，“杜若”的省称，属跖草科。涉：经历。以上二句是说兰若虽生于阳春温暖的时季，经历寒冬仍然滋盛，也就是说虽受风霜摧残并不改柯易叶，比喻自己虽历辛苦而不忘旧爱。

〔二〕愿言：犹“愿然”，沉思貌。

〔三〕情款：情意诚挚融洽。

〔四〕美人：犹言君子，指所思的人。在云端：言可望而不可即。下句“天路”意同。

〔五〕夜光：指月。玄阴：幽暗。

〔六〕末二句言忧念极深至于发狂。正因为忧思之深，难与人言，旁人还以为无忧呢。

古　诗

【题解】

这是旅客思归的诗。上半写客中送客，下半写欲归不能。

步出城东门，遥望江南路。前日风雪中，故人从此去。我欲渡河水，河水深无梁。愿为双黄鹄〔一〕，高飞还故乡。

【注释】

〔一〕黄鹄：传说中的大鸟，一举千里，仙人所乘。

古绝句 四首

【题解】

绝句：是一种以四句为一首的诗体的名称。这个名称始于刘宋。“绝句”是从“连句”来的。当时以数人合作，每人做四句联缀而成的诗为“连句”，如只做成四句而不曾续下去就叫做“断句”或“绝句”。到梁朝，以“绝句”命题已通行。这四首诗是晋以前的作品，最初见于《玉台新咏》卷十，编者因为这些诗的形式和当时的“绝句”相同，所以就用“绝句”命题。三国六朝时代长江流域的民歌多五言四句，且以多用隐语为特色。这几首诗也可能是南方所产。

藁砧今何在〔一〕？山上复有山〔二〕。何当大刀头〔三〕？破镜飞上天〔四〕。

其　二

日暮秋云阴，江水清且深。何用通音信？莲花玳瑁簪〔五〕。

其　三

菟丝从长风〔六〕，根茎无断绝。无情尚不离，有情安可别〔七〕？

其　　四

南山一桂树，上有双鸳鸯。千年长交颈，欢爱不相忘。

【注释】

〔一〕藁砧：古代罪人被斩的时候，以稿为席，伏在砧上。行刑者用𫓧（大斧）去斫他。所以稿、砧、𫓧三物有连带关系，举其中的两物，第三物就会被联想到。藁，又作“稿”，稻草。砧，斫物时垫在物下的木头。这诗以“藁砧”隐“𫓧”字，又因为“𫓧”和“夫”同音，便借这隐语指夫。

〔二〕山上复有山：是“出”字。

〔三〕何当：就是“何时”的意思。大刀头：暗指“环”（刀头常有环），又利用谐声借指“还”。

〔四〕天上“破镜”言月之半。这四句是两问两答，第一句问夫在何处，第二句答言外出，第三句问何时还归，第四句答言月半。

〔五〕玳瑁（音代妹）：动物名，龟类。腹甲黄黑，有光泽，可以制饰物。以上二句言寄簪以通音信。

〔六〕菟丝：见《古诗冉冉孤生竹》注〔二〕。从：顺。

〔七〕无情：指物，指菟丝。有情：指人，指自己。以上二句言菟丝是无情的草木，尚且根茎相依恋，何况人是有情的，怎能够轻离轻别呢？

刺巴郡守诗

【题解】

这是东汉桓帝时(147—167)巴郡(今四川东部,治江州,即今江北)人民因为苦于重赋,讥刺太守的诗。诗出于《华阳国志·巴志》。原书道:“孝桓帝时,河南李盛仲和为巴郡守,贪财重赋。国人刺之。”后代选诗者往往采取这段文字作为本篇的序。

狗吠何喧喧?有吏来在门。披衣出门应,府记欲得钱〔一〕。语穷乞请期〔二〕,吏怒反见尤〔三〕。旋步顾家中,家中无可为;思往从邻贷,邻人言已匮〔四〕。钱钱何难得,令我独憔悴!

【注释】

〔一〕府记:官府的教令。

〔二〕请期:请另定交款日期。

〔三〕见尤:认为有过,加以谴责。

〔四〕已匮:言钱已用完。

别　诗 四首

【题解】

相传苏武和李陵相赠答的五言诗,《文选》卷二十九载七首,《古文苑》卷四载十首,此外还有些零句或篇名见于其他书籍所引。这些诗经近代人研究,断定不是苏、李的作品,真正的作者已不可考,产生的时期大致都在东汉末年。这些诗大都写朋友、夫妇、兄弟之间的离别,可以总题为《别诗》。这里以《文选》作为苏武诗的四篇和作为李陵诗的三篇各为一组,以选自《古文苑》的三篇为另一组。第一组的第一首是送别兄弟的诗,从平日的恩情说到临别的感想,再说到饯送的意思。

骨肉缘枝叶〔一〕,结交亦相因〔二〕。四海皆兄弟,谁为行路人〔三〕?况我连枝树〔四〕,与子同一身。昔为鸳与鸯,今为参与辰〔五〕。昔者长相近,邈若胡与秦〔六〕。惟念当乖离〔七〕,恩情日以新〔八〕。鹿鸣思野草,可以喻嘉宾〔九〕。我有一樽酒,欲以赠远人。愿子留斟酌,叙此平生亲〔一〇〕。

【注释】

〔一〕骨肉:指兄弟。首句以叶之缘枝而生比喻兄弟骨肉天然相亲。

〔二〕因:亲。这句是说结识朋友也是相亲的。

〔三〕这句是用《论语》“四海之内皆为兄弟”的话。以上二句是说天下的人谁都不是漠不相关的陌路人。

〔四〕连枝树：即“连理树”，不同根的两树枝或干连生为一名为连理。通常用连理树喻夫妇，这里用来喻兄弟。

〔五〕参、辰：二星名，参星居西方，辰星（又名商星）居东方，出没两不相见。

〔六〕邈：远。胡与秦：犹言外国和中国。当时西域人称中国为“秦”。以上四句是说往日形迹亲近，今后就疏远了。

〔七〕乖：暌别。

〔八〕“恩情”句：言情谊比平时更觉不同，平时情谊固然深厚，临别更觉难舍。

〔九〕《诗经·小雅》有《鹿鸣》篇，是宴宾客的诗，以“呦呦鹿鸣，食野之苹（蒿类）”起兴，是以鹿得食物呼唤同类比喻燕乐嘉宾。

〔一〇〕樽：酒器。斟酌：用勺舀酒。结尾四句是说这一樽酒本为赠远人用的，现在希望你再留一会儿酌饮此酒。

其　二

【题解】

这是客中送客的诗。前幅连用比喻表示临别依依，中幅借描写弦歌的音响说明人心的情绪，后幅直写伤感，仍用比喻作结。

黄鹄一远别，千里顾徘徊。胡马失其群，思心常依依〔一〕。何况双飞龙〔二〕，羽翼临当乖。幸有弦歌曲，可以喻中怀〔三〕。请为游子吟〔四〕，泠泠一何悲〔五〕！丝竹厉清声〔六〕，慷慨有余哀。长歌正激烈〔七〕，中心怆以摧。欲展清商曲〔八〕，念子不得归〔九〕。俯仰内伤心，泪下不可挥。愿为双黄鹄，送子俱远飞。

【注释】

〔一〕依依：恋恋不舍。以上四句言鸟兽分别尚不免怀顾恋之情。

〔二〕飞龙：龙是传说中的神物，蛇身，有四足，爪像狗的爪，有马的头鬣和尾，有鹿的角，鱼的鳞和须，能飞行。有一种有翼的，像飞鸟。又有一种鸟名称就叫飞龙，见张衡《思玄赋》。这里是以飞龙喻作者送别的朋友和他自己。

〔三〕喻中怀：晓示心怀。

〔四〕游子吟：琴曲。《琴操》云："楚引者，楚游子龙丘高出游三年，思归故乡，望楚而长叹。故曰楚引。"《游子吟》或许就是指此曲。因为是客中送客，《游子吟》正可以表示主客两方的情怀。

〔五〕泠泠：形容音韵清。

〔六〕丝：指用丝弦的乐器，如琴瑟。竹：指竹制的乐器，如箫管。这里"丝竹"是偏义复词，上文只提到弦歌，有丝无竹。厉：强烈。

〔七〕长歌：乐府歌有《长歌行》，又有《短歌行》，据《乐府解题》，其分别在歌声的长短。长歌是慷慨激烈的，短歌是微吟低徊的。

〔八〕展：重（平声）。清商曲：是短歌而不是长歌。曹丕《燕歌行》："援琴鸣弦发清商，短歌微吟不能长。"

〔九〕念子不得归：是说我虽想念你而不能随你同归。以上四句是说长歌之后续以短歌，以写心中激烈的伤痛。

其　三

【题解】

这一首是征夫辞家留别妻的诗。《玉台新咏》卷十收入此篇，题目就作《留别妻》。大意先述平时的恩爱，次说临别难舍，最后嘱来日珍重。

结发为夫妻〔一〕，恩爱两不疑。欢娱在今夕，燕婉及良时〔二〕。征夫怀往路〔三〕，起视夜何其〔四〕？参辰皆已没〔五〕，去去从此辞。行役在战场〔六〕，相见未有期。握手一长叹，泪为生别滋〔七〕。努力爱春华〔八〕，莫忘欢乐时。生当复来归，死当长相思。

【注释】

〔一〕结发：见《焦仲卿妻》注〔十一〕。

〔二〕燕婉：欢好貌。以上二句是说良时的燕婉不能再得，欢娱只有今夜了。

〔三〕怀往路：惦着走上旅途。往路，《玉台新咏》作"远路"。

〔四〕夜何其（音基）：《诗经·庭燎》云："夜如何其？"这里用《诗经》成语。其：语尾助词，犹"哉"。

〔五〕参辰皆已没：言天将明。

〔六〕行役：应役远行。

〔七〕滋：多。

〔八〕春华：喻少壮时期。

其　四

【题解】

这一首是从中州送友南去的诗。起头六句写将别时的光景。次四句预计行人的路程。以下八句言别后山川阻隔，嘉会难再，应珍重目前的欢聚。

烛烛晨明月〔一〕，馥馥秋兰芳〔二〕。芬馨良夜发，随风闻我堂。征夫怀远路，游子恋故乡〔三〕。寒冬十二月，晨起践严霜。俯观江汉流，仰视浮云翔〔四〕。良友远别离，各在天一方。山海隔中州〔五〕，相去悠且长。嘉会难再遇，欢乐殊未央〔六〕。愿君崇令德，随时爱景光〔七〕。

【注释】

〔一〕烛烛：明貌。

〔二〕馥馥：芳香。秋：《文选》本作“我”，《选诗补注》云：“当作‘秋’。”

〔三〕游子：指行人，也可能是指作者自己。如果是作者自谓，这篇就是客中送客的诗。

〔四〕江汉：长江和汉水。以上四句是说预计年终行人已到达江汉之间了。古人误信这是苏武赠李陵的诗，见江汉不是李陵所去的地方，便将“江汉”、“浮云”都说成比喻。又见“秋兰”和“寒冬”相矛盾，便将起头的四句也说成比喻，都是牵强的。

〔五〕山海：可以是泛说，犹言山川；也可以是实指，近人逯钦立《汉诗别录》引东汉、魏、晋人的话说明当时人常用“山海”指赴交州所经的艰险，山指五岭，海指南海。依此说，这诗中的行人要去的地方还不止于江汉而是远达交州。中州：指古豫州（今河南省地），因其居九州之中。

〔六〕未央：未尽。这句是说现在欲别未别，欢乐还未尽。

〔七〕景光：犹“光阴”。

别　诗 三首

【题解】

这三首《文选》作李陵诗。第一首《艺文类聚》题苏武作。本篇是送别而不是留别的诗。

良时不再至，离别在须臾〔一〕。屏营衢路侧〔二〕，执手野踟蹰。仰视浮云驰，奄忽互相逾。风波一失所，各在天一隅〔三〕。长当从此别，且复立斯须〔四〕。欲因晨风发，送子以贱躯〔五〕。

【注释】

〔一〕须臾：短时。

〔二〕屏营：彷徨。

〔三〕风波：被风所播荡。波，是动词。失所：一作“失路”。以上四句以浮云吹散比喻人的分离。

〔四〕斯须：犹“须臾”。

〔五〕晨风：鸟名，见《有所思》注〔四〕。末二句是说愿附鸟翼，送你远去。

其　二

【题解】

这一首是饯别朋友的诗。大意说过去相聚三年，不可再得。临别惆怅，连劝酒也没心思了，但是拿什么解愁呢？还是得靠这盈觞之酒啊。

嘉会难再遇，三载为千秋〔一〕。临河濯长缨〔二〕，念子怅悠悠〔三〕。远望悲风至，对酒不能酬〔四〕。行人怀往路，何以慰我愁？独有盈觞酒，与子结绸缪〔五〕。

【注释】

〔一〕三载：指过去相聚的时间。"三载"等于"千秋"，言其可贵。

〔二〕濯：洗涤。长缨：指驾车时系在马颈的革带，又叫马鞅。

〔三〕念子：一作"念别"。

〔四〕酬：劝酒。

〔五〕绸缪：指缠绵不解的情意。上文说"对酒不能酬"，结尾又说"独有盈觞酒，与子结绸缪"，见出烦忧重叠和无可奈何之情。

其　　三

【题解】

这一首也是送别友人的诗。诗中不说“良时不再”或“嘉会难遇”，而说相见有期，各自努力，这是和前两首不同的地方。

携手上河梁，游子暮何之〔一〕？徘徊蹊路侧〔二〕，悢悢不能辞〔三〕。行人难久留，各言长相思。安知非日月，弦望自有时〔四〕？努力崇明德，皓首以为期〔五〕。

【注释】

〔一〕何之：何往。

〔二〕蹊：径。

〔三〕悢悢(音谅)：惆怅貌。《文选》五臣注及《太平御览》卷四八九引作“恨恨”，犹“恳恳”，形容相恋之情。不能辞：犹言不能成辞，就是不能作临别赠言。

〔四〕弦望：月形如弓的时候叫作弦，阴历每月初七八为上弦，二十三四为下弦。每月十五日叫作望，取日月相望之义。以上二句是说怎知道我们不像日和月似的，也有相望之时？比喻有离别也有会合。“弦望”是偏义复词，弦字无义。或以“弦望”喻离合，以“日月”为偏义复词(偏用月字的意义)，也可以通。

〔五〕皓首：白头。喻老年。末二句是勉励努力崇德，直到白头。

别诗 三首

【题解】

《古文苑》有李陵《录别诗》八首，苏武答李陵诗及别李陵诗各一首，后世或作《拟苏李诗》。这里选录三首。本篇是怀子的诗，作者身在北方，所思在南方，大意说要托飞鸟寄书，鸟辞不能，恨不得随鸟同飞。表示心不忘南去，希望有所依附以实现这个愿望，但是终不可得。这一首和下一首《古文苑》均作李陵诗。

有鸟西南飞，熠熠似苍鹰〔一〕。朝发天北隅，暮闻日南陵〔二〕。欲寄一言去，托之笺彩缯〔三〕。因风附轻翼，以遗心蕴蒸〔四〕。鸟辞路悠长，羽翼不能胜。意欲从鸟逝，驽马不可乘〔五〕。

【注释】

〔一〕熠熠：光明貌。在这句里形容鸟羽反映日光。

〔二〕日南：汉郡名，是当时中国的最南部。以上二句以“日南”和“天北”相对，言彼鸟飞行之远与速。日南虽是地名，并不一定表示诗中人物所在的地方。

〔三〕笺：书启。彩缯：绢帛之类，古人在绢帛上写书信。

〔四〕蕴蒸：指心里积蓄的思想感情。

〔五〕乘：驾车。以上二句是说南去的心不可遏止，乘马都嫌其缓慢，恨不能附飞鸟而去。

其 二

【题解】

这一首是游子日暮怀归的诗。诗中以晨风、玄鸟、浮云的远飞和作者自己的踟蹰衢路、彷徨不归相对照。

晨风鸣北林〔一〕，熠耀东南飞〔二〕。愿言所相思，日暮不垂帷。明月照高楼，想见余光辉〔三〕。玄鸟夜过庭，仿佛能复飞〔四〕。褰裳路踟蹰〔五〕，彷徨不能归。浮云日千里，安知我心悲？思得琼树枝，以解长渴饥〔六〕。

【注释】

〔一〕北林：林名。首句本《诗经·晨风》："鴥彼晨风，郁彼北林。"

〔二〕熠耀：一作"熠熠"，义同。

〔三〕以上二句是说自己所在的高楼为月光所照，因而想到月光所照的不只是这高楼（这时所想念的故乡也同在这月光之下）。

〔四〕仿佛：见而不明。

〔五〕褰裳、踟蹰：褰裳是欲行，踟蹰是欲行又止，这样就是下句所说的"彷徨"。

〔六〕琼：美玉。玉树是传说中仙山上的树。末二句是说欲得仙树疗治忧愁，和《录别诗》中另一首"愿得萱草（忘忧草）枝，以解饥渴情"意思相同。

其　三

【题解】

本篇是游子自伤的诗。一伤漂泊，二伤饥寒，三伤衰老。(《古文苑》作苏武诗。)

童童孤生柳〔一〕，寄根河水泥。连翩游客子〔二〕，于冬服凉衣。去家千余里，一身常渴饥。寒夜立清庭，仰瞻天汉湄〔三〕。寒风吹我骨，严霜切我肌。忧心常惨戚，晨风为我悲。瑶光游何速〔四〕，行愿去何迟〔五〕。仰视云间星，忽若割长帷〔六〕。低头还自怜，盛年行已衰〔七〕。依依恋明世〔八〕，怆怆难久怀〔九〕。

【注释】

〔一〕童童：秃貌。

〔二〕连翩：鸟飞貌，在这里用来形容游子的漂泊。

〔三〕天汉：银河。湄：水草相交之处，就是岸边。

〔四〕瑶光：星名，即北斗杓第七星。又名“摇光”。古人看斗星所指的方位辨别节令。游：言所指方位改变。这句是说时间过得快。参看《古诗(明月皎夜光)》注〔二〕。

〔五〕这句不可解。行愿：二字疑有误。去何：一作“支荷”。

〔六〕忽：速貌。长帷：指云。言云的形状如帷幕。浮云飞得很快，且飞且散开，这时云间的星看起来正像向浮云相反的方向急飞，又像星把云块划开了。

〔七〕行:将也。

〔八〕明世:政治清明的时代。

〔九〕怆怆:悲伤。

魏诗

短歌行
燕歌行
饮马长城窟行
赠从弟
定情诗
箜篌引
赠秀才入军
咏怀

曹　　操

魏武帝曹操(155—220),字孟德,沛国谯县(今安徽亳州)人。汉灵帝时曾因“能明古学”被任为议郎。汉献帝(刘协)初参加讨董卓。建安元年(196)迎献帝迁都许昌,受封大将军及丞相。从此挟天子以令诸侯,成为北方的实际统治者。曹操在政治措施和文学倾向上都表现为一个反对两汉传统(也就是反正统)的人物。他用人强调“唯才是举”,打破家世门第的限制。在他周围集中了许多人才,其中包括文学之士。他自己雅爱诗章,好作乐府歌辞,今存二十一篇。曹操的诗能摆脱古典的束缚而从民间文学汲取营养,往往慷慨悲凉,反映着那个丧乱时代。

蒿里行

【题解】

《蒿里行》是挽歌,属《相和歌·相和曲》,古辞现存,言人死魂魄归于蒿里(即死人的居里)。曹操此作是以古题写时事,叙汉末讨伐董卓的群雄互争权利,造成丧乱,是当时的实录。

关东有义士〔一〕，兴兵讨群凶。初期会盟津，乃心在咸阳〔二〕。军合力不齐〔三〕，踌躇而雁行。势利使人争，嗣还自相戕〔四〕。淮南弟称号〔五〕，刻玺于北方〔六〕。铠甲生虮虱〔七〕，万姓以死亡。白骨露于野，千里无鸡鸣。生民百遗一，念之断人肠。

【注释】

〔一〕关东：指函谷关以东。义士：指起兵讨伐董卓的诸将领。初平元年(190)春关东州郡起兵讨卓，推渤海太守袁绍为盟主。

〔二〕盟津：地名，就是孟津(在今河南孟县南)，相传周武王伐纣时和诸侯在此地会盟。咸阳：地名，秦的都城，在今陕西咸阳东。以上二句是说本来期望团结群雄，像周武王会合诸侯。吊民伐罪，初心是要直捣洛阳，像刘邦、项籍之攻入咸阳。两句都是用典，非实叙。下文所叙是违反本来目的的事实。

〔三〕齐：一致。当时诸将各怀观望，力量不能合一。

〔四〕嗣还：言其后不久。还，读为"旋"。自相戕：指讨卓诸将互相兼并。

〔五〕袁术(袁绍的从弟)改九江为淮南，设置寿春(今安徽寿县)。建安二年(197)袁术称帝于寿春。

〔六〕玺：天子所用的印。初平二年(191)袁绍谋立刘虞为天子，刻作金印。

〔七〕铠：甲。"铠甲生虮虱"以下四句是说连年征战，将士长久不得解甲，百姓死亡惨重。

短歌行

【题解】

这一篇似乎是用于宴会的歌辞,属《相和歌·平调曲》,其中有感伤乱离,怀念朋友,叹息时光消逝和希望得贤才帮助他建立功业的意思。晋乐所奏删去八句,分为六解。这篇是本辞。

对酒当歌,人生几何?譬如朝露,去日苦多。慨当以慷,忧思难忘。何以解忧〔一〕?惟有杜康〔二〕。青青子衿,悠悠我心〔三〕。但为君故,沉吟至今〔四〕。呦呦鹿鸣〔五〕,食野之苹〔六〕。我有嘉宾,鼓瑟吹笙。明明如月,何时可掇〔七〕?忧从中来,不可断绝。越陌度阡〔八〕,枉用相存〔九〕。契阔谈宴〔一〇〕,心念旧恩〔一一〕。月明星稀,乌鹊南飞。绕树三匝〔一二〕,何枝可依?山不厌高,海不厌深〔一三〕。周公吐哺,天下归心〔一四〕。

【注释】

〔一〕何以:以何。

〔二〕杜康:人名。相传他是开始造酒的人。一说这里用为酒的代称。

〔三〕衿:衣领。青衿是周代学子的服装。悠悠:长貌,形容思念之情。以上二句用《诗经·子衿》成句,表示对贤才的思慕。

〔四〕君:指所思慕的人。沉吟:犹言深念。

〔五〕呦呦:鹿鸣声。以下四句用《诗经·鹿鸣》成句。《鹿鸣》本是宴宾客的诗,这里借来表示招纳贤才的意思。

〔六〕苹:艾蒿。

〔七〕掇:采拾。一作"辍",停止。明月是永不能拿掉的,它的运行也是永不能停止的,"不可掇"或"不可辍"都是比喻忧思不可断绝。

〔八〕陌、阡:田间的道路。古谚有"越陌度阡,更为客主"的话,这里用成语,言客人远道来访。

〔九〕存:省视。

〔一〇〕契阔谈宴:就是说两情契合,在一处谈心宴饮。契阔,契是投合,阔是疏远,这里是偏义复词,偏用契字的意义。

〔一一〕旧恩:往日的情谊。

〔一二〕匝:周围。乌鹊无依似喻人民流亡。

〔一三〕以上二句比喻贤才多多益善。

〔一四〕吐哺:周公曾自谓:"一沐三捉发,一饭三吐哺,起以待士,犹恐失天下之贤人。"(《史记·鲁周公世家》)哺,口中咀嚼着的食物。篇末引周公自比,说明求贤建业的心思。

苦寒行

【题解】

这一篇是《相和歌·清调曲》歌辞,曹操在建安十一年(206)征高幹时所作。高幹是袁绍之甥,降曹后又反,当时屯兵在壶关口。曹操从邺城(在今河北临漳西)出兵,取道河内,北度太行山,其时在正月。诗中写行军时的艰苦。

北上太行山〔一〕，艰哉何巍巍！羊肠坂诘屈〔二〕，车轮为之摧。树木何萧瑟！北风声正悲。熊罴对我蹲，虎豹夹路啼。豁谷少人民〔三〕，雪落何霏霏！延颈长叹息〔四〕，远行多所怀。我心何怫郁〔五〕，思欲一东归〔六〕。水深桥梁绝，中路正徘徊。迷惑失故路，薄暮无宿栖。行行日已远，人马同时饥。担囊行取薪，斧冰持作糜〔七〕。悲彼东山诗〔八〕，悠悠使我哀。

【注释】

〔一〕太行山：指河内的太行山，在今河南沁阳北，是太行山的支脉。

〔二〕羊肠坂：指从沁阳经天井关到晋城的道。诘屈：纡曲。

〔三〕豁：山里的水沟。山居的人都聚在豁谷近旁，既然“豁谷少人民”，山里别处更不用说了。

〔四〕延颈：伸长脖子，表怀望。

〔五〕怫郁：心不安。

〔六〕思欲一东归：言怀念故乡谯县（今安徽亳州）。

〔七〕斧冰：凿冰。糜：稀粥。

〔八〕东山：《诗经·豳风》篇名。《东山》写远征军人还乡，旧说是周公所作。这里提到《东山》诗，一则用来比照当前行役苦况，二则以周公自喻。

观沧海

【题解】

这是属《相和歌·瑟调曲》的《步出夏门行》篇中的第一章

(《步出夏门行》分五个部分,最前是“艳”,以下是《观沧海》、《冬十月》、《土不同》、《龟虽寿》四章),写登山望海,是描写自然的名作。建安十二年(207)夏五月曹操出兵征乌桓,七月出卢龙塞,九月胜利班师,经过碣石山。

东临碣石〔一〕,以观沧海。水何澹澹〔二〕,山岛竦峙〔三〕。树木丛生,百草丰茂。秋风萧瑟,洪波涌起。日月之行,若出其中;星汉灿烂,若出其里〔四〕。【幸甚至哉,歌以咏志〔五〕。】

【注释】

〔一〕碣石:山名。碣石山有二,这里指《汉书·地理志》所载骊成(今河北乐亭西南)的大碣石山。一说即指今河北昌黎的碣石山。

〔二〕澹澹:水波摇荡貌。

〔三〕竦峙:耸立。

〔四〕星汉:银河。以上四句是写沧海包含之大。

〔五〕咏志:一作“言志”。末二句是合乐时所加,不关正文。(此类不关正文的词句用【】号表明,下同。)

龟虽寿

【题解】

这是《步出夏门行》的末章。大意是说人寿有限而壮志无穷,但祚命长短不一定全由天定,人也有可努力处。

神龟虽寿，犹有竟时〔一〕。螣蛇乘雾〔二〕，终为土灰。老骥伏枥〔三〕，志在千里；烈士暮年〔四〕，壮心不已。盈缩之期〔五〕，不但在天；养怡之福，可得永年〔六〕。【幸甚至哉，歌以咏志。】

【注释】

〔一〕神龟：龟之通灵者。龟可以活得很长久，古人将它代表长寿的动物，被认为通灵的“神龟”当然也被认为更加长寿。《庄子·秋水》：“吾闻楚有神龟死已三千岁矣。”竟：终。

〔二〕螣蛇：又作“腾蛇”，是传说中的神物，和龙同类，能兴云驾雾。（“螣蛇游雾”见《韩非子·难势》。）

〔三〕枥：马棚。

〔四〕烈士：指刚正的、重义轻生的或积极于建功立业的人士。

〔五〕盈缩：指进退、升降、成败、祸福等。

〔六〕养怡：犹养和。以上二句言对于身心修养得法也可以延长寿命，可见得成败祸福不全然由天安排。

曹 丕

魏文帝曹丕(187—226),字子桓。曹操的次子。建安二十五年(220)代汉即帝位。在位七年。他生长在戎旅之间,自幼娴习弓马,但读书很勤,著述也不少。现存诗歌完整的约四十首。他的诗体式多样,语言通俗,抒情之作往往深婉有致。

燕歌行

【题解】

本篇属《相和歌·平调曲》,写女子怀念在远方作客的丈夫,是言情的名作。乐府诗题目上冠以地名是表示声音的地方特点,如本题和《齐讴行》、《陇西行》等都是这样。到后来声音失传,作者便用来歌咏各地的风土。燕是北方边地,征戍不绝,所以《燕歌行》多半写离别。曹丕此篇一向被人特别注意,固然因为它情致婉委,节奏美妙,同时也因为它是我们所能见到的最古的完整的七言诗。

秋风萧瑟天气凉,草木摇落露为霜〔一〕。群燕辞归鹄南翔〔二〕,念君客游多思肠〔三〕。慊慊思归恋故乡,君为淹留寄他方〔四〕？贱妾茕茕守空房，忧来思君不敢忘，不觉泪下沾衣裳。援琴鸣弦发清商〔五〕，短歌微吟不能长。明月皎皎照我床，星汉西流夜未央〔六〕。牵牛织女遥相望，尔独何辜限河梁〔七〕。

【注释】

〔一〕摇落：凋残。

〔二〕鹄：天鹅。

〔三〕多思肠：一作“思断肠”。

〔四〕慊慊：空虚之感。淹留：久留。上句是设想对方必然思归，本句是因其不归而生疑问。

〔五〕清商：乐名。清商音节短促，所以下句说“短歌微吟不能长”。

〔六〕夜未央：夜已深而未尽的时候。古人用观察星象的方法测定时间，这诗所描写的景色是初秋的夜间，牛、女在银河两旁，初秋傍晚时正见于天顶，这时银河应该西南指，现在说“星汉西流”，就是银河转向西，表示夜已很深了。

〔七〕尔：指牵牛、织女。河梁：河上的桥。传说牵牛和织女隔着天河，只能在每年七月七日相见，乌鹊为他们搭桥。

善哉行

【题解】

本篇属《相和歌·瑟调曲》，写旅客怀乡之情，是四言诗中有名的作品。《乐府诗集》作魏武帝（曹操）诗，今从

《宋书·乐志》。

上山采薇〔一〕，薄暮苦饥。豁谷多风，霜露沾衣。野雉群雊〔二〕，猿猴相追。还望故乡，郁何垒垒〔三〕！高山有崖，林木有枝〔四〕。忧来无方，人莫之知。人生如寄，多忧何为？今我不乐，岁月如驰〔五〕。汤汤川流，中有行舟。随波转薄〔六〕，有似客游〔七〕。策我良马，被我轻裘。载驰载驱〔八〕，聊以忘忧。

【注释】

〔一〕薇：豆科植物，野生，可食。《诗经·小雅》有《采薇》篇，是写戍卒痛苦的诗，本篇用意相似。

〔二〕雊（音购）：雄雉求偶的唤声。

〔三〕"郁何"句：指高山林木而言。"郁郁"是形容茂密的词，这里是重言而用一字。"垒垒"是形容重叠。"何"是语助字，犹"啊"。（汉乐府"颎颎何煌煌"与"隐隐何甸甸"，"何"字用法与此相同。）

〔四〕"枝"字和下文"人莫之知"的"知"字音义双关。本于古《越人歌》："山有木兮木有枝，心悦君兮君不知。"

〔五〕"今我"句：用《诗经·蟋蟀》成句。如驰：一作"驰驰"。

〔六〕转：回旋。薄：停泊。

〔七〕"有似"句：将游行的客和漂泊的舟相比，本意是说游客像行舟，故意说成行舟似客游。

〔八〕载驰载驱：这句是用《诗经·载驰》成句。载，助词。驰，放马快跑。驱，鞭马前进。

杂　诗 二首

【题解】

本题二首都是游子诗，当是拟古乐府或古诗之作。

漫漫秋夜长，烈烈北风凉。展转不能寐〔一〕，披衣起彷徨。彷徨忽已久，白露沾我裳。俯视清水波，仰看明月光。天汉回西流〔二〕，三五正纵横〔三〕。草虫鸣何悲，孤雁独南翔。郁郁多悲思，绵绵思故乡。愿飞安得翼，欲济河无梁。向风长叹息，断绝我中肠。

【注释】

〔一〕展转：见汉诗《饮马长城窟行》注〔三〕。这里是说睡时不住地翻身。

〔二〕天汉：银河。回西流：由西南转向正西，表示夜深。见《燕歌行》注〔六〕。

〔三〕三五：指星而言。《诗经·小星》："三五在东。"有人说"三五"指心星和噣星，有人说指参星和昴星。这里似泛指群星。纵横：言其众多、历乱。

其　二

西北有浮云，亭亭如车盖〔一〕。惜哉时不遇，适与飘风会〔二〕。吹我东南行，行行至吴会〔三〕。吴会非我乡，安得久留滞？弃置勿复陈〔四〕，客子常畏人。

【注释】

〔一〕亭亭：远而无所依靠的样子。

〔二〕飘风：暴起的风。

〔三〕吴会：指吴郡和会稽郡。吴本是秦会稽郡，后汉时分吴和会稽为两郡。

〔四〕“弃置”句：是搁在一边不要再谈。这句是乐府诗套话。

陈　琳

陈琳(？—217),字孔璋,广陵(今江苏江都东北)人。尝为袁绍掌书记,后归曹操。传诗仅四篇,他也是建安七子之一。

饮马长城窟行

【题解】

《饮马长城窟行》是汉乐府《相和歌》旧题。陈琳此篇写秦筑长城给与人民的痛苦。诗中多用对话。

饮马长城窟,水寒伤马骨。往谓长城吏:"慎莫稽留太原卒〔一〕!""官作自有程〔二〕,举筑谐汝声〔三〕!""男儿宁当格斗死,何能怫郁筑长城〔四〕?"长城何连连,连连三千里。边城多健少〔五〕,内舍多寡妇。作书与内舍:"便嫁莫留住!善侍新姑嫜,时时念我故夫子〔六〕!"报书往边地:"君今出语一何鄙〔七〕?""身在祸难中,何为稽留他家子〔八〕?生男慎莫举〔九〕,生女哺用脯〔一〇〕。君独不见长城下,死人骸骨相撑拄〔一一〕?""结发行事君,慊慊心意关〔一二〕,明知边地苦,贱妾何能久自全〔一三〕?"

【注释】

〔一〕“慎莫”句：是太原卒对长城吏说。太原，秦郡名，约有今山西中部地。

〔二〕官作：官府的工程。程：期限。

〔三〕谐汝声：官吏命士卒齐声唱夯歌，也就是叫他们努力筑城。

〔四〕格斗：谓作战。格，击。以上二句是士卒的回答。

〔五〕健少：一作“健儿”。

〔六〕姑嫜：妇人称丈夫的母与父为“姑嫜”。以上三句是长城卒寄书给妻，所言如此。

〔七〕鄙：粗野。“君今”句：是妻答夫。

〔八〕他家子：犹言别人家女子。

〔九〕举：养育成人。

〔一〇〕哺：喂。脯：干肉。秦筑长城，起骊山之冢，民间有歌谣道：“生男慎勿举，生女哺用脯。不见长城下，尸骸相支拄。”（见《水经注·河水》引杨泉《物理论》）作者在这里借用这现成的歌谣，大意是说生男长大多死在边城，不如不育。生女可以留在家里，应该珍爱。

〔一一〕以上六句夫再答妻。

〔一二〕关：牵系。

〔一三〕明知：一本无此二字。最后四句妻再答夫。

王　粲

王粲(177—217),字仲宣,山阳高平(今山东邹城西南)人。他的祖父王畅在汉灵帝时为司空,是当时的名士,为"八俊"之一。粲在少年时期已被蔡邕称为"有异才"。从十七岁起避难到荆州,依刘表十五年。后归曹操,为丞相掾。他以贵公子孙,遭乱流离,诗赋多悲凉情调。在建安诗人中他的地位很高,是"七子之冠冕"。后人有时将他和曹植并称。

七哀诗　三首

【题解】

《乐府古题要解》说"七哀起于汉末",这是当时的乐府新题。曹植、阮瑀也各有《七哀诗》一首。王粲有《七哀诗》三首,不是同时所作。第一首写乱离中所见,是一幅难民图。大约作于初离长安的时候。

西京乱无象〔一〕,豺虎方遘患〔二〕。复弃中国去,委身适荆蛮〔三〕。亲戚对我悲,朋友相追攀〔四〕。出门无所见,白骨蔽平原。路有饥妇人,抱子弃草间。顾闻号泣声,挥涕独不还。"未知身死处,何能两相完〔五〕?"驱马弃之去，不忍听此言。南登霸陵岸〔六〕，回首望长安。悟彼下泉人，喟然伤心肝〔七〕。

【注释】

〔一〕西京：指长安。无象：犹言无道或无法。

〔二〕豺虎：指李傕、郭汜等人。初平三年(192)，李、郭等在长安造乱。遘：同“构”，造。

〔三〕委身：托身。荆蛮：指荆州。荆州是古楚国地，楚国的本号就叫荆。周人称南方的民族为蛮，楚在南方，所以被称为荆蛮。这里为了押韵，沿用旧称。以上二句言离中原往荆州。当时荆州未遭兵祸，去避乱的人很多。荆州刺史刘表曾从王畅受学，和王氏是旧交，所以王粲全家去依投。

〔四〕攀：谓攀辕依恋。

〔五〕完：保全。以上二句是作者所闻妇人的话。

〔六〕霸陵：汉文帝的葬处，在长安东。岸：高地。

〔七〕下泉：《诗经》篇名。《毛诗序》：“《下泉》思治也，曹人……思明王贤伯也。”末二句是说懂得作《下泉》的诗人为什么伤叹了，作者登临一代名主汉文帝的陵墓，遥望“豺虎”纷纷的长安，不免要像《下泉》的作者当乱世而思贤君。

其　二

【题解】

这一首是久客荆州，思乡怀归之作，和作者的《登楼赋》的内容相似。《登楼赋》作于二十九岁左右，此诗或是同时的作品。

荆蛮非我乡，何为久滞淫〔一〕？方舟溯大江〔二〕，日暮愁我心。山冈有余映〔三〕，岩阿增重阴。狐狸驰赴穴，飞鸟翔故林。流波激清响，猴猿临岸吟。迅风拂裳袂，白露沾衣襟。独夜不能寐，摄衣起抚琴。丝桐感人情〔四〕，为我发悲音。羁旅无终极，忧思壮难任〔五〕。

【注释】

〔一〕滞淫：淹留。

〔二〕方舟：并两船。

〔三〕余映：犹言余光。映，明。

〔四〕丝桐：指琴。桓谭《新论》："削桐为琴，丝绳为弦。"

〔五〕壮难任：犹言刺痛难堪。《方言》："凡草木刺人，北燕、朝鲜之间或谓之壮。"

其　三

【题解】

这首诗写边地荒寒，人民苦于争战。

边城使心悲〔一〕，昔吾亲更之〔二〕。冰雪截肌肤，风飘无止期。百里不见人，草木谁当迟〔三〕？登城望亭燧〔四〕，翩翩飞戍旗。行者不顾反，出门与家辞。子弟多俘虏，哭泣无已时。天下尽乐土，何为久留兹？蓼虫不知辛〔五〕，去来勿与谘〔六〕。

【注释】

〔一〕建安二十年(215)曹操西平金城(今甘肃兰州西南)，这诗所谓“边城”或指此。有人说王粲到边城是随曹操征乌桓。此说显然错误。征乌桓是建安十一年(206)的事，其时王粲还在荆州。

〔二〕更：经历。

〔三〕迟：与“治”同，料理。

〔四〕亭：守望之处。燧：古人防边，见敌人进犯就用积薪或狼粪烧烟报警，叫做“燧”，夜中举火报警就叫做“烽”。

〔五〕蓼：水蓼，植物名，味辛辣。生存于蓼上的虫习惯于辛味，所以说“不知辛”。《楚辞·七谏》说“蓼虫不知徙乎葵菜”，言安于旧习，不晓得迁移。这里用来比喻边城的人不知天下别有乐土。

〔六〕谘：商量，询问。

徐 幹

徐幹(171—217),字伟长,北海(今山东寿光东南)人,建安七子之一。性恬淡,不重视官禄,以著述自娱。有《中论》二卷,为当时作家所推重。诗仅存四首。

室 思

【题解】

室思:犹“闺情”。《玉台新咏》卷一将全诗分为六章。有些选本以前五章为《杂诗》,末一章为《室思》,不可从。诗的内容,前五章写女子对于在远方的爱人的思念、盼望和失望,末章写希望对方不忘旧情。

沉阴结愁忧,愁忧为谁兴?念与君相别,各在天一方。良会未有期,中心摧且伤。不聊忧餐食,慊慊常饥空〔一〕。端坐而无为,仿佛君容光。其一

峨峨高山首,悠悠万里道。君去日已远,郁结令人老。人生一世间,忽若暮春草。时不可再得,何为自愁恼?每诵昔鸿恩〔二〕,贱躯焉足保。其二

浮云何洋洋,愿因通我词。飘飖不可寄,徙倚徒相

思。人离皆复会，君独无返期。自君之出矣，明镜暗不治。思君如流水，何有穷已时。其三

惨惨时节尽，兰叶复凋零。喟然长叹息，君期慰我情〔三〕。展转不能寐，长夜何绵绵。蹑履起出户，仰观三星连〔四〕。自恨志不遂，泣涕如涌泉。其四

思君见巾栉，以益我劳勤〔五〕。安得鸿鸾羽，觏此心中人。诚心亮不遂，搔首立悁悁〔六〕。何言一不见，复会无因缘。故如比目鱼，今隔如参辰。其五

人靡不有初，想君能终之〔七〕。别来历年岁，旧恩何可期。重新而忘故，君子所尤讥。寄身虽在远，岂忘君须臾。既厚不为薄，想君时见思。其六

【注释】

〔一〕不聊：犹言“略不”、“且不”。聊，且略之辞。这两句是说所以有“慊慊饥空”之感并非为餐食而忧，言外之意是因为见不着爱人。这就是《诗经·汝坟》“未见君子，惄如调饥”两句的意思。

〔二〕诵：与“颂”通。

〔三〕君期：傅玄《秋兰篇》“君期历九秋”句。“期”一作“其”。

〔四〕三星：指参星。参宿共七星，四角四星，中间横列三星，古人又以横列的三星代表参宿。《诗经·绸缪》：“绸缪束薪，三星在天。今夕何夕？见此良人。”所谓三星也是指参星。《绸缪》是乐新婚的诗，作者可能联想及之。

〔五〕益：增加。劳勤：忧苦企望。以上二句是说思念而不见其人，只见其人在家时常用的巾栉等物，因而更增益忧念之心。《太平御览》作“思见君巾栉，以弭我劳勤”，意思不同，但也可通。

〔六〕悁悁：忧貌。

〔七〕靡：无。《诗经·荡》："靡不有初，鲜克有终。"是此诗"人靡"两句所本，表示希望对方始终如一。

刘　桢

刘桢(？—217)，字公幹，东平(今山东东平)人。刘诗风格劲挺，不重雕饰。曹丕曾称赞他的五言诗"妙绝时人"，但作品流传很少，仅存十五首。

赠从弟

【题解】

刘桢有《赠从弟》诗三首，都用比兴。这是第二首，作者以松柏为喻，勉励他的堂弟坚贞自守，不因外力压迫而改变本性。

亭亭山上松〔一〕，瑟瑟谷中风〔二〕。风声一何盛，松枝一何劲。冰霜正惨凄，终岁常端正。岂不罹凝寒〔三〕？松柏有本性。

【注释】

〔一〕亭亭：高貌。

〔二〕瑟瑟：风声。

〔三〕罹：遭受。凝寒：严寒。

繁　　钦

繁钦(？—218)，字休伯，颍川(今河南禹县)人。曾为曹操掌书记，文辞巧丽。传诗完整者仅四首。

定情诗

【题解】

本篇是乐府《杂曲歌辞》。这里“定情”是镇定其情的意思，正如陶渊明的《闲情赋》是闲止其情的意思。这篇是以女子口吻自述与人相爱，不久被弃，悲而自悔。

我出东门游，邂逅承清尘〔一〕。思君即幽房，侍寝执衣巾。时无桑中契，迫此路侧人〔二〕。我既媚君姿〔三〕，君亦悦我颜。何以致拳拳〔四〕？绾臂双金环。何以道殷勤？约指一双银〔五〕。何以致区区？耳中双明珠。何以致叩叩〔六〕？香囊系肘后。何以致契阔？绕腕双跳脱〔七〕。何以结恩情？美玉缀罗缨〔八〕。何以结中心？素缕连双针〔九〕。何以结相于〔一〇〕？金薄画搔头〔一一〕。何以慰别离？耳后玳瑁钗。何以答欢忻？纨素三条裙〔一二〕。何以结愁悲？白绢双中衣〔一三〕。与我期何所？乃期东山隅。

日旰兮不来〔一四〕，谷风吹我襦〔一五〕。远望无所见，涕泣起踟蹰。与我期何所？乃期山南阳。日中兮不来，飘风吹我裳〔一六〕。逍遥莫谁睹，望君愁我肠。与我期何所？乃期西山侧。日夕兮不来，踯躅长叹息。远望凉风至，俯仰正衣服。与我期何所？乃期山北岑〔一七〕。日暮兮不来，凄风吹我襟。望君不能坐，悲苦愁我心。爱身以何为，惜我华色时。中情既款款〔一八〕，然后克密期〔一九〕。褰衣蹑茂草，谓君不我欺。厕此丑陋质〔二〇〕，徙倚无所之。自伤失所欲，泪下如连丝。

【注释】

〔一〕邂逅：不期而会。承清尘：是说得亲近足下的尘土。尘，是行路扬起的土，加一"清"字表示尊贵。

〔二〕《诗经·桑中》是男女幽会的诗。无桑中契：言本没有约会。迫：近。以上二句是说彼此本无桑中之约，以路人而偶然亲近起来，即上文"邂逅"的意思。

〔三〕媚：爱。

〔四〕致拳拳：表达忠爱之情。

〔五〕约指：指环。

〔六〕叩叩：诚也。

〔七〕跳脱：又作"条脱"，即臂钏，俗名镯子。

〔八〕罗缨：指佩玉之带。

〔九〕素缕连双针：用白线穿双针，象征两心连接在一起。素色表示纯洁，线缕表示缠绵，针表示坚贞。

〔一〇〕相于：犹相厚，当时习用语。

〔一一〕搔头：即簪。一本作“幧头”，即“绡头”，见《陌上桑》注〔六〕。

〔一二〕三条裙：是装饰着三道花边的裙子。条，读为“绦”。“绦”又名“偏诸”，是丝织的带子，可以用来做衣上的缘饰，如花边之类。

〔一三〕中衣：近身的衣，穿在小衣之外大衣之内。以上重叠十一问答，叙写赠贻频繁，以见情意之厚。此外尚有逸文“何以消滞忧？足下双远游”二句，见《文选·洛神赋》李善注引。应该补在这一节中的什么地方，尚难确定。

〔一四〕旰：晚。

〔一五〕谷风：东风。

〔一六〕飘风：旋风。

〔一七〕岑：山小而高为“岑”。

〔一八〕款款：犹“拳拳”。

〔一九〕克期：定约。

〔二〇〕厕：侧。此句似谓侧身而望。

曹　植

曹植(192—232),字子建。曹丕的同母弟。他的一生可以公元220年十月(曹丕在这时即魏帝位)为界,分为前后两期,前期生活平顺。后期在文帝(曹丕)和明帝(曹叡)两朝(220—239),遭受猜忌,不得参预政事。屡次要求自试都得不到允许。因此常抑郁无欢,到四十一岁就死了。他的诗流传约八十首,以五言为主,大都词采华茂,语言精炼,情感热烈,慷慨动人。代表建安文学的最高成就。

箜篌引

【题解】

本篇是《相和歌·瑟调曲》歌辞,前半是宴饮的描写,后半是议论。大意说盛满不常是一定的道理,君子明白这个道理就是知命,因而就无所忧而且能"久要不忘"、"谦谦磬折"。本篇又题为《野田黄雀行》,因为在《野田黄雀行》曲调里也歌唱过这篇辞。箜篌:乐器名,体曲而长,二十三弦。

置酒高殿上,亲交从我游〔一〕。中厨办丰膳,烹羊宰肥牛。秦筝何慷慨〔二〕,齐瑟和且柔〔三〕。阳阿奏奇舞〔四〕，京洛出名讴〔五〕。乐饮过三爵，缓带倾庶羞〔六〕。主称千金寿，宾奉万年酬。久要不可忘，薄终义所尤〔七〕。谦谦君子德，磬折欲何求〔八〕？惊风飘白日〔九〕，光景驰西流〔一〇〕。盛时不再来，百年忽我遒〔一一〕。生存华屋处，零落归山丘。先民谁不死〔一二〕，知命复何忧？

【注释】

〔一〕亲交：亲近的友人。

〔二〕秦筝：筝是弦乐器。古筝五弦，形如筑。秦人蒙恬改为十二弦，变形如瑟。唐以后又改为十三弦。

〔三〕齐瑟：瑟也是弦乐器，有五十弦，二十五弦，二十三弦，十九弦几种。在齐国临淄这种乐器很普遍，苏秦说齐王曰："临淄，其民无不鼓瑟也。"（见《战国策·齐策》）

〔四〕阳阿：《淮南子·俶真训》注以为人名，梁元帝《纂要》（《太平御览》卷五六九引）以为古艳曲名，这里用来和"京洛"相对，是以为地名。《汉书·外戚传》说赵飞燕微贱时属阳阿公主家，学歌舞。这个阳阿是县名，在今山西凤台西北。

〔五〕京洛：即"洛京"，指洛阳。

〔六〕缓带：解带脱去礼服换便服。庶羞：多种美味。

〔七〕久要：旧约。《论语·宪问》："久要不忘平生之言，亦可以为成人矣。"薄终义所尤：言对朋友始厚而终薄是道义所不许的。尤，非。以上二句是说交友的正道，也是立身处世的正道。

〔八〕磬折：弯着身体像磬一般。这是恭敬的样子。君子谦恭虚己非有所求于人。何求：言无所求。

〔九〕惊风:疾风。

〔一〇〕光景:指日、月。

〔一一〕不再来:一作"不可再"。遒:迫近。

〔一二〕先民:过去的人。

名都篇

【题解】

本篇是《杂曲歌·齐瑟行》歌辞,讽刺都市里一般富贵游荡的子弟把时间消磨在饮宴、游戏,天天如此,月月如此。虽有骑射的技艺,只用在打猎,无益于国。

名都多妖女〔一〕,京洛出少年〔二〕。宝剑直千金,被服丽且鲜〔三〕。斗鸡东郊道〔四〕,走马长楸间〔五〕。驰骋未能半〔六〕,双兔过我前。揽弓捷鸣镝〔七〕,长驱上南山〔八〕。左挽因右发,一纵两禽连〔九〕。余巧未及展,仰手接飞鸢〔一〇〕。观者咸称善,众工归我妍〔一一〕。归来宴平乐〔一二〕,美酒斗十千。脍鲤臇胎鰕,炮鳖炙熊蹯〔一三〕。鸣俦啸匹侣〔一四〕,列坐竟长筵。连翩击鞠壤〔一五〕,巧捷惟万端。白日西南驰,光景不可攀。云散还城邑,清晨复来还〔一六〕。

【注释】

〔一〕妖女:艳丽的女子。

〔二〕京洛:即“洛京”,指东汉都城洛阳。

〔三〕丽:一作“光”。

〔四〕斗鸡:以两鸡相斗为娱乐,这是从春秋时代就有的习俗,汉魏到唐都盛行。魏明帝曾在洛阳筑斗鸡台。

〔五〕长楸:古人在道旁种楸树,绵延很长,所以叫“长楸”。

〔六〕驰骋:《文选》卷二十七作“驰驰”,犹“行行”。能:一作“及”。

〔七〕捷:引。一作“挟”。鸣镝:又叫“嚆矢”,就是响箭的镞。

〔八〕此句一作“驱车彼南山”。南山:通常指终南山,这里指洛阳的南山。(晋潘尼《迎大驾》诗“南山郁岑崟,洛川迅且急”,就是指这个南山。)

〔九〕两禽:指双兔,猎获的鸟兽都叫做禽。

〔一〇〕巧:一作“功”。接:是对飞驰的东西迎前射击。

〔一一〕众工:指众善射者。归我妍:称许我射得好。我,是代少年自称。

〔一二〕平乐:观名,汉明帝时造,在洛阳西门外。

〔一三〕臇(音吮)胎鰕:就是用胎鰕做羹。臇,比较干的肉羹,这里用作动词。胎鰕,有子的鲐鱼。或疑“胎”是“鲐”的误字,鲐是海鱼。炮鳖:《文选》作“寒鳖”,炮是烧烤,寒是酱渍。“炮鳖脍鲤”见于《诗经·六月》。曹植好用成语,疑作“炮”为是。熊蹯(音烦):熊掌。

〔一四〕“鸣俦”句:言呼朋唤类。

〔一五〕击鞠壤:蹴鞠和击壤,都是古传的游戏。鞠是毛球,玩时有用杖击者。壤用两块木片制成,一头宽阔,一头尖锐,长一尺四寸,阔三寸。玩时将一块放在三四十步以外的地上,用另一块扔过去打它。

〔一六〕来还:言又来到东郊、南山、平乐观这些地方取乐。

美女篇

【题解】

本篇是《杂曲歌·齐瑟行》歌辞，以美女"盛年处房室"比喻自己虽有才具而无可施展。

美女妖且闲〔一〕，采桑歧路间。柔条纷冉冉〔二〕，落叶何翩翩。攘袖见素手〔三〕，皓腕约金环〔四〕。头上金爵钗〔五〕，腰佩翠琅玕。明珠交玉体〔六〕，珊瑚间木难〔七〕。罗衣何飘飖，轻裾随风还〔八〕。顾盼遗光彩，长啸气若兰〔九〕。行徒用息驾，休者以忘餐〔一〇〕。借问女安居，乃在城南端〔一一〕。青楼临大路〔一二〕，高门结重关〔一三〕。容华耀朝日〔一四〕，谁不希令颜〔一五〕？媒氏何所营？玉帛不时安〔一六〕。佳人慕高义，求贤良独难。众人徒嗷嗷，安知彼所观〔一七〕？盛年处房室，中夜起长叹。

【注释】

〔一〕闲：同"娴"，雅。

〔二〕冉冉：动貌。

〔三〕攘袖：捋上袖子。

〔四〕约：缠束。

〔五〕金爵钗：金钗头上作雀形。又作"三爵钗"、"合欢钗"。爵，同"雀"。

〔六〕交:络。

〔七〕木难:碧色珠,传说是金翅鸟沫所成。

〔八〕还(音旋):转。

〔九〕盼:一作“眄”。啸:蹙口出声,今言吹口哨。一作“笑”。

〔一〇〕以上二句言走道的因她而停止,休息着的为她忘了吃饭。汉乐府《陌上桑》云:“行者见罗敷,下担捋髭须。……耕者忘其犁,锄者忘其锄。”这诗用《陌上桑》的意思而压缩为两句。

〔一一〕城南端:城的正南门。

〔一二〕青楼:涂饰青漆的楼,指显贵之家,和后代以青楼为妓院的意思不同。

〔一三〕重关:两道闭门的横木。

〔一四〕“容华”句:言颜色之美如朝日之光辉照人。这是古人常用的比拟,宋玉《神女赋》云:“耀乎若朝日初出照屋梁。”

〔一五〕希令颜:慕其美貌。令,善。

〔一六〕玉帛:指珪璋和束帛,古代定婚行聘用它。时安:即时安置。这两句说:媒人在干什么呢? 怎么不及时地让她被人聘娶呢?

〔一七〕徒:一作“何”。这两句说一般人徒然七嘴八舌乱说,哪知道彼女自有她的见识呢?

白马篇

【题解】

本篇是《杂曲歌·齐瑟行》歌辞,又作《游侠篇》,因其所写的是边塞游侠的忠勇。作者平素也有“捐躯赴难,视死如归”的抱负和从军出塞的经验,写游侠也可能是自况。

白马饰金羁，连翩西北驰。借问谁家子，幽并游侠儿〔一〕。少小去乡邑，扬声沙漠垂〔二〕。宿昔秉良弓，楛矢何参差〔三〕。控弦破左的〔四〕，右发摧月支〔五〕。仰手接飞猱〔六〕，俯身散马蹄〔七〕。狡捷过猴猿，勇剽若豹螭〔八〕。边城多警急，胡虏数迁移。羽檄从北来〔九〕，厉马登高堤。长驱蹈匈奴，左顾陵鲜卑〔一〇〕。弃身锋刃端，性命安可怀〔一一〕？父母且不顾，何言子与妻？名编壮士籍，不得中顾私。捐躯赴国难，视死忽如归。

【注释】

〔一〕幽并：两州名，就是今河北、山西和陕西的一部分地方，是古来出勇侠人物较多的区域。

〔二〕扬声：即“扬名”。一作“扬名”。垂：即“陲”，边远的地区。

〔三〕楛：木名，茎可以做箭杆。

〔四〕控弦：拉弓。左的：左方的射击目标。

〔五〕右发：一作“发矢”。月支：射帖（箭靶之类）的名称，又名素支。

〔六〕猱：动物名，猿类，体矮小，尾作金色，攀缘树木极其轻捷，上下如飞。

〔七〕散：碎裂，摧毁。马蹄：也是射帖名。

〔八〕剽：轻快。螭（音痴）：传说中的动物名，如龙而黄。

〔九〕檄：用于征召的文书，写在一尺二寸长的木简上。上插羽毛表示紧急就叫做“羽檄”。

〔一〇〕长驱：一作“右驱”。鲜卑：东胡种族，东汉末成为北方强族。

〔一一〕弃身：一作“寄身”。怀：犹“惜”。

七 哀

【题解】

本篇是闺怨诗，也可能借此“讽君”。晋乐《怨诗行》用这篇诗为歌辞，分为七解。

明月照高楼，流光正徘徊。上有愁思妇，悲叹有余哀。借问叹者谁，言是宕子妻[一]。君行逾十年，孤妾常独栖。君若清路尘，妾若浊水泥[二]。浮沉各异势，会合何时谐？愿为西南风，长逝入君怀[三]。君怀良不开，贱妾当何依？

【注释】

〔一〕此句一作“自云客子妻”。

〔二〕“清”字形容路上尘，“浊”字形容水中泥。二者本是一物，“浮”的就清了，“沉”的就浊了，比喻夫妇（或兄弟骨肉）本是一体，如今地位（势）不同了。作者在《九愁赋》说“宁作清水之沉泥，不为浊路之飞尘”，取喻相同，词义正相反。

〔三〕逝：往。

送应氏 二首

【题解】

这是送应玚兄弟的诗，共二首。汝南应玚字德琏，弟应璩字休琏，都是诗人。这两首诗作于建安十六年(211)，这一年曹植被封为平原侯，应玚被任为平原侯庶子。曹植随曹操西征马超，道过洛阳，在洛阳送别应氏。第一首写洛阳的荒芜。

步登北邙阪，遥望洛阳山〔一〕。洛阳何寂寞，宫室尽烧焚。垣墙皆顿擗〔二〕，荆棘上参天〔三〕。不见旧耆老，但睹新少年。侧足无行径，荒畴不复田〔四〕。游子久不归，不识陌与阡。中野何萧条，千里无人烟。念我平常居〔五〕，气结不能言〔六〕。

【注释】

〔一〕洛阳山：指与北邙相连的山岭，李善引郭缘生《述征记》："北芒，洛阳北芒岭，靡迤长阜，自荥阳山连岭修亘，暨于东垣。"

〔二〕顿：塌坏。擗：分裂。

〔三〕参天：高接天。洛阳被董卓焚烧在初平元年(190)，距离作这首诗的时候已二十一年，所以有"荆棘参天"的景象。

〔四〕畴：耕过的田。这句是说荒了的田亩不再有人耕种。"田"字是动词。

〔五〕"我"字从"游子"两字来,游子指应氏。这是代应氏设词,不是作者自述,应氏或许曾在洛阳住家。

〔六〕气结:指胸中郁塞。

其　二

【题解】

第二首写惜别之情。

清时难屡得,嘉会不可常。天地无终极,人命若朝霜〔一〕。愿得展嬿婉,我友之朔方〔二〕。亲昵并集送,置酒此河阳〔三〕。中馈岂独薄?宾饮不尽觞〔四〕。爱至望苦深,岂不愧中肠〔五〕?山川阻且远,别促会日长。愿为比翼鸟,施翮起高翔。

【注释】

〔一〕人命:一作"人寿"。

〔二〕应玚《侍五官中郎将建章台集》诗以"朝雁"自比道:"往春翔北土,今冬客南淮。"这诗的"之朔方"就是应诗的"翔北土"。

〔三〕昵:同"暱",近。河阳:河水之北。

〔四〕以上二句是说:难道我所办的酒菜特别不丰富吗?为什么人不肯痛饮呢?中馈:古代进食物给长者叫做"馈",女子主持家里馈食之事,叫做主"中馈"。这里指饯行的酒食。

〔五〕以上二句言相爱至极因而期望也就很深。自己不能答其深望，所以不能无愧。从这两句看来，或许应氏有所求于曹植，而曹植无能为力。

杂诗 六首

【题解】

《杂诗》六首同载于《文选》卷二十九，成为一组，但彼此无关联，也不是同时所作。第一首是怀人的诗，所怀之人可能是曹彪。曹彪于黄初（魏文帝年号）三年至黄初五年（222—224）封吴王，所以诗中有“江湖”、“南游”等语。当时作者自己在鄄城。

高台多悲风，朝日照北林〔一〕。之子在万里〔二〕，江湖迥且深。方舟安可极？离思故难任〔三〕。孤雁飞南游，过庭长哀吟。翘思慕远人〔四〕，愿欲托遗音〔五〕。形影忽不见，翩翩伤我心。

【注释】

〔一〕北林：林名，见《诗经·晨风》。

〔二〕之子：指所怀念的人。

〔三〕难任：难当。

〔四〕翘思：仰首而思。

〔五〕托遗音：托飞雁寄音信给远人。

其 二

【题解】

这一首以转蓬作比，写“游客子”的，也是作者自己的飘荡离群和贫困之苦。

转蓬离本根〔一〕，飘飖随长风。何意回飙举〔二〕，吹我入云中。高高上无极，天路安可穷？类此游客子，捐躯远从戎。毛褐不掩形，薇藿常不充〔三〕。去去莫复道，沉忧令人老。

【注释】

〔一〕转蓬：蓬是菊科植物，蓬花如球，遇风就被吹起，随着风旋转，所以叫“转蓬”。作者在《吁嗟篇》全诗写转蓬的飘宕无主，长去本根，比喻自己屡次迁徙和兄弟隔绝，可以参看。

〔二〕回飙：旋风。

〔三〕薇藿：薇是羊齿类植物，野生；藿是豆叶。二者都是贫苦人所吃的菜。作者虽然位为王侯，他的生活并不富裕。文帝和明帝对待诸侯都极其苛薄，对曹植更甚，曹植《迁都赋序》说：“连遇瘠土，衣食不继。”《转封东阿王谢表》又说：“桑田无业，左右贫穷，食裁餬口，形有裸露。”这诗也有自嗟贫困的意思。

其　三

【题解】

这篇以歌咏织女起兴，写女子思念从军不归的丈夫。这种题材是乐府民歌和古诗中常见的，这首诗可能是拟乐府和古诗，不一定有什么寄托。

西北有织妇〔一〕，绮缟何缤纷〔二〕！明晨秉机杼，日昃不成文〔三〕。太息经长夜，悲啸入青云。妾身守空闺，良人行从军。自期三年归，今已历九春。飞鸟绕树翔，噭噭鸣索群。愿为南流景，驰光见我君。

【注释】

〔一〕织妇：指织女星。织女星所在的方位是北方。西北：是偏义复词。篇末"愿为南流景，驰光见我君"，"南"字和此句"北"字相应。

〔二〕绮缟：有花纹的绢。

〔三〕明晨：清晨。日昃（音仄）：午后。日过午为昃。一作"日暮"。以上二句就是《诗经·大东》"跂彼织女，终日七襄；虽则七襄，不成报章"和《古诗》"皎皎河汉女。……札札弄机杼。终日不成章"的意思。

其 四

【题解】

这首诗以“佳人”空有色艺，不为时俗所重，比喻才高有为的人被安置在闲散之地，恐惧时移岁改，湮没无闻。似乎是自伤之辞，也有人以为是为曹彪而发。

南国有佳人〔一〕，容华若桃李。朝游江北岸，夕宿潇湘沚〔二〕。时俗薄朱颜，谁为发皓齿〔三〕？俯仰岁将暮〔四〕，荣耀难久恃〔五〕。

【注释】

〔一〕南国：指江南。有人以为“南国佳人”指曹彪，彪于黄初三年(222)徙封吴王，五年(224)改封寿春。

〔二〕潇湘：水名，潇水在湖南零陵西北和湘水会合。沚：小洲。朝游江北，夕宿潇湘，喻迁徙无定。

〔三〕朱颜：美色。谁为(读去声)：就是“为谁”。发皓齿：指唱歌。发，开。以上二句比喻时俗不重人才，怀才者无所用。

〔四〕俯仰：表示时间的短促。

〔五〕荣耀：花的灿烂，指桃李而言。

其　五

【题解】

这一首写作者自己立功立业殉国赴难的志愿。很可能是和《赠白马王彪》同时的作品，其时在黄初四年(223)，曹植以鄄城王应诏到洛阳。他在《赠白马王彪》诗里说“怨彼东路长”，在本篇说“东路安足由”，“东路”就是指从洛阳赴鄄城之路。鄄城在今山东鄄城。

仆夫早严驾〔一〕，吾行将远游。远游欲何之？吴国为我仇〔二〕。将骋万里途，东路安足由〔三〕？江介多悲风〔四〕，淮泗驰急流〔五〕。愿欲一轻济，惜哉无方舟〔六〕。闲居非吾志，甘心赴国忧〔七〕。

【注释】

〔一〕仆夫：指赶车的人。严驾：整治车驾。

〔二〕作者在《求自试表》说：“方今天下一统，九州晏如，顾西有违命之蜀，东有不臣之吴。若使陛下出不世之诏，效臣锥刀之用，使得西属大将军当一校之队，若东属大司马统偏师之任，必乘危蹈险，为士卒先。”和本篇意相同。

〔三〕以上二句说将要做一番事业，驰骋万里之外，实现自己的壮志，何肯东赴鄄城，踢促在小地方呢？曹植当时希望从征孙权，不愿东归。由：行。

〔四〕江介：江间。

〔五〕淮泗：指淮水与泗水，江与淮、泗都是南征孙权所必经。

〔六〕无方舟：无渡水的工具，比喻没有权柄。

〔七〕以上二句，就是《求自试表》“徒荣其躯而丰其体，……此徒圈牢之养物，非臣之所志也”一段话的意思。

其　　六

【题解】

这一首还是写“甘心赴国忧”的壮志和壮志不遂的愤慨。

飞观百余尺〔一〕，临牖御棂轩〔二〕。远望周千里，朝夕见平原。烈士多悲心，小人偷自闲〔三〕。国仇亮不塞〔四〕，甘心思丧元〔五〕。拊剑西南望〔六〕，思欲赴太山〔七〕。弦急悲声发，聆我慷慨言〔八〕。

【注释】

〔一〕观：就是阙，就是宫门的望楼。高阙凌空而起，称为“飞观”。

〔二〕御：犹“凭”。棂轩：阑干。

〔三〕烈士：这里指有雄心壮志的人。悲心：忧心，指忧国之心。偷：苟且。

〔四〕亮不塞：诚然还未杜绝。

〔五〕甘心思丧元：就是《求自试表》所说“使名挂史笔，事列朝荣，虽身分蜀境，首悬吴阙，犹生之年也”的意思。丧元，丢掉脑袋。

〔六〕拊剑：犹按剑。拊，同“抚”。西南：指蜀国和吴国，都是“国仇”。

〔七〕“思欲”句和“甘心思丧元”同意。赴太山：犹言“赴死”。汉以来迷信人死后魂魄归于泰山，古乐府《怨诗行》“人间乐未央，忽焉归东岳”，应璩《百一诗》"年命在桑榆，东岳与我期"，刘桢《赠五官中郎将》诗也有"常恐游岱宗，不复见故人"之句，可见汉魏人惯用这种说法。旧说从地理和时事解释此句，多牵强。

〔八〕末二句言歌唱这篇诗。

赠白马王彪

【题解】

本篇共分七章，前有序。依《文选》李善注，本集原作"于圏城作"，萧统因其序文，改为此题。曹彪是曹植的异母弟，据《三国志·魏书·曹彪传》，彪在黄初三年(222)封弋阳王，同年徙封吴，七年(226)徙封白马(在今河南滑县东二十里)。黄初四年(223)曹植、曹彪和任城王曹彰同到洛阳朝会。曹彰死在洛阳。《三国志·魏书·陈思王传》引《魏氏春秋》说："植及白马王彪还国，欲同路东归，以叙隔阔之思，而监国使者不听，植发愤告离而作此诗。"《魏氏春秋》称曹彪为"白马王"，但据《三国志·魏志·曹彪传》，黄初四年他是吴王。二者必有一误。可能黄初四年曹彪有封白马王的事，《魏志》漏载。因为本篇作者自序也称曹彪为"白马王"，这篇序现在还不能证明是假造的。此其一;《初学记》卷十八载曹彪答曹植诗云："盘径难怀抱，停驾与君诀。即车登北路，永叹寻先辙。"本篇则云："怨彼东路长。"可见两人分手后曹彪走偏北的一条路，曹植继续向东。从地理情形看来，曹彪这时要去的地方可能是白马而不可能是吴。

序曰〔一〕:黄初四年五月〔二〕,白马王、任城王与余俱朝京师〔三〕,会节气。到洛阳,任城王薨。至七月与白马王还国。后有司以二王归藩〔四〕,道路宜异宿止。意毒恨之。盖以大别在数日〔五〕,是用自剖,与王辞焉。愤而成篇。

【注释】

〔一〕本篇最先载于《魏氏春秋》而没有这篇序,序最先见于《文选》。

〔二〕五月:《汉魏六朝百三名家集》作“正月”。文帝于黄初三年(222)十一月行幸宛,四年三月方回洛阳,诸王朝京师不可能在正月。魏有朝四节的制度,曹植等五月到京师是为了这年立秋的日子是六月二十四日。依旧制要在立秋前十八天迎节气,就是下文所谓“会节气”。

〔三〕任城王:指曹彰,他是曹植的同母兄(曹操妻卞氏生曹丕、曹彰、曹植),骁勇能用兵。黄初四年和曹植同朝京师,到洛阳后暴病死。《世说新语》说是被曹丕所害。

〔四〕有司:指监国使者灌均。

〔五〕大别:即永别。这时朝廷已定出藩国不得交通的制度,作者自知以后永无会期。

谒帝承明庐〔六〕,逝将归旧疆〔七〕。清晨发皇邑,日夕过首阳〔八〕。伊洛广且深〔九〕,欲济川无梁。泛舟越洪涛,怨彼东路长〔一〇〕。顾瞻恋城阙,引领情内伤。其一

【注释】

〔六〕承明庐：长安汉宫有承明庐，在石渠阁外，洛阳魏宫有门叫承明，这里恐是用汉故事，不是实指。

〔七〕旧疆：指鄄城。

〔八〕皇邑：指洛阳。首阳：即首阳山，在洛阳东北。

〔九〕伊洛：二水名。伊水源出河南熊耳山，到偃师县入洛水。洛水源出陕西冢岭山，到河南巩县入黄河。《三国志·魏书·文帝纪》黄初四年六月大雨，伊、洛溢流（《文选》卷二十四本篇李善注引作七月）。

〔一〇〕东路：从洛阳往鄄城的路。

以上第一章，写离洛阳，渡洛水，回顾依恋。其时当在七月初。

太谷何寥廓〔一一〕，山树郁苍苍。霖雨泥我涂，流潦浩纵横。中逵绝无轨，改辙登高冈。修坂造云日〔一二〕，我马玄以黄〔一三〕。其二

【注释】

〔一一〕太谷：即太谷关，汉灵帝时置，在洛阳东南五十里。曹植《洛神赋》里的“通谷”就是指此处。寥廓：言空虚而宽广。

〔一二〕“修坂”句：言修长的斜坡高达于天。成皋西有大坂，上登长坂是东往成皋，曹植和曹彪分别的地点当在成皋。

〔一三〕玄以黄：病。也就是“眩眃”，眼花。

以上第二章，写渡过洛水后陆路的险阻。一本将本章八

句合上十句为一章。

玄黄犹能进，我思郁以纡。郁纡将何念？亲爱在离居〔一四〕。本图相与偕，中更不克俱。鸱枭鸣衡轭〔一五〕，豺狼当路衢。苍蝇间白黑〔一六〕，谗巧反亲疏〔一七〕。欲还绝无蹊〔一八〕，揽辔止踟蹰。其三

【注释】

〔一四〕“亲爱”句言兄弟正在临歧分手的时候。这句用《古诗》“同心而离居”的意思。

〔一五〕衡轭：车辕前横木压在牛马颈上的部分。乘舆衡上有鸾铃，现在代以鸱枭恶鸟之声，比喻小人包围君主。下句“豺狼”也是比喻小人。

〔一六〕“苍蝇”句：比喻佞人变乱善恶。《诗经·青蝇》“营营青蝇止于樊”，郑玄解释道：“蝇之为虫，污白使黑，污黑使白。”

〔一七〕反亲疏：言使当亲者反疏，当疏者反亲。反，一作“令”，“令亲疏”言使亲者为疏。

〔一八〕“欲还”句：言回到京城去的道路已经断绝，也就是说现在要向君剖诉是无路可通了。

以上第三章，写兄弟被迫分别，怨小人播弄是非，谗间骨肉。

踟蹰亦何留？相思无终极。秋风发微凉，寒蝉鸣我侧。原野何萧条，白日忽西匿。归鸟赴乔林〔一九〕，翩翩

厉羽翼[二〇]。孤兽走索群，衔草不遑食。感物伤我怀，抚心长太息。其四

【注释】

〔一九〕乔林：乔木之林。归鸟赴林是群聚，对照自己的离群。

〔二〇〕厉：奋。

以上第四章，写初秋原野萧条，触景伤心。由愤激而感伤。

太息将何为？天命与我违。奈何念同生[二一]，一往形不归[二二]。孤魂翔故域，灵柩寄京师。存者忽复过，亡没身自衰[二三]。人生处一世，去若朝露晞。年在桑榆间[二四]，影响不能追[二五]。自顾非金石，咄唶令心悲[二六]。其五

【注释】

〔二一〕同生：同胞兄弟，指任城王曹彰。

〔二二〕“一往”句：言曹彰之死。就是古乐府《薤露歌》“人生一去何时归”的意思。

〔二三〕刘履《选诗补注》以为“存者”和“亡没”应互调，言死者已矣，存者也难久保。

〔二四〕桑榆：二星名，在西方。通常说日在桑榆就是说天将晚，用来比人将老。

〔二五〕"影响"句：言光和声虽传得快，还不如将逝的年光去得更快。

〔二六〕咄唶：惊叹声。

以上第五章，回顾任城王的暴死，瞻望自己的前途。从离合之悲写到死生之感，从感伤到悲惧交并。

心悲动我神，弃置莫复陈。丈夫志四海，万里犹比邻。恩爱苟不亏，在远分日亲〔二七〕。何必同衾帱〔二八〕，然后展殷勤。忧思成疾疢〔二九〕，无乃儿女仁。仓卒骨肉情〔三〇〕，能不怀苦辛？其六

【注释】

〔二七〕分（读去声）：犹"志"。以上二句说兄弟的感情如不减弱，相隔远了情分反会日益增长。

〔二八〕同衾帱：言共用被帐。后汉桓帝时人姜肱，字伯进，与弟仲海、季江友爱，常同被而眠（事见《后汉书·姜肱传》）。这句是用姜肱的典故。

〔二九〕疢（音趁）：热病。《诗经·小弁》："心之忧矣，疢如疾首。"

〔三〇〕骨肉情：指兄弟之情。兄弟之间生离死别就在这片刻之后决定了，所以说"仓卒"。

以上第六章，自己强为宽解，并慰勉曹彪。结尾二句说不悲伤是不可能的，表示终究不能宽解。

苦辛何虑思？天命信可疑。虚无求列仙，松子久吾

欺〔三一〕。变故在斯须，百年谁能持〔三二〕？离别永无会，执手将何时？王其爱玉体，俱享黄发期〔三三〕。收泪即长路，援笔从此辞。其七

【注释】

〔三一〕以上二句，就是曹操《善哉行》"痛哉世人，见欺神仙"的意思。曹植曾作《辨道论》骂方士。松子：就是赤松子，古仙人名。

〔三二〕以上二句，言人生在顷刻之间就可能发生变故，如曹彰那样，谁能有把握终其天年呢？

〔三三〕黄发：高寿的征象。人年老头发由白而黄。

以上第七章，前半申说苦辛之怀，变故既不可料，逃避也不可能。后半是诀别之辞。

嵇　　康

嵇康(223—262),字叔夜,谯郡铚(今安徽宿县西)人。爱好老、庄学说,攻击周、孔名教,修习养性服食等事。他是魏宗室的女婿,在政治上他反对当时权臣、后来篡位的司马氏。年四十岁被司马昭所杀,死时有三千多太学生请愿营救他,并要求以他为师。他是当时重要的思想家和论文家。诗存五十四首。四言诗比较好,往往给人峻洁雄秀的印象。

赠秀才入军 二首

【题解】

《赠秀才入军》诗共十九首,是寄赠他的哥哥嵇喜的。嵇喜字公穆,曾举秀才。本篇原列第九,想象嵇喜在军中戎装驰射的生活。

良马既闲〔一〕,丽服有晖。左揽繁弱〔二〕,右接忘归〔三〕。风驰电逝,蹑景追飞。凌厉中原〔四〕,顾盼生姿。

【注释】

〔一〕闲:熟习。

〔二〕繁弱:古良弓名。

〔三〕忘归:矢名。

〔四〕凌厉:奋行直前貌。

其　二

【题解】

本篇原列第十四。想象嵇喜行军休息时的光景。

息徒兰圃〔一〕,秣马华山〔二〕。流磻平皋〔三〕,垂纶长川〔四〕。目送归鸿,手挥五弦〔五〕。俯仰自得,游心太玄〔六〕。嘉彼钓叟,得鱼忘筌〔七〕。郢人逝矣,谁与尽言〔八〕。

【注释】

〔一〕兰圃:有兰草的野地。

〔二〕华山:山有光华。

〔三〕磻(音波):用生丝做绳系在箭上射鸟叫做弋,在系箭的丝绳上加系石块叫做磻。皋:水边地。这句是说在皋泽之地弋鸟。

〔四〕纶(音伦):指钓丝。

〔五〕五弦:乐器名,似琵琶而略小。

〔六〕太玄:就是大道。游心太玄,是说心中对于道有所领会,也就是上句

"自得"的意思。

〔七〕筌:捕鱼竹器名。《庄子·外物》道:"筌者所以在鱼,得鱼而忘筌。"又道:"言者所以在意,得意而忘言。"得鱼忘筌,是"得意忘言"的比喻,说明言论是表达玄理的手段,目的既达,手段就不需要了。

〔八〕郢:古地名,春秋楚国的都城。《庄子·徐无鬼》有一段寓言说曾有郢人将白土在鼻上涂了薄薄一层,像苍蝇翅似的,叫匠石用斧子削去它。匠石挥斧成风,眼睛看都不看一下,把白土削干净了。郢人的鼻子毫无损伤,他的面色也丝毫没有改变。郢人死后,匠石的这种绝技也不能再表演,因为再也找不到同样的对手了。这个寓言是庄子在惠施墓前对人说的,表示惠施死后再没有可以谈论的对手。本篇末二句言"游心太玄"的乐趣固然无待言说,说了也难得解人。

阮　　籍

阮籍(210—263),字嗣宗,陈留尉氏(今河南尉氏)人,建安作家阮瑀之子。好学博览,尤慕老、庄。他反对名教,向往自然,旷达不拘礼俗。他对于新起的司马氏政权不愿合作,但不像嵇康那样坚决不仕,而是采取对司马氏虚与委蛇的态度,纵酒谈玄,不问世事,作消极的反抗。他在文学上受屈原的影响较多。《咏怀诗》八十余首,感慨很深,格调高浑,使他成为正始(魏齐王曹芳年号)时代(240—248)的最重要的诗人。

咏　　怀 十三首

【题解】

《咏怀诗》是阮籍生平诗作的总题,不是一时所作。大多写生活的感慨,不外说人生祸福无常,年寿有限,要求超脱利禄的圈子,放怀远大。也有对当时政治的刺讥,但写得很隐晦。本篇写夜中不寐、苦闷徬徨之情。

夜中不能寐,起坐弹鸣琴。薄帷鉴明月〔一〕,清风吹我襟。孤鸿号外野,翔鸟鸣北林〔二〕。徘徊将何见?忧思独伤心〔三〕。

【注释】

〔一〕鉴:照。这句是说月光照于薄帷。

〔二〕翔鸟:飞翔盘旋着的鸟。鸟在夜里飞翔正因为月明。

〔三〕以上二句指人也兼指鸟,孤鸿、翔鸟和人一样都是在不寐而徘徊,这时会看到些什么呢,一切都是叫人忧伤的景象。

其　二

【题解】

本篇原列第三,言世事有盛有衰,应该早为避乱之计。情词危切,似有亡国的恐惧。

嘉树下成蹊,东园桃与李〔一〕。秋风吹飞藿,零落从此始〔二〕。繁华有憔悴,堂上生荆杞〔三〕。驱马舍之去,去上西山趾〔四〕。一身不自保,何况恋妻子。凝霜被野草,岁暮亦云已〔五〕。

【注释】

〔一〕嘉树:指桃李。蹊:径路。首二句以桃李的盛时喻人生的盛时。《史记·李将军列传》:"桃李不言,下自成蹊。"是此处用语所本。

〔二〕藿:豆叶。以上二句以风吹飞藿喻人生衰时。

〔三〕以上二句言一切繁盛景象都不能长久保持,殿堂之上也会有一天长起荆、杞等杂树来。

〔四〕以上二句言远避世患,不居乱邦。西山:指首阳山,伯夷、叔齐隐居之处。趾:山脚。

〔五〕已:毕。末二句言岁暮的时候,百草在严霜摧残之下,同归于尽。意谓如果不及早避祸,连一身都难保全,最后必然像那些霜下的野草。

其　三

【题解】

本篇原列第五,自述少年时轻薄冶游,结交豪猾,有失路之悔。或说诗中所写不是事实而是比喻,作者自悔当初轻率从仕,现在欲退不能,所以托言太行失路。

平生少年时,轻薄好弦歌。西游咸阳中,赵李相经过〔一〕。娱乐未终极,白日忽蹉跎〔二〕。驱马复来归,反顾望三河〔三〕。黄金百镒尽〔四〕,资用常苦多〔五〕。北临太行道,失路将如何〔六〕!

【注释】

〔一〕赵李:指赵飞燕、李延年。赵飞燕本是阳阿公主家的舞女,李延年善歌。这里以赵、李代表歌人舞女。一说赵、李指东汉赵季、李款,两人都是"以气力渔食乡里"的土豪。和这种人交结也属于轻薄少年的行径。关于"赵李"的解释旧说很纷歧,以上二说都可通。

〔二〕蹉跎:失时。

〔三〕三河:河南、河东、河北,即秦代的三川郡。阮籍的故乡陈留属秦三川郡,从咸阳东望陈留,概称三河。

〔四〕镒：二十四两。

〔五〕资用：财货。

〔六〕失路：走错道路。“资用”句和“北临”二句，都是用《战国策·魏策》季良说魏王语。魏王将攻邯郸，季良见王道：“今天我在太行道上见一个人将马向北而告我要往楚国，我说：往楚国去怎么反向北走呢？他道：我的马好呀。我道：你的马尽管好，这不是到楚国的路呀。他道：我的资财多。我又精于御车。其实这几项条件越好，他离开楚国就越远。现在王要成霸业而只想凭借武力进攻邯郸，等于要往南方的楚国反向着北方走去。”诗意谓正因资用多造成做错事的条件，和那太行道上失路的人相同。

其　四

【题解】

本篇原列第六，咏邵平失去侯爵种瓜为生的事，表示对于布衣生活的羡慕。

昔闻东陵瓜〔一〕，近在青门外〔二〕。连畛距阡陌〔三〕，子母相钩带〔四〕。五色曜朝日，嘉宾四面会〔五〕。膏火自煎熬，多财为患害〔六〕。布衣可终身〔七〕，宠禄岂足赖？

【注释】

〔一〕东陵瓜：汉人邵平在秦朝为东陵侯，秦亡后成为平民，在长安城东种瓜自给。瓜美，人称为东陵瓜。

〔二〕青门：汉时长安城东面南头第一门名霸城门，俗又称青门。

〔三〕畛(音珍):田上路。距:至。这句形容瓜种得多。

〔四〕子母:指大小不等的瓜。这句说众瓜大小相连带。

〔五〕以上二句形容瓜美。言瓜有多种色彩,为人所爱,可借以聚会嘉宾。《述异记》:"吴恒王时会稽生五色瓜。"

〔六〕以上二句言财多为累,正如油脂燃烧起来自煎自熬一般。《庄子·人间世》:"山木自寇也,膏火自煎也。"

〔七〕布衣:平民。古代庶人的衣服除老年可以用丝外,都是用麻枲等材料,所以布衣成为平民的代称。

其　五

【题解】

本篇原列第八,为追求名位有进无退的人叹惜,同时表示自己宁愿卑栖,不愿高飞。

灼灼西隤日,余光照我衣。回风吹四壁,寒鸟相因依〔一〕。周周尚衔羽〔二〕,蛩蛩亦念饥〔三〕。如何当路子,磬折忘所归〔四〕?岂为夸誉名,憔悴使心悲〔五〕。宁与燕雀翔,不随黄鹄飞。黄鹄游四海,中路将安归?

【注释】

〔一〕因依:相亲相倚。

〔二〕周周:又作"翢翢",传说中的鸟名。《韩非子·说林》:"鸟有周周者,重首而屈尾,将欲饮于河则必颠,乃衔其羽而饮之。"

〔三〕蛩蛩：同“邛邛”，又名“岠虚”，传说中的兽名。《尔雅·释地》：“西方有比肩兽焉，与邛邛岠虚比，为邛邛岠虚齧甘草，即有难，邛邛岠虚负而走，其名谓之蟨。”据郝懿行引孙炎的解释，邛邛岠虚形状如马，前足像鹿，后足像兔，因为前足高不便于吃草，但是奔走迅速。蟨的前足像鼠，后足像兔，便于吃草却不便于奔跑。所以它们互相帮助，互相依赖。本篇开头六句是说日暮天寒，鸟兽都能各为自己谋虑。

〔四〕当路子：有权势居要位的人。有人以为当路子指曹爽，但这里也可能是泛指。磬折：见曹植《箜篌引》注〔八〕。以上二句言居官恋位的人不打算归路，智不如鸟兽。

〔五〕夸誉名：一作“夸与名”。夸，虚名。“岂为”二句当连下一气读，言所以宁随燕雀，不随黄鹄，并非为了得美名，而是因为惟恐一旦憔悴，徒然悲悔。《吕氏春秋·本生》云：“古之人有不肯富贵者由重生故也，非夸以名也。”和这里两句的意思相同。曹爽辅政时曾召阮籍为参军，借以疾辞，屏居田里。便是本篇主张的实践。

其　六

【题解】

本篇原列第十一，歌咏楚国的史事，借以寄托对于时事的讽刺和感慨。

湛湛长江水〔一〕，上有枫树林。皋兰被径路，青骊逝骎骎〔二〕。远望令人悲，春气感我心〔三〕。三楚多秀士〔四〕，朝云进荒淫〔五〕。朱华振芬芳，高蔡相追寻〔六〕。一为黄雀哀，泪下谁能禁。

【注释】

〔一〕湛湛：深貌。

〔二〕骊：黑马。骎骎：马疾驰貌。

〔三〕春气：一作“春风”。本篇前六句写春江之上草木发荣，车马骎骎驰过，这种景象引起诗人的悲感。这六句多用《楚辞·招魂》词语。《招魂》云：“湛湛江水兮上有枫，目极千里兮伤春心。”又云：“皋兰被径兮斯路渐。”又云：“青骊结驷兮齐千乘。”

〔四〕三楚：古名江陵为南楚，吴为东楚，彭城为西楚。秀士：指宋玉等有才的人。

〔五〕“朝云”句：谓宋玉作《高唐赋》，以巫山神女荒淫之事娱乐楚王。赋中写神女自称：“妾在巫山之阳，高丘之岨，旦为朝云，暮为行雨，朝朝暮暮，阳台之下。”这里借宋玉的事指斥魏主左右之臣不能匡辅，而诱导荒淫。

〔六〕高蔡：均为楚地名。此句和下句用《战国策·楚策》庄辛谏楚襄王语。庄辛云：“王独不见黄雀，俯啄白粒，仰栖茂林，鼓翅奋翼，自以为无患，与人无争也，不知夫公子王孙左挟弹，右摄丸，将加己乎十仞之上。……昼游乎茂树，夕调乎酸咸。”又云：“蔡灵侯之事，因是以南游乎高陂，北陵乎巫山，饮茹谿之流，食湘波之鱼，左抱幼妾，右拥嬖女。与之驰骋乎高、蔡之中，而不以国家为事。不知夫子发方受命乎灵王，系己以朱丝而见之也。”这里借蔡灵侯的事指斥魏主追求荒淫，不计后患。刘履《选诗补注》云：“正元（魏高贵乡公曹芳年号）元年（154）曹芳幸平乐观，大将军司马师以其荒淫无度，亵近倡优，乃废为齐王，迁之河内。嗣宗此诗其亦哀齐王之废乎？盖不敢直陈游幸平乐之事，乃借楚地而言。”关于这首诗所指何事，向来解说纷歧，刘说比较近理。

其　七

【题解】

本篇原列第十五，自述轻荣名、重长生的思想和由慕颜、闵到悟羡门的转变。

昔年十四五，志尚好书诗。被褐怀珠玉〔一〕，颜闵相与期〔二〕。开轩临四野，登高望所思〔三〕。丘墓蔽山冈，万代同一时〔四〕。千秋万岁后，荣名安所之？乃悟羡门子〔五〕，噭噭今自嗤〔六〕。

【注释】

〔一〕“被褐”句：用《老子》语，见赵壹《疾邪诗》(其二)注〔一〕。

〔二〕颜闵：指颜回和闵子骞，他们是孔丘的弟子中的优秀者。以上四句是说昔年向慕儒术，崇拜贤哲。

〔三〕所思：指颜、闵等人。

〔四〕“万代”二句：言古今的人都不免埋进丘墓，虽历万世，此理不变。

〔五〕羡门子：古仙人名，一作羡门子高。此句言解悟羡门子所以修长生的缘故。

〔六〕噭噭(音叫)：哭声。此句言破涕为笑。

其　八

【题解】

本篇原列第十七，所写从独坐到出门、登高，都是寂寞寡欢不合于世的感触，结尾二句写怀念故人知己。

独坐空堂上，谁可与欢者〔一〕？出门临永路〔二〕，不见行车马。登高望九州〔三〕，悠悠分旷野。孤鸟西北飞，离兽东南下。日暮思亲友，晤言用自写〔四〕。

【注释】

〔一〕欢：一作“亲”。

〔二〕永路：长路。

〔三〕九州：冀州、豫州、雍州、荆州、扬州、兖州、徐州、幽州、营州。这句是说极目远望。

〔四〕晤：对。写：除。末二句言思与亲友晤对以涤除忧愁。

其　九

【题解】

这首诗本篇原列第三十一，借古事慨时政。以战国时的魏王喻当时的魏君。魏明帝末年歌舞荒淫，不知警惕。作者的感慨或许就是为明帝而发。

驾言发魏都〔一〕,南向望吹台〔二〕。箫管有遗音,梁王安在哉〔三〕?战士食糟糠,贤者处蒿莱〔四〕。歌舞曲未终,秦兵已复来。夹林非吾有〔五〕,朱宫生尘埃。军败华阳下〔六〕,身竟为土灰。

【注释】

〔一〕言:语词,犹"而"。魏都:指战国时魏国的都城大梁(今河南开封)。

〔二〕吹台:战国时魏国的建筑,在今开封东南。此台又称繁台,一说就是范台,魏王婴曾在这里宴诸侯(见《战国策·魏策》)。

〔三〕梁王:即魏王。

〔四〕处蒿莱:住草屋。以上二句是说魏王不养士用贤。这是他失败的原因。

〔五〕夹林:地名,魏王游览之处。

〔六〕华阳:山名,又亭名,在密县(今河南密县附近)。公元前273年秦白起在这里大破魏芒卯,斩首十五万,魏人割南阳以和(见《史记·秦本纪》、《六国表》及《白起传》)。

其　十

【题解】

本篇原列第三十二,感慨盛衰无常,人生易尽,天道悠远,因而愿意效仿仙人的出世或隐者的避世。

朝阳不再盛，白日忽西幽。去此若俯仰，如何似九秋〔一〕？人生若尘露，大道邈悠悠。齐景升牛山，涕泗纷交流〔二〕。孔圣临长川，惜逝忽若浮〔三〕。去者余不及，来者吾不留〔四〕。愿登太华山，上与松子游〔五〕。渔父知世患，乘流泛轻舟〔六〕。

【注释】

〔一〕以上二句是说朝暮（借喻盛衰）如俯仰间的事，为什么要说一日似九秋（指秋季九十天）呢？这里用语和《诗经·采葛》的“一日不见，如三秋兮”有联想。

〔二〕齐景：指春秋时齐景公。《晏子春秋》：“景公游于牛山，北临其国而流涕曰：‘若何滂滂去此而死乎！’”

〔三〕《论语·子罕》：“子在川上曰：‘逝者如斯夫！不舍昼夜。’”以上四句历引古人感逝之叹。

〔四〕以上二句说过去的时间我已不能追赶，未来的我也不能留住它。言一切都将很快地逝去。

〔五〕以上二句说希望学仙，跟随仙人赤松子超脱尘世。

〔六〕《楚辞·渔父》：“屈原既放，游于江潭，行吟泽畔。颜色憔悴，形容枯槁。渔父见而问之曰：‘子非三闾大夫欤？何故至于斯？’屈原曰：‘举世皆浊我独清，众人皆醉我独醒，是以见放耳，’渔父曰，‘圣人不凝滞于物，而能与世推移，……’莞尔而笑，鼓枻而去。”结尾四句言如不能随松子便要从渔父。

其十一

【题解】

本篇原列第三十八，写高举出世的愿望。大意说真正的雄杰之士是以河岳为狭小，以挂弓扶桑、倚剑天外为怀抱，而不能如庄周之辈终于枯槁。

炎光延万里〔一〕，洪川荡湍濑〔二〕。弯弓挂扶桑〔三〕，长剑倚天外。泰山成砥砺，黄河为裳带〔四〕。视彼庄周子，荣枯何足赖？捐身弃中野，乌鸢作患害〔五〕。岂若雄杰士，功名从此大〔六〕。

【注释】

〔一〕炎光：日光。

〔二〕湍濑：水流沙上为"濑"，急濑为"湍"。

〔三〕扶桑：神木名。依《海内十洲记》所描写，扶桑长数千丈，一千余围，两干同根相倚。是日所出处。这句和下句宋玉《大言赋》的成语。

〔四〕砥砺：磨石。《史记·高祖功臣年表序》载封爵之誓道："使黄河如带，泰山若厉。"这两句用其辞。

〔五〕《庄子·列御寇》："庄子将死，弟子欲厚葬之。庄子曰：'吾以天地为棺椁，日月为连璧，星辰为珠玑，万物为赍送，吾葬具岂不备耶？何以加此？'弟子曰：'吾恐乌鸢之食夫子也。'庄子曰：'在上为乌鸢食，在下为蝼蚁食，夺彼与此，何其偏也。'"以上四句言庄周虽达观，终不能长荣不枯，不免为乌鸢所食。

〔六〕雄杰士：指上文所说的挂弓、倚剑、砺山、带河之辈。也就是作者在《大人先生传》中所描写的"飘飖于天地之外，与造化为友"的"大人先生"。末二句是说唯有雄杰士的"功名"是远大的，和世俗人眼中的功名迥然不同。

其十二

【题解】

本篇原列第五十八，写理想中的"逍遥"境界，和《炎光延万里》篇命意相同。

危冠切浮云〔一〕，长剑出天外。细故何足虑，高度跨一世〔二〕。非子为我御〔三〕，逍遥游荒裔〔四〕。顾谢西王母，吾将从此逝〔五〕。岂与蓬户士〔六〕，弹琴诵言誓〔七〕？

【注释】

〔一〕危冠：高冠。

〔二〕度：犹"渡"。这句是说超越尘世。

〔三〕非子：人名。《史记·秦本纪》："非子居犬丘，好马及畜，善养息之。周孝王召使主马于汧渭之间，马大蕃息。"

〔四〕逍遥：犹"翱翔"。荒裔：边远之地。

〔五〕谢：辞去。西王母：仙人名，居昆仑山。以上二句似表示神仙也不屑为，昆仑也不屑住，要追求更大的逍遥。

〔六〕蓬户士：指隐居之士。

〔七〕言誓:犹“言教”,指圣贤经传中的言语。《尚书大传》:“子夏日穷居河济之间,深山之中,作坯室,编蓬户,弹琴瑟其中,以歌先王之风。”结尾二句似用其辞。

其十三

【题解】

本篇原列第六十七,讥讽世俗伪善的儒生,盛容饰,拘礼法,言行不符,矫作可厌。

洪生资制度,被服正有常〔一〕。尊卑设次序,事物齐纪纲〔二〕。容饰整颜色,磬折执珪璋〔三〕。堂上置玄酒,室中盛稻粱〔四〕。外厉贞素谈,户内灭芬芳〔五〕。放口从衷出,复说道义方〔六〕。委曲周旋仪,姿态愁我肠〔七〕。

【注释】

〔一〕洪生:犹言鸿儒,指有名的儒生。资:借。首句言洪生以古人的礼乐制度为凭借,假使没有那些制度就不成其为洪生了。下文所举从服饰的规定到朝聘祭祀的礼仪上下尊卑的次序,都是所谓制度。被服:衣服。有常:有正式规定。

〔二〕上句说上下次序不可逾越,下句说事事都要遵循规章制度。

〔三〕珪璋:玉器名。诸侯朝王执圭,朝后执璋。

〔四〕玄酒:古代祭祀所用的水。稻粱:也是祭祀所用。

〔五〕厉:高。贞:正。素:纯。芬芳:比喻美善的事物。以上二句是说在外对人抗言高论作纯正之谈，私下就弃善而不为。

〔六〕放口：言语放肆不加节制。以上二句是说当他放言无忌惮的时候，话语便是由心而发，但一会儿又板起面孔说教了。

〔七〕末二句言儒生揖让进退曲折扭捏的姿态使人厌恶。作者在《大人先生传》中形容儒生“动静有节，趋步商羽，进退周旋，咸有规矩”，和“委曲周旋仪”意思相同。

晋诗

傅　玄

傅玄(218—278),字休奕,泥阳(今甘肃宁县东南)人。博学能文,勤于著述,著《傅子》内外篇。历仕魏、晋两代,在朝有刚直的名声。他精通音乐,作了不少的乐府诗,精神面貌有时和汉乐府相近。

豫章行苦相篇

【题解】

豫章行:《相和歌·清调曲》,古辞现存。本篇写社会重男轻女和女子因此而受到的苦痛。上半是未嫁时的情形,下半是嫁后的处境。

苦相身为女〔一〕,卑陋难再陈。男儿当门户,堕地自生神。雄心志四海,万里望风尘。女育无欣爱,不为家所珍。长大逃深室,藏头羞见人。垂泪适他乡〔二〕,忽如雨绝云〔三〕。低头和颜色,素齿结朱唇。跪拜无复数,婢妾如严宾〔四〕。情合同云汉〔五〕,葵藿仰阳春〔六〕。心乖甚水火,百恶集其身。玉颜随年变,丈夫多好新。昔为形与影,今为胡与秦〔七〕。胡秦时相见〔八〕,一绝逾参辰〔九〕。

【注释】

〔一〕苦相：犹言薄命。

〔二〕适：出嫁。

〔三〕如雨绝云：言与家人分别正如雨滴离开了云。

〔四〕如严宾：是说对夫家的婢妾也像对严宾，保持谨严庄重。

〔五〕云汉：银河。这句是说丈夫和自己感情投合的时候便如牛郎、织女会于银河。

〔六〕仰：是“仰给”的“仰”，犹“恃”。言女子仰赖丈夫的爱情如葵藿之仰赖春天的和风暖日。

〔七〕胡秦：等于说“中外”，见《别诗》（“骨肉缘枝叶”）注〔六〕。

〔八〕时相见：言有时而相见。

〔九〕逾参辰：言彼此隔绝，其程度超过参、辰两星。

西长安行

【题解】

这一首模拟汉《铙歌·有所思》。前半写所思的殷勤存问，后半写对方的变心和自己的犹豫。

所思兮何在？乃在西长安。何用存问妾〔一〕？香橙双珠环〔二〕。何用重存问？羽爵翠琅玕〔三〕。今我兮闻君，更有兮异心。香亦不可烧，环亦不可沉。香烧日有歇，环沉日自深〔四〕。

【注释】

〔一〕存问：慰问。

〔二〕香褴（音登）：一作"香橙"，这里依据《玉台新咏》卷二。褴，毛织的带。毛带上有贮香料的地方或附件则为"香褴"。

〔三〕羽爵：饮酒器，作雀形，有头尾羽翼。

〔四〕有：纪容舒《玉台新咏考异》疑作"自"。歇：言消耗。末二句是解释"不可烧"、"不可沉"的缘故，怕烧、沉之后不能再得，致贻后悔。表示下不了对那人断绝的决心。

车遥遥篇

【题解】

这篇也是写离别相思，《乐府诗集》编在《杂曲歌辞》，作梁代车縠诗，今从《玉台新咏》卷九。

车遥遥兮马洋洋〔一〕，追思君兮不可忘。君安游兮西入秦，愿为影兮随君身。君在阴兮影不见，君依光兮妾所愿〔二〕。

【注释】

〔一〕遥遥：言远去。洋洋：写漫游。首句是想象所思的人在外客游的情状。

〔二〕阴：暗处。光：明处。末二句不一定只是痴情话，也可能有所喻，似乎说：你如果走正大光明的路，是我所希望的；你如果不义，我也就绝情，不再

“愿为影兮随君身”了。

吴楚歌

【题解】

这首诗《玉台新咏》卷九题为《燕人美篇》。诗中大意说燕、赵佳人如兰似玉而僻居山野，要乘云车风马去求访，但风云又不可依靠，无以慰解思慕。

燕人美兮赵女佳〔一〕，其室则迩兮限层崖〔二〕。云为车兮风为马，玉在山兮兰在野〔三〕。云无期兮风有止，思多端兮谁能理？

【注释】

〔一〕燕赵：见《古诗燕赵多佳人》注〔一〕。本篇“燕人”、“赵女”也可能是用来比贤才之士，贤才居处山野，遇风云际会就出而用世。

〔二〕其室：句用《诗经·东门之墠》“其室则迩，其人甚远”两句的意思，表示思慕而不得见。

〔三〕山：一作“泥”。

张　华

张华(232—300),字茂先,范阳方城(今河北固安南)人。出身贫苦,少年时曾以牧羊为生。博闻强记,著《博物志》十卷。他又有处理政事的才能,他是晋惠帝(司马衷)时代(290—306)有名望的大臣。后被赵王司马伦和孙秀所杀。张华的诗有辞藻,中规矩,但格调平缓,少变化,十分动人的作品不多。

轻薄篇

【题解】

这篇诗的内容是对当时贵族荒淫生活的暴露,先写"浮华",后写"放逸"。《宋书·五行志》云:"晋惠帝元康中贵游子弟相与为散发倮身之饮,对弄婢妾。逆之者伤好,非之者负讥。"就是这诗真实的背景。

末世多轻薄〔一〕,骄代好浮华。志意既放逸,赀财亦丰奢。被服极纤丽,肴膳尽柔嘉。僮仆余粱肉,婢妾蹈绫罗。文轩树羽盖〔二〕,乘马鸣玉珂〔三〕。横簪刻玳瑁,长鞭错象牙。足下金镈履〔四〕,手中双莫邪〔五〕。宾从焕络绎,侍御何芬葩〔六〕!朝与金张期,暮宿许史家〔七〕。甲第面长街〔八〕，朱门赫嵯峨。苍梧竹叶清〔九〕，宜城九酝醝〔一〇〕。浮醪随觞转〔一一〕，素蚁自跳波〔一二〕。美女兴齐赵〔一三〕，妍唱出西巴〔一四〕。一顾倾城国，千金不足多〔一五〕。北里献奇舞〔一六〕，大陵奏名歌〔一七〕。新声逾激楚〔一八〕，妙妓绝阳阿〔一九〕。玄鹤降浮云，鳣鱼跃中河〔二〇〕。墨翟且停车〔二一〕，展季犹咨嗟〔二二〕。淳于前行酒〔二三〕，雍门坐相和〔二四〕。孟公结重关〔二五〕，宾客不得蹉〔二六〕。三雅来何迟〔二七〕？耳热眼中花。盘桉互交错，坐席咸喧哗。簪珥或堕落〔二八〕，冠冕皆倾邪。酣饮终日夜，明灯继朝霞。绝缨尚不尤〔二九〕，安能复顾他？留连弥信宿〔三〇〕，此欢难可过。人生若浮寄，年时忽蹉跎。促促朝露期，荣乐遽几何？念此肠中悲，涕下自滂沱〔三一〕。但畏执法吏，礼防且切磋〔三二〕。

【注释】

〔一〕末世：衰乱时代。

〔二〕文轩：有彩饰的车。

〔三〕珂：马勒上的装饰。

〔四〕金镈履：疑当作"金薄履"，就是贴金箔的履，古人本有用金饰履之制，即所谓"金华之舄"。《太平御览》卷六九七引此句作"黄金履"。

〔五〕莫邪：春秋时吴国的宝剑，因铸剑人得名。

〔六〕芬葩：即"纷葩"，盛多貌。

〔七〕金张：指金日磾和张安世，都是汉宣帝时的大官。许史：指许伯和史高，都是汉宣帝时的外戚。以上二句是说相与往来的都是豪贵之家。

〔八〕甲第：大宅院。

〔九〕苍梧：地名，今广西梧州。竹叶清：酒名。一名竹叶青。

〔一〇〕宜城：地名，今湖北宜城。九酝：言多次酝酿。醝：白酒。《北堂书钞》：“宜城九酝酒曰醝酒。”

〔一一〕醪：酒带糟为“醪”。

〔一二〕素蚁：酒面上的浮沫。

〔一三〕齐赵：二国名，齐都临淄，赵都邯郸，都是女乐出名的地方。

〔一四〕妍唱：疑当作“妍倡”。曹植《娱宾赋》：“办中厨之丰膳兮，作齐郑之妍倡。”妍倡就是美丽的乐人。下文“一顾倾城国”正是指人而说。西巴：指巴郡。巴地也有名舞，《后汉书·西南夷传》：“夷歌巴舞。”

〔一五〕不：一作“宁”。

〔一六〕北里：舞名。《史记·殷本纪》：“纣使师涓作新淫声、北里之舞、靡靡之乐。”北里献奇舞，就是献北里之奇舞的意思，下句仿此。

〔一七〕大陵：地名，在今山西文水东北二十五里。《史记·赵世家》云：“王游大陵，梦见处女鼓琴而歌。”

〔一八〕激楚：曲名，见《楚辞·招魂》。

〔一九〕绝：犹“逾”，超过。阳阿：这里是舞女名，《淮南子·俶真训》：“足蹀阳阿之舞。”注云：“阳阿，古名倡。”参看曹植《箜篌引》注〔四〕。

〔二〇〕这两句说音乐之妙能感动动物。玄鹤听琴传说见《韩非子·十过》，鳣鱼听瑟传说见《淮南子·说山训》。

〔二一〕《墨子》有《非乐》篇。这句是说主张非乐的墨翟尚且停车欣赏，可见得那“新声”之动人。

〔二二〕展季：就是柳下惠，春秋时代的人。他是著名不好色的人。咨嗟：赞叹。这句是极言舞女之美。

〔二三〕淳于：指淳于髡，战国时齐人，以滑稽和善饮酒著名。

〔二四〕雍门：指雍门周，战国时齐人，善鼓琴。

〔二五〕孟公：西汉陈遵字"孟公"，好客，每次宴会将宾客的车辖（贯穿车轴两端的键）投在井里，使客人不能去（见《汉书·陈遵传》）。结重关：言闭门留客。

〔二六〕蹉：过。

〔二七〕三雅：伯雅、仲雅、季雅，都是酒爵。

〔二八〕珥：女子耳上饰物。或：一作"咸"，似非。

〔二九〕绝缨：用楚庄王宴群臣事，见《韩诗外传》卷七及《说苑》卷六。春秋时，楚庄王和群臣饮酒，众人都喝醉了。殿上烛灭，有人扯王后的衣裳。王后将那人冠上的缨索扯断，然后请楚王查绝缨的人。楚王却令群臣都将冠缨扯断，使对王后不敬的那人不致被发现。不尤：不以为过失。

〔三〇〕信：再宿。这句是说日以继夜，连日不停。

〔三一〕"人生"六句：写轻薄子的颓废心理。蹉跎，失。

〔三二〕礼防：礼制的约束。

情诗

【题解】

张华《情诗五首》是夫妇相赠答之词。这是第五首，男赠女。全诗写别后的思慕。

游目四野外〔一〕，逍遥独延伫〔二〕。兰蕙缘清渠，繁华荫绿渚。佳人不在兹，取此欲谁与〔三〕？巢居知风寒，穴处识阴雨。不曾远离别，安知慕俦侣〔四〕？

【注释】

〔一〕游目:随意观览,目光不集中在一处。

〔二〕延伫:久立。

〔三〕佳人:指妻。五诗中夫妇以“佳人”互称。这两句是说所思不在,取得兰蕙无人共赏。

〔四〕知风寒:《玉台新咏》卷二作“觉风飘”。末四句用虫鸟知风雨做比喻,来说明只有亲身经历夫妇远别的人,才能体会互相思念之情。

陆　机

陆机(261—303),字士衡。吴郡(今江苏吴县)人。他是吴国大司马陆抗的儿子,吴灭后机入晋到洛阳,被张华所器重。太安(晋惠帝年号)二年(303),成都王司马颖等讨长沙王司马乂,以陆机为后将军,河北大都督。战败,在军中遇害,年四十三。陆机的诗名重当时,但俳偶雕刻,往往缺乏情韵,在晋诗中不为上乘。

赴洛道中作

【题解】

陆机此题有二首,这是第二首,写旅途中所见景物和感触。

远游越山川,山川修且广。振策陟崇丘〔一〕,案辔遵平莽〔二〕。夕息抱影寐,朝徂衔思往〔三〕。顿辔倚高岩,侧听悲风响。清露坠素辉,明月一何朗。抚枕不能寐,振衣独长想〔四〕。

【注释】

〔一〕振策：奋举马箠(鞭马前进)。

〔二〕按辔：手抚御马的绳索停止不动(任马慢步前进)。案，同"按"。平莽：平地有草之处。

〔三〕衔思：犹言含悲。

〔四〕枕：一作"几"。末句言忧思不寐，又着衣而起。着衣时要振动它以去尘土，叫做"振衣"。

猛虎行

【题解】

乐府《相和歌·平调曲》有此题，古辞现存。本篇言志士本来是慎于出处的，但迫于时命，不容选择，结果是功名无成，进退维谷，不但陷于彷徨苦闷，而且愧负平生所期。

渴不饮盗泉水〔一〕，热不息恶木阴。恶木岂无枝？志士多苦心。整驾肃时命〔二〕，杖策将远寻。饥食猛虎窟，寒栖野雀林〔三〕。日归功未建，时往岁载阴〔四〕。崇云临岸骇，鸣条随风吟〔五〕。静言幽谷底，长啸高山岑。急弦无懦响，亮节难为音〔六〕。人生诚未易，曷云开此衿？眷我耿介怀，俯仰愧古今〔七〕。

【注释】

〔一〕盗泉:水名。《水经注·洙水》:“洙水西南流,盗泉水注之。”《尸子》:“孔子至于胜母,暮矣而不宿;过于盗泉,渴矣而不饮,恶其名也。”

〔二〕肃:敬。时命:时君之命。

〔三〕《猛虎行》古辞:“饥不从猛虎食,暮不从野雀栖。”这两句反用其语,言饥不容择食,寒不容择栖。

〔四〕载:犹则。岁阴:犹岁暮。以上二句言时日已过,功名无成。

〔五〕崇:高。骇:起。鸣条:风吹发声的枝条。以上二句描写岁阴。

〔六〕急弦:绷得很紧的弦。懦响:缓弱之音。亮节:犹高节。以上二句以乐音为比,言有高节的人如有所言一定是慷慨陈词,正如急弦弹不出懦响来,但慷慨直言是人主所不喜的,因而是很难的。沉默既不可,不沉默也为难,由此生出下文“人生不易”的感慨。

〔七〕眷:顾。耿介怀:也就是上文所说的志士的苦心。耿介,正直。末二句言行止不符于平素的怀抱,所以俯仰有愧。

潘　　岳

潘岳(247—300),字安仁,中牟(今河南中牟东)人。少年时被乡里称为奇童。二十几岁才名已很大。他热心仕进,但不得意,惠帝时赵王司马伦辅政,他被赵王的亲信孙秀害死。潘岳长于写抒情的诗赋,尤其是哀吊文字被人称道。在他的五言诗中《顾内诗二首》和《悼亡诗三首》都因为感情真挚动人而有名。

悼亡诗

【题解】

本篇是《悼亡诗三首》中的第一首，叙亡妻已葬后将要赴任时的情景。“望庐”八句写将行未行,徘徊空房,触目伤心的景象,是全诗的中心部分。

荏苒冬春谢,寒暑忽流易〔一〕。之子归穷泉,重壤永幽隔〔二〕。私怀谁克从?淹留亦何益。僶俛恭朝命〔三〕,回心反初役〔四〕。望庐思其人,入室想所历。帏屏无仿佛〔五〕,翰墨有余迹。流芳未及歇,遗挂犹在壁〔六〕。怅怳如或存,回遑忡惊惕〔七〕。如彼翰林鸟〔八〕,双栖一朝只;

如彼游川鱼，比目中路析〔九〕。春风缘隟来〔一〇〕，晨霤承檐滴〔一一〕。寝息何时忘，沉忧日盈积。庶几有时衰，庄缶犹可击〔一二〕。

【注释】

〔一〕荏苒：辗转。谢：去。流易：消逝，变换。以上二句叙时节改易。古代礼制，妻死夫服丧一年，这首诗是作于妻亡一周年时。

〔二〕之子：那人，指亡妻。穷泉：地下。这两句是说妻死埋葬土中，和生人永远隔绝。

〔三〕僶俛（音泯免）：即"黾勉"，勉力。

〔四〕回心：转念。反初役：回原官任所。

〔五〕仿佛：相似的形影。《汉书·外戚传》："李夫人早卒，方士齐少翁言能致其神，乃夜张灯烛，设帏帐，令帝居他帐中，遥望见好女如李夫人之状，不得就视。"本句言帏屏之间连仿佛之影也见不着，不能像汉武帝之见李夫人。

〔六〕流芳、遗挂：都承翰墨而言，言亡妻笔墨遗迹，挂在墙上，还有余芳。近人以"遗挂"为"影像"，未审是否。

〔七〕怅怳：恍忽。回遑：一作"回惶"，惶恐的意思。忡：忧。惕：惊惧。以上二句写复杂的心情。

〔八〕翰：飞。

〔九〕析：分开。

〔一〇〕隟：就是"隙"字，墙壁的缝穴。

〔一一〕霤（音溜）：水从屋上流下为"霤"。

〔一二〕庶几：表示希望的词。庄缶：战国时代的宋国人庄周的妻死了，惠施去吊丧，见他正在敲着瓦盆（古人用"缶"为乐器）唱歌。惠施问他：妻死不哭也还罢了，又唱起歌来，岂不是太过分了？他道：我妻刚死的时候我也不免伤感，后来想：人本来无生、无形，由无到有，又由有到无，也不过是像四季循环似的自然变化，又何必悲伤呢（见《庄子·至乐》）？这诗末尾是说沉忧逐日累积，片刻也不能忘，但愿有时衰减，还可以像庄周那样达观。

左　思

左思(250？—305?)，字太冲，齐国临淄人。他的出身在当时社会里属于寒门，仕进不得意。他容貌丑陋，口才拙涩，不喜交游。曾以十年构思写成《三都赋》，为当代所重视。他的诗尤其高出同时的作家。诗中常有讽谕，意气豪迈，语言简劲有力，绝少雕琢。继承汉魏诗的优良传统。

咏　史 八首

【题解】

左思《咏史八首》不专咏古人、古事，而是借以写自己的怀抱。第一首自言除文学之长外还读过兵书，有志为国立功，安定边疆，但不是贪图爵赏，功成之后仍愿过原来的生活。晋武帝(司马炎)时(265—289)羌胡、东吴和晋屡相攻伐。咸宁五年(279)晋伐吴，诏书有“孙皓犯境，夷虏扰边，……上下戮力以南夷句吴，北威戎狄”等语，和此诗所咏情事相合。

弱冠弄柔翰〔一〕，卓荦观群书〔二〕。著论准过秦〔三〕，作赋拟子虚〔四〕。边城苦鸣镝，羽檄飞京都〔五〕。虽非甲胄士，畴昔览穰苴〔六〕。长啸激清风，志若无东吴〔七〕。铅刀贵一割，梦想骋良图〔八〕。左眄澄江湘，右盼定羌胡〔九〕。功成不受爵，长揖归田庐。

【注释】

〔一〕弱冠：二十岁。柔翰：毛笔。

〔二〕卓荦（音洛）：特异。

〔三〕过秦：是贾谊《新书》中的一篇。后人分为三篇，题为《过秦论》（以“过秦”为论似始于此诗）。

〔四〕子虚：司马相如《子虚赋》。

〔五〕鸣镝：见曹植《名都篇》注〔七〕。羽檄：见曹植《白马篇》注〔九〕。以上二句是说边疆发生战事，向京师飞报。

〔六〕甲胄（音宙）士：战士。胄，头盔。畴昔：往时。穰苴：春秋时齐国人，姓田氏，官大司马，善治军。齐威王整理古司马兵法，把穰苴的兵法附在书中，称为《司马穰苴兵法》。这里以“穰苴”二字作《司马穰苴兵法》的简称，用来代表兵书。以上二句说自己虽不是武人，却也读过兵书。

〔七〕长啸：是表现胸中的豪气需要发泄。啸，蹙口作声。无东吴：言不把东吴放在眼里。

〔八〕铅刀一割：是汉班超上疏中的成语。铅刀是难于割东西的，一割之后就难于再用，作者用来比自己才钝。但才虽钝也想自试，为国立功，正如铅刀也以一割为贵。骋（音逞）：言施展。良图：指为国立功，功成身退，即下文所写。

〔九〕澄江湘：言平定东吴。此二句即晋武帝咸宁五年伐吴诏书中“南夷句吴，北威戎狄”的意思。

其　二

【题解】

这一首愤慨有才能而出身微寒的人由于门第的限制不能不屈居下位，而世家大族的子弟垄断仕进的道路，无论有无才能都各据要津。原来自从曹丕颁行九品中正制（各州郡置中正官，考察所管人材高下，分为九品，按品第高下任用）帮助士族官僚门阀制度的形成。在西晋初已经是“上品无寒门，下品无世族”。本篇反映了这一种不平现象。

郁郁涧底松，离离山上苗〔一〕，以彼径寸茎，荫此百尺条〔二〕。世胄蹑高位，英俊沉下僚〔三〕。地势使之然，由来非一朝。金张借旧业，七叶珥汉貂〔四〕。冯公岂不伟，白首不见招〔五〕。

【注释】

〔一〕离离：下垂貌。苗：初生的草木。

〔二〕荫：遮盖着。以上四句以山上的小苗比无才而有权势的人，以涧底的高松比有才而屈于下位的人。

〔三〕世胄：世家子弟。胄，后裔。下僚：小官。以上二句是正面意思。

〔四〕金张：见张华《轻薄篇》注〔七〕。旧业：先人的遗业。七叶：七世。珥汉貂：冠旁插貂鼠尾为饰。汉代凡侍中、常侍等官都戴貂（侍中插左，常侍插右）。这两句是说金氏、张氏凭借祖先的世业七代做汉朝的贵官。《汉书·金日磾传赞》:“七世内侍,何其盛也。”戴逵《释疑论》:“张汤酷吏,七世珥貂。”张汤是张安世之父。

〔五〕冯公:指冯唐,汉文帝时人,曾对文帝指出当时法律严苛,不能用将等弊。老年仍居郎官小职。伟:奇异。不见招:言不被进用。以上四句引史事为证。

其　三

【题解】

本篇歌颂段干木和鲁仲连,这两人都对国家社会有一定的贡献,但是不要禄位,保持“高节”。

吾希段干木〔一〕,偃息藩魏君〔二〕。吾慕鲁仲连〔三〕,谈笑却秦军。当世贵不羁〔四〕,遭难能解纷。功成耻受赏〔五〕,高节卓不群。临组不肯緤,对珪宁肯分〔六〕?连玺耀前庭〔七〕,比之犹浮云〔八〕。

【注释】

〔一〕希:向慕。段干木:战国时魏人,隐居穷巷,不肯仕进。魏文侯对他很礼貌恭敬。

〔二〕偃息:安卧。藩魏君:为魏国的屏藩。当时秦国要攻魏,司马康谏秦君道:“段干木贤者而魏礼之,天下皆闻,无乃不可乎?”秦君以为然。魏国因此免于兵祸。事见《吕氏春秋·期贤》。班固《幽通赋》云:“木偃息以藩魏。”是此句所本。

〔三〕鲁仲连：战国时齐人，曾游于赵国，当时赵国为秦兵围困，正在计划尊秦为帝，以求罢兵，鲁仲连说服赵人，放弃了这个计划。秦军知道后不敢急攻，反而退兵五十里。恰巧魏国的援军赶到，秦兵退走。赵相平原君赠鲁仲连千金，不受而去。事见《战国策·赵策》及《史记·鲁仲连传》。本篇歌咏鲁仲连的地方都指此事。

〔四〕不羁：不受笼络。

〔五〕耻：一作"不"。

〔六〕组：丝织的绶带，那时做官人的印玺一般都挂在绶带上，结于腰间。绁（音薛）：悬挂。宁：岂。珪：瑞玉，上圆下方。古代封诸侯，不同的爵位，分颁不同的珪。"绁组"、"分珪"言接受官爵。

〔七〕连玺：成串的印。如苏秦佩六国印之类。

〔八〕末四句都是说不肯做官，轻视爵禄。

其　四

【题解】

本篇歌颂扬雄穷居著书的生活，而以当时王侯贵族的豪华生活相比照。上半写豪华者，下半写扬雄。

济济京城内〔一〕，赫赫王侯居〔二〕。冠盖荫四术，朱轮竟长衢〔三〕。朝集金张馆，暮宿许史庐〔四〕。南邻击钟磬，北里吹笙竽。寂寂扬子宅〔五〕，门无卿相舆。寥寥空宇中，所讲在玄虚〔六〕。言论准宣尼〔七〕，辞赋拟相如〔八〕。悠悠百世后，英名擅八区〔九〕。

【注释】

〔一〕济济:美盛貌。京城:指长安。

〔二〕赫赫:显明。

〔三〕冠盖:贵人的冠服和车盖。术:道路。朱轮:车轮涂以朱色。汉代列侯和二千石以上的官得乘朱轮。竟:终。以上二句言冠盖如云,朱轮不断。

〔四〕金张、许史:见张华《轻薄篇》注〔七〕。以上二句言奔走豪贵之家。

〔五〕扬子:指扬雄。雄家贫,门少宾客。

〔六〕玄虚:玄远虚无的道理。扬雄的著作中有《太玄经》十卷。

〔七〕宣尼:孔丘。汉平帝(刘衎)时(1—5)追谥孔丘为"褒城宣尼公",孔丘有"宣尼"之号从此开始。扬雄著《法言》十三卷,仿《论语》。

〔八〕相如:司马相如,汉赋最大作家。扬雄所作《甘泉》、《羽猎》、《长杨》、《河东》四赋,模拟司马相如的《子虚》赋和《上林》赋。《汉书·扬雄传》:"先是时蜀有司马相如作赋甚弘丽温雅,雄心壮之,每作赋常拟之以为式。"

〔九〕名擅八区:言在八区之内都有名。擅,据有。八区,八方之域。末二句说扬雄的英名将久远广泛地流传。

其　五

【题解】

本篇和第一篇相似,完全是咏怀诗体。前半写皇都壮丽,侯门深邃。后半写自己志在隐居高蹈,和那些攀龙附凤者不同,要走出繁华的京师,投向雄伟广阔的天地。

皓天舒白日,灵景耀神州〔一〕。列宅紫宫里〔二〕,飞宇若云浮。峨峨高门内〔三〕,蔼蔼皆王侯〔四〕。自非攀龙客〔五〕,何为欻来游〔六〕? 被褐出阊阖〔七〕,高步追许由〔八〕。振衣千仞冈,濯足万里流〔九〕。

【注释】

〔一〕灵景:日光。神州:“赤县神州”的简称,指中国。

〔二〕紫宫:亦称紫微宫,星垣名,喻皇都。

〔三〕峨峨:高貌。

〔四〕蔼蔼:众多貌。

〔五〕攀龙客:追随帝王求仕进的人。

〔六〕欻(音须):忽。

〔七〕阊阖:宫门。又晋时洛阳城有阊阖门,西向。这句是说仍着平民服装,离去京城。

〔八〕许由:传说中的高士。唐尧时人。尧让帝位给他,他不肯接受而逃避到箕山下,隐居躬耕。

〔九〕仞:度名,七尺或八尺为一仞。末二句描写高蹈的生活,也象征高士的胸襟。

其　　六

【题解】

本篇歌颂荆轲,以市井中的豪侠之士和那些朱门中的王侯相比较。作者认为荆轲虽不是理想中的壮士(像鲁仲连那样),但比起那些只知食禄的贵人,却如千钧和尘埃之差。

荆轲饮燕市〔一〕,酒酣气益震。哀歌和渐离,谓若傍无人。虽无壮士节,与世亦殊伦〔二〕。高眄邈四海〔三〕,豪右何足陈〔四〕?贵者虽自贵,视之若埃尘。贱者虽自贱,重之若千钧〔五〕。

【注释】

〔一〕荆轲:战国时齐人。好读书击剑。为燕太子丹刺秦王,失败被杀。他在燕国时和燕国的狗屠及会击筑(乐器名)的高渐离友善。常同在市中饮酒,高渐离击筑,荆轲哀歌相和,至于泣下,旁若无人(见《史记·荆轲传》)。

〔二〕殊伦:不同类。

〔三〕邈:小。

〔四〕豪右:豪门右姓,就是贵族大家。何足陈:言不足道。陈,陈述。

〔五〕钧:量名,三十斤为一钧。末四句表示对于豪右的轻视,一反世俗的评价。

其　七

【题解】

本篇先列举西汉四士说明自古以来英雄多遭困厄,然后进一步指出历代英雄始终埋没不彰的多得很,其遭遇还不如所举的四士。作者隐以英雄自任,而以被遗弃自慨。

主父宦不达,骨肉还相薄〔一〕。买臣困樵采,伉俪不安宅〔二〕。陈平无产业,归来翳负郭〔三〕。长卿还成都,壁立何寥廓〔四〕。四贤岂不伟？遗烈光篇籍〔五〕。当其未遇时，忧在填沟壑〔六〕。英雄有迍邅〔七〕，由来自古昔。何世无奇才？遗之在草泽〔八〕。

【注释】

〔一〕主父：复姓。这里指主父偃，西汉的纵横学家，晚年习《易》、《春秋》百家之言。曾游学四十年，困于燕、赵。自言当时"亲不以为子，昆弟不收"(《史记》本传)。骨肉：喻至亲，这里兼指父母兄弟。

〔二〕买臣：人名，姓朱，汉武帝臣。未仕时穷困卖柴。妻不耐贫苦，改嫁而去(《汉书》本传)。伉俪：夫妻。

〔三〕陈平：汉高祖的功臣之一，屡定奇计。少时家贫，所住的地方是在背着城郭的僻巷里，以席为门(《汉书》本传)。翳：蔽。负：背。

〔四〕长卿：司马相如的表字。相如成都人。曾游临邛(今四川邛崃)，娶富人女卓文君。归成都，家中空无所有，只见四壁。壁立：就是"家居徒四壁立"的省语，这是《史记》本传形容相如贫穷的话。寥廓：空洞。

〔五〕遗烈：遗业。

〔六〕填沟壑：言饥饿流亡而死。壑，沟，谷。

〔七〕迍邅：艰难的处境。

〔八〕草泽：犹"草野"、"草莽"，言穷僻之地。

其　八

【题解】

这一首的大意是说："士"在贫贱中虽然是困苦的，但苏秦、李斯那些人却不值得羡慕，而且他们的遭遇正好是前车之鉴。所以自处之道应该是安贫知足，做一个“达士”。

习习笼中鸟，举翮触四隅〔一〕。落落穷巷士〔二〕，抱影守空庐。出门无通路，枳棘塞中涂〔三〕。计策弃不收，块若枯池鱼〔四〕。外望无寸禄〔五〕，内顾无斗储〔六〕。亲戚还相蔑，朋友日夜疏。苏秦北游说〔七〕，李斯西上书〔八〕。俯仰生荣华，咄嗟复雕枯〔九〕。饮河期满腹〔一〇〕，贵足不愿余。巢林栖一枝，可为达士模〔一一〕。

【注释】

〔一〕习习：屡飞貌。举翮（音核）：抬起翅膀。翮，鸟羽的茎。四隅：指鸟笼的四边。首二句以“笼中鸟”比“穷巷士”。

〔二〕落落：和人疏远难合。穷巷士：贫士。

〔三〕枳棘塞涂：言仕进的路上障碍极多。枳棘，两种有刺的树。

〔四〕块：独处貌。

〔五〕寸禄：微薄的俸禄。

〔六〕斗储：一斗粮食的蓄积。

〔七〕苏秦：战国时周洛阳人。游说燕、赵等六国联合抗秦，为六国相。后在齐国遇刺死（《史记》本传）。

〔八〕李斯：战国时楚上蔡人。西至秦国说秦王，得为客卿。秦统一后以李斯为丞相。后被秦二世所杀（《史记》本传）。

〔九〕俯仰：低头和仰头。“俯仰之间”是形容时间短促的成语。咄嗟：都是叹声；也是形容时间极短，等于说呼吸之间。以上二句是说苏、李之尊荣和杀身都是顷刻间发生的变化。

〔一〇〕这句用《庄子·逍遥游》“偃鼠饮河不过满腹”的意思。言河水量很大而鼹鼠所需要的不过装满肚子而已。

〔一一〕“巢林”句:用《庄子·逍遥游》“鹪鹩巢于深林不过一枝”的意思。鹪鹩是长约三寸的小鸟。本篇用《庄子》现成的两个比喻说明“达士”应该知足寡欲,和苏秦、李斯那样耻贫贱、慕荣华的人相反。

招　隐 二首

【题解】

招隐诗大都歌颂隐居,和辞赋中淮南小山的《招隐士》命意不同。这一首叙入山寻访隐士,羡慕隐士的生活,决定和他同隐。

杖策招隐士〔一〕,荒途横古今〔二〕。岩穴无结构〔三〕,丘中有鸣琴。白云停阴冈〔四〕,丹葩曜阳林〔五〕。石泉漱琼瑶〔六〕,纤鳞或浮沉。非必丝与竹,山水有清音。何事待啸歌?灌木自悲吟〔七〕。秋菊兼糇粮〔八〕,幽兰间重襟〔九〕。踌躇足力烦,聊欲投吾簪〔一〇〕。

【注释】

〔一〕策:树木的细枝。招:犹“寻”。

〔二〕横:塞。这句言途径闭塞,好像从古至今不曾通行过似的。

〔三〕无结构:无房舍建筑。

〔四〕阴:山北。冈:山脊。此句《世说新语·任诞》注作“白雪停阴冈”。

〔五〕阳林:山南的树林。

〔六〕漱:激荡。

〔七〕以上四句写山中水石风木之声都成音乐。

〔八〕糇:干粮。这句是说隐士将菊花兼作食粮。古人相信餐菊花可以延年益寿。

〔九〕间:杂。这句是说隐士的衣襟上佩着幽兰。餐菊、佩兰均见屈原《离骚》。

〔一〇〕投簪:投弃冠簪,等于说“挂冠”,就是放弃官职,不再仕宦的意思。簪,是连结冠与发的,冠是士大夫所用,以区别于庶人的。末二句表示作者自己隐居的愿望。

其　二

【题解】

这一首叙经营山居,享受到隐居的乐趣,并说明所以放弃仕进摆脱牵累,追求逍遥,不过是从其所好而已。

经始东山庐〔一〕,果下自成榛〔二〕。前有寒泉井,聊可莹心神〔三〕。峭蒨青葱间〔四〕,竹柏得其真〔五〕。弱叶栖霜雪,飞荣流余津〔六〕。爵服无常玩〔七〕,好恶有屈伸〔八〕。结绶生缠牵〔九〕,弹冠去埃尘〔一〇〕。惠连非吾屈〔一一〕,首阳非吾仁〔一二〕。相与观所尚〔一三〕,逍遥撰良辰〔一四〕。

【注释】

〔一〕经始：开始经营。东山：洛阳东郊的山名。王隐《晋书》道："左思徙居洛阳城东，著'经始东山庐'诗。"

〔二〕下：落。榛：丛木，指小栗小棘之类。这句是说山中果木自然成林。

〔三〕莹：明。

〔四〕峭蒨：鲜明貌。峭：一作"悄"。青葱：翠色。

〔五〕得其真：犹言保存其本性或本色。

〔六〕荣：花。津：润。这句是说落花还有余润。

〔七〕爵服：官位和职事。玩：贪爱。

〔八〕屈伸：指出仕与退隐，人有好屈而恶伸的，也有好伸而恶屈的。

〔九〕结绶：言出仕。绶，即"组"，见《咏史》第三首注〔六〕。缠牵：当作"缨牵"。"缨"是绳索。这句是说一做官便有牵累。

〔一〇〕这句是说罢官摆脱尘累。《楚辞·渔父》"新沐者必弹冠"，就是这诗所谓"去尘埃"的意思。并非用王贡弹冠事。

〔一一〕惠连：柳下惠、少连的简称。柳下惠见张华《轻薄篇》注〔二二〕。他曾仕鲁为士师，三次被贬而不去。少连周代东夷人。事迹不详。孔丘说："柳下惠、少连降志辱身。"（见《论语·微子》）这句诗是说自己并非以惠、连二人所处的地位为屈辱。

〔一二〕首阳：首山之南，相传伯夷、叔齐饿死在这里。首山在今山西永济南。首阳或又作为山名。所在之地其说不一，今据《寰宇记》。伯夷、叔齐见孔融《杂诗》第一首注〔九〕。这句是说也不以伯夷、叔齐之饿死为仁。

〔一三〕所尚：自己所尊崇的事情。

〔一四〕撰：选。

杂　诗

【题解】

这是秋夜述怀的诗。前四句写时节变换，中四句写夜中不寐，末四句感叹志不得伸和老之将至。这诗在左思的作品中是最近似建安体的一首。

秋风何洌洌〔一〕，白露为朝霜。柔条旦夕劲，绿叶日夜黄。明月出云崖，皦皦流素光〔二〕。披轩临前庭〔三〕，嗷嗷晨雁翔〔四〕。高志局四海〔五〕，块然守空堂。壮齿不恒居〔六〕，岁暮常慨慷。

【注释】

〔一〕洌洌：寒貌。一作“烈烈”。

〔二〕皦皦：白净貌。

〔三〕披轩：开门。

〔四〕嗷嗷：众声。

〔五〕高志：崇高的志向。局四海：以四海之内（即中国）为狭小而感到局促。

〔六〕壮齿：壮年。

娇女诗

【题解】

这首诗描写作者的两个小女儿，先写妹，次写姊，然后合写。

吾家有娇女，皎皎颇白皙。小字为纨素〔一〕，口齿自清历〔二〕。鬓发覆广额，双耳似连璧〔三〕。明朝弄梳台〔四〕，黛眉类扫迹。浓朱衍丹唇，黄吻澜漫赤〔五〕。娇语若连琐，忿速乃明愭〔六〕。握笔利彤管，篆刻未期益〔七〕。执书爱绨素〔八〕，诵习矜所获。其姊字惠芳，面目粲如画〔九〕。轻妆喜楼边〔一〇〕，临镜忘纺绩。举觯拟京兆〔一一〕，立的成复易〔一二〕。玩弄眉颊间，剧兼机杼役〔一三〕。从容好赵舞〔一四〕，延袖象飞翮。上下弦柱际〔一五〕，文史辄卷襞〔一六〕。顾眄屏风画，如见已指摘〔一七〕。丹青日尘暗〔一八〕，明义为隐赜〔一九〕。驰骛翔园林，果下皆生摘。红葩缀紫蒂，萍实骤抵掷〔二〇〕。贪华风雨中，眒忽数百适〔二一〕。务蹑霜雪戏，重綦常累积〔二二〕。并心注肴馔，端坐理盘槅〔二三〕。翰墨戢闲案〔二四〕，相与数离逖〔二五〕。动为垆钲屈〔二六〕，屣履任之适〔二七〕。止为荼荈据〔二八〕，吹嘘对鼎钖〔二九〕。脂腻漫白袖，烟熏染阿锡〔三〇〕。衣被皆重地〔三一〕，难与沉水碧〔三二〕。任其孺子意，羞受长者责。瞥闻当与杖，掩泪俱向壁。

【注释】

〔一〕小字：乳名。纨：一作"织"。据《左棻墓志》，左思二女，长名惠（一作蕙）芳，次名纨素。"纨"字不误。

〔二〕清历：分明。

〔三〕似连璧：像一双玉璧相连，言其并美。

〔四〕明朝：即晨朝。

〔五〕澜漫：淋漓貌。

〔六〕连琐：连环形或连环纹。这里用来形容语句缠绵。明懂：谓语句干脆斩截，和"若连琐"相反。以上二句是说小孩撒娇的时候和急怒的时候说话不同。

〔七〕利：贪爱。彤管：红漆管的笔，古代史官所用。这两句是说纨素拿笔不过是游戏，并不会写。

〔八〕绨：厚绢。古人在绢帛上写字。

〔九〕暩：疑当作"粲"（《太平御览》卷八六七引作"粲"），美好貌。

〔一〇〕楼：一作"缕"。

〔一一〕觯：或疑作"觚"，木简。京兆：指张敞。敞于汉宣帝时为京兆尹，曾为妻画眉。

〔一二〕的：女子面部的装饰，用朱色点成。

〔一三〕剧：玩弄。

〔一四〕赵舞：赵国的舞。

〔一五〕柱：乐器上架丝弦的木柱。

〔一六〕襞：折叠。

〔一七〕如见：言不是真看清楚，只是仿佛而已。

〔一八〕尘暗：因尘土污染而晦暗。

〔一九〕赜：深隐难见。以上四句是说屏风上的图画日渐模糊暗淡，画中的意义本来是明显的因此也隐晦难知了，而小孩才仿佛看见一点影子就评头论足起来。

〔二〇〕萍实：传说中的一种果实（《孔子家语》："楚昭王渡，江中有一物大如斗，圆而赤，直触王舟。舟人取之。王使使问于孔子。孔子曰：此萍实也，惟伯者为能获焉。"），这里借指一般果子。骤：频也。抵：投掷。

〔二一〕眒忽：《诗纪》作"倏忽"，今本《玉台新咏》亦作"倏忽"，一作"倏眒"，今依宋本《玉台新咏》。纪容舒《玉台新咏考异》云："太冲《蜀都赋》亦有'鹰犬倏眒'之语，此'眒忽'当即'倏眒'之意。古书今不尽见，未可以字僻而改之。"眒（音申，或申字的去声）：疾速。适：往。

〔二二〕綦：系鞋的绳。

〔二三〕槅：同"核"。古人祭祀时盛在竹豆中的桃、梅、枣、栗等物叫做"核"。这里"盘槅"犹言盘果。

〔二四〕戢：聚。

〔二五〕离逖：远离。

〔二六〕垆：缶也，古人用为乐器。钲：乐器名，铙、铎之类。屈：疑是"出"字之误（和"止为"句"据"字相对）。这句似说儿童听到门外有钲、缶的声音因而奔出。钲、缶当是卖小食者所敲。

〔二七〕屣履：穿鞋而不拔上鞋跟。又作"蹝履"或"蹰履"。今语为"靸鞋"。

〔二八〕茶荈（音舛）：一作"茶菽"。荈，晚采的茶。据：安居。

〔二九〕鬲（音历）：或作"镉"，烹饪器，与鼎同类。

〔三〇〕阿锡：或作"阿緆"。"锡"和"緆"古字通。"阿"是细缯，"緆"是细布。

〔三一〕衣被：犹"衣着"，指衣服。地：质地，犹今言"底子"，加在白布上绣红花，可以说白地红花或白底子红花。重地：言衣上花纹的底子被油污烟熏，不止一色。地，一作“池”。

〔三二〕水碧：“碧水”的倒文。这句是说难于下水洗濯。

张 协

张协(? —307),字景阳,安平(今河北安平)人。清简寡欲,晚年屏居草泽,以吟咏自娱。协诗描写生动,造语清警。在西晋诗人中除左思而外应推他为高手。

杂 诗 三首

【题解】

本篇是张协《杂诗十首》的第一首,写佳人感时怀远。

秋夜凉风起,清气荡暄浊〔一〕。蜻蛚吟阶下〔二〕,飞蛾拂明烛。君子从远役,佳人守茕独。离居几何时?钻燧忽改木〔三〕。房栊无行迹〔四〕,庭草萋以绿。青苔依空墙,蜘蛛网四屋。感物多所怀,沉忧结心曲〔五〕。

【注释】

〔一〕荡暄浊:言扫除热蒸混浊之气,给人清爽之感。暄,温暖。

〔二〕蜻蛚:虫名,蟋蟀之一种。

〔三〕钻燧:钻木取火。《文选》李善注引《邹子》:"春取榆柳之火,夏取枣杏之火。季夏取桑柘之火,秋取柞楢之火,冬取槐檀之火。"本句言时节改换。

〔四〕栊:房室。

〔五〕心曲：心中深隐之处。

其　　二

【题解】

此篇是十首中的第四首，写秋雨中嗟老忧时之情。

朝霞迎白日，丹气临汤谷〔一〕。翳翳结繁云，森森散雨足〔二〕。轻风摧劲草，凝霜竦高木。密叶日夜疏，丛林森如束。畴昔叹时迟，晚节悲年促〔三〕。岁暮怀百忧，将从季主卜〔四〕。

【注释】

〔一〕丹气：日光照射空气成红色。汤谷：传说日出之处。汤，一作“旸”。这一句也就是上句“朝霞迎白日”的意思。朝霞是将雨之兆。

〔二〕森森：多貌。雨足：指雨点。

〔三〕畴昔：从前。这两句说少壮时期觉日子过得慢而老年的感觉正相反。

〔四〕季主：人名，姓司马，汉初长安的卖卜者。宋忠和贾谊曾问司马季主：“何居之卑？何行之汙？”他的回答是：“贤者亦不与不肖者同列，故君子处卑隐以辟众，自匿以辟伦。”（见《史记·日者列传》）这里言将怀道自匿，追随季主，隐于卜筮。

其　三

【题解】

此篇是十首中的第五首，是伤不遇的诗，言流俗昏迷，不能识别贤愚。

昔我资章甫〔一〕，聊以适诸越。行行入幽荒，瓯骆从祝发〔二〕。穷年非所用，此货将安设？瓴甋夸玙璠〔三〕，鱼目笑明月〔四〕。不见郢中歌〔五〕，能否居然别〔六〕？阳春无和者，巴人皆下节〔七〕。流俗多昏迷，此理谁能察？

【注释】

〔一〕章甫：殷代玄冠之名。春秋时宋国人也戴这种冠。《庄子·逍遥游》："宋人资章甫而适诸越，越人断发文身，无所用之。"首六句借《庄子》的寓言比喻怀才抱德而对于流俗无用。

〔二〕瓯骆：部落名，即汉交阯、九真二郡（见《史记·南越尉佗传》索隐）。祝发：断发。

〔三〕瓴甋：砖。玙璠：宝玉名。

〔四〕明月：珠名。

〔五〕郢中歌：宋玉《对楚王问》："客有歌于郢中者，其始曰《下里》、《巴人》，国中属而和者数千人。其为《阳春》、《白雪》，国中属而和者不过数十人。是其曲弥高者其和弥寡。"

〔六〕居然别：确当地区别。

〔七〕下节：即按节或击节，就是打拍子（《说文》："按，下也。"《文选·招魂》五臣注："按，犹击也。"）。以上六句言真伪混淆，高下莫辨。

王　　赞

王赞，字正长，义阳（今河南新野南）人。

杂　　诗

【题解】

本篇是久役思归的诗。言离别虽由于王事，人情却不能不怀旧乡，但望有师涓那样的人能表我的心事。沈约《宋书·谢灵运传论》和钟嵘《诗品》卷中都称赞"正长《朔风》"，就是指这一篇。

朔风动秋草，边马有归心〔一〕。胡宁久分析〔二〕，靡靡忽至今〔三〕。王事离我志，殊隔过商参〔四〕。昔往鸧鹒鸣〔五〕，今来蟋蟀吟。人情怀旧乡，客鸟思故林。师涓久不奏〔六〕，谁能宣我心？

【注释】

〔一〕首二句言朔风既动秋草，在边地的马都起归乡之念，言外之意：人当然更思归了。

〔二〕胡宁：何。

〔三〕靡靡：犹"迟迟"。

〔四〕这两句说国家的事牵系住我的心，使我不得顾私事，以至于殊隔久远。

〔五〕鸧鹒：黄莺。鸣于春。

〔六〕师涓：春秋时卫国的乐师。《韩非子·十过》："卫灵公将之晋，至濮水之上，税车而放马，设舍以宿，夜分而闻鼓新声者而说（悦）之，使人问左右，尽报弗闻，召师涓而告之曰：'有鼓新声者，使人问左右，尽报弗闻。其状似鬼神。子为听而写之。'师涓曰：'诺。'因静坐抚琴而写之。师涓明日报曰：'臣得之矣。……'"

刘 琨

刘琨(271—318),字越石,中山魏昌(今河北无极东北)人。他不仅是诗人,而且是爱国志士。他从晋怀帝永嘉初年就在并州做刺史,愍帝建兴二年(224)加大将军,都督并州,累官司空并都督并、幽、蓟三州军事,屡次和刘聪、石勒作战。晋室南渡,他是劝元帝在江东立国的人物之一。这时他与段匹磾合作,谋讨石勒。惜合作未久就被段匹磾杀害。刘琨的诗文被当时的人所推许,诗篇流传不多,仅有三首。虽然只有三首,却以"清刚"的风格和慷慨悲歌的内容在晋诗中显出非常鲜明的特色。

扶风歌

【题解】

集作《扶风歌九首》,今存一首,以两韵为一首。《乐府诗集》载此诗,每四句一解,凡九解。本篇是刘琨任并州刺史时所作,其时在永嘉(晋怀帝年号)元年(307)九月末。诗中叙述从洛阳出发赴任与沿途的经历和感触。这时北中国已为匈奴、羯、氐等民族所统治。刘琨带着一千人,辗转战斗,才到达晋阳(今山西太原)。

朝发广莫门〔一〕,暮宿丹水山〔二〕。左手弯繁弱〔三〕,右手挥龙渊〔四〕。顾瞻望宫阙,俯仰御飞轩〔五〕。据鞍长叹息,泪下如流泉。系马长松下,发鞍高岳头〔六〕。烈烈悲风起,泠泠涧水流〔七〕。挥手长相谢〔八〕,哽咽不能言。浮云为我结,归鸟为我旋。去家日已远,安知存与亡?慷慨穷林中,抱膝独摧藏〔九〕。麋鹿游我前,猿猴戏我侧。资粮既乏尽,薇蕨安可食?揽辔命徒侣,吟啸绝岩中。君子道微矣〔一〇〕,夫子故有穷〔一一〕。惟昔李骞期〔一二〕,寄在匈奴庭。忠信反获罪,汉武不见明〔一三〕。我欲竟此曲,此曲悲且长。弃置勿重陈,重陈令心伤。

【注释】

〔一〕广莫门:洛阳城门名。汉洛阳北面二门,东曰穀门,西曰夏门。魏、晋以后名穀门为广莫门。

〔二〕丹水山:丹水发源处,即丹朱岭,在今山西高平北。丹水由此东南流经晋城入河南沁阳,南注沁河。

〔三〕繁弱:古大弓名。

〔四〕龙渊:古宝剑名。

〔五〕飞轩:奔驰如飞的车子。

〔六〕发鞍:言卸下马鞍。或疑当作“废鞍”,言息马。

〔七〕泠泠:泉声。

〔八〕谢:辞别。

〔九〕摧藏:见《焦仲卿妻》诗注〔九八〕。作者《为并州刺史到壶关上表》云:“道险山峻,胡寇塞路,辄以少击众,冒险而进,顿伏艰危,辛苦备尝。”《晋书》本传说："并土饥荒，……琨募得千余人，转斗至晋阳，府寺焚毁，僵尸蔽地，其有存者，饥羸无复人色。荆棘成林，豺狼满道。"所以这诗的中幅有愁苦饥饿的叙写。

〔一〇〕微：不被重视。

〔一一〕夫子：指孔丘。故：一作"固"。

〔一二〕李：指李陵。骞期：是说出征过期不还。骞，与"愆"通。

〔一三〕忠信反获罪，汉武不见明：李陵在汉武帝天汉二年（前99）率步卒五千人出塞，和匈奴主力军遭遇，战败降敌，武帝诛其全家。司马迁说李陵"常奋不顾身以殉国家之急"，又说李陵降匈奴是为了"欲得当以报汉也"（见《汉书·李广苏建传》）。这诗"忠信"两句本此。

重赠卢谌

【题解】

卢谌字子谅，是刘琨的僚属。和刘琨屡有诗篇赠答。本篇自述怀抱，抒写幽愤，隐含激励卢谌的意思。

握中有悬璧，本自荆山璆〔一〕。惟彼太公望〔二〕，昔在渭滨叟。邓生何感激〔三〕，千里来相求。白登幸曲逆〔四〕，鸿门赖留侯〔五〕。重耳任五贤〔六〕，小白相射钩〔七〕。苟能隆二伯〔八〕，安问党与仇〔九〕？中夜抚枕叹，想与数子游〔一〇〕。吾衰久矣夫，何其不梦周〔一一〕？谁云圣达节，知命故不忧〔一二〕。宣尼悲获麟，西狩涕孔丘〔一三〕。功业未及建，夕阳忽西流。时哉不我与，去乎若云浮〔一四〕。朱实陨劲风，繁英落素秋。狭路倾华盖，骇驷摧双辀〔一五〕。何意百炼刚，化为绕指柔〔一六〕。

【注释】

〔一〕悬璧：用悬黎制成的璧。悬黎是美玉名。荆山：在今湖北南漳西。楚国卞和曾在此得璞玉。璆：玉。以上二句以璆璧比卢谌才质之美。

〔二〕太公望：姜尚年老隐于渭水滨。周文王姬昌出猎时遇见他，谈得十分契合，姬昌高兴道："吾太公望子久矣。"因号"太公望"。

〔三〕邓生：指东汉邓禹，他从南阳北渡黄河，追到鄴城，投奔东汉光武帝刘秀。感激：感动奋发。

〔四〕白登：山名，在山西大同东。汉高祖刘邦曾在此被匈奴所围，用陈平的奇计脱险。陈平封曲逆侯。

〔五〕鸿门：地名，在今陕西临潼东。项羽曾在此宴刘邦，范增使项庄舞剑，要乘机杀刘邦。项伯也起来舞剑将身体遮护刘邦使项庄不得下手。留侯张良事先结交了项伯，所以这时得项伯之助。

〔六〕五贤：指狐偃、赵衰、颠颉、魏武子和司空季子。五人辅佐晋文公重耳有功。

〔七〕射钩："射钩者"的省语，指管仲。管仲初事齐公子纠，公子纠和齐桓公小白争立为君，管仲射中小白的带钩。后来小白用管仲为相。

〔八〕二伯：指重耳和小白。

〔九〕党：指五贤，五贤都是重耳未即位时的旧属。仇：指管仲，管仲于小白有射钩之仇。

〔一〇〕数子：指太公望以至管仲等。作者历举诸人，表示想慕，似有希望卢谌与此诸人相比，和自己同建功业的意思。

〔一一〕吾衰久矣夫，何其不梦周：以上二句述孔丘语。《论语·述而》："子曰，'甚矣吾衰也，久矣，吾不复梦见周公。'"

〔一二〕圣达节:这是成语,见《左传·成公十五年》。达节,犹言"知分"。"知命"句也是用成语。《周易·系辞上》:"乐天知命故不忧。"以上二句言孔丘虽然达节知命还是不免于忧。下二句举孔丘忧悲的实事。

〔一三〕宣尼:即孔丘,汉平帝追谥孔丘为褒成宣尼公。西狩:《春秋》记鲁哀公十四年"西狩获麟"。西,指鲁国之西。狩,冬猎。《公羊传》载孔丘听到获麟的事"反袂拭面,涕沾袍。曰:'吾道穷矣。'"这两句同指一事。

〔一四〕若云浮:言疾速。

〔一五〕辀:车辕。以上四句比人生遭遇艰险挫折。

〔一六〕何意百炼刚,化为绕指柔:末二句自叹经历破败,从坚刚变为柔弱。

郭 璞

郭璞(276—324),字景纯,河东闻喜(今山西闻喜)人。博洽多闻,好古文奇字。曾为《尔雅》、《方言》、《山海经》、《穆天子传》、《楚辞》等书作注。辞赋序赞等作品也有数万言。诗篇富于文采,不像当时流行的玄言诗那么平淡寡味。他又精于阴阳、算历、天文、卜筮之术。因卦筮忤王敦,被害。

游仙诗 五首

【题解】

郭璞的《游仙诗十四首》不像一般的游仙诗专写想象中的仙山灵域,往往自叙怀抱,辞多慷慨。其歌咏神仙实际是歌咏隐遁,而歌咏隐遁的地方往往见出忧生愤世之情。本篇原列第一首,言仕宦求荣不如高蹈谢世。

京华游侠窟〔一〕,山林隐遁栖〔二〕。朱门何足荣〔三〕?未若托蓬莱〔四〕。临源挹清波〔五〕,陵冈掇丹荑〔六〕。灵谿可潜盘〔七〕,安事登云梯〔八〕?漆园有傲吏〔九〕,莱氏有逸妻〔一〇〕。进则保龙见〔一一〕,退为触藩羝〔一二〕。高蹈风尘外,长揖谢夷齐〔一三〕。

【注释】

〔一〕京华：京师。

〔二〕隐遁：指隐居避世的人。栖：山居为“栖”。

〔三〕朱门：指豪贵之家。

〔四〕蓬莱：似当作“蓬藜”，指隐者居住的地方。此篇“藜”字与栖、荑、梯、羝、齐为韵，于古音属脂部。《杂县寓鲁门》篇（《游仙诗十四首》之六）“高浪驾蓬莱”与灾、台、杯、颐、垓、孩为韵，于古音属之部。蓬莱是海上仙山之名，本篇只言隐遁高蹈，不言求仙，“莱”字当是误字。颜延之《和谢监诗》：“幽门树蓬藜”也是“蓬”、“藜”连用。

〔五〕挹：斟。

〔六〕丹荑：或是指赤芝，赤芝又名丹芝，菌类。古人相信芝是灵草，吃了可以延年。荑，初生的草叫做“荑”。

〔七〕灵谿：水名。庾仲雍《荆州记》云：“大城西九里有灵谿水。”潜盘：隐居盘桓。

〔八〕登云梯：指登仙。仙人升天因云而上，所以说云梯。作者这些诗本是借歌咏游仙来发抒尊隐的怀抱。这里明说倘能潜隐，就是游仙。

〔九〕漆园傲吏：指庄周。《史记·老庄申韩列传》：“庄子尝为漆园吏，楚王闻周贤，使使厚币迎，许以为相。周笑谓楚使者曰：‘亟去，无污我。’”

〔一〇〕莱氏：指老莱子。逸：隐。《列女传》：“莱子逃世，耕于蒙山之阳。或言之楚。楚王遂驾至老莱之门，曰：‘守国之孤，愿变先生。’老莱曰：‘诺。’妻曰：‘妾闻居乱世为人所制，能免于患乎？妾不能为人所制。’投其畚而去。老莱乃随而隐。”

〔一一〕进：指避世更远，入山更深，像老莱子夫妇那样。《周易·乾九二》：“见龙在田。子曰：龙德而正中者也。”这句用《周易》语表示进一步高蹈便能如龙之见，保中正的美德。

〔一二〕退：指还居尘俗之中。羝：牡羊。《周易·大壮》：“羝羊触藩，羸其角，不能退，不能遂。”这句用《周易》语说明还居尘俗就要如触藩的羊处于困窘的境地。也就是老莱妻所说的“处乱世为人所制”不能“免患”的意思。

〔一三〕高蹈：犹远行。末二句言辞别伯夷、叔齐而去，比他们更高超。

其　二

【题解】

本篇原列第二首，隐以鬼谷子自比，表示隐居避世的怀抱和对于列仙的企慕。

青溪千余仞〔一〕，中有一道士。云生梁栋间，风出窗户里。借问此何谁，云是鬼谷子〔二〕。翘迹企颍阳，临河思洗耳〔三〕。阊阖西南来，潜波涣鳞起〔四〕。灵妃顾我笑〔五〕，粲然启玉齿。蹇修时不存〔六〕，要之将谁使〔七〕？

【注释】

〔一〕青溪：山名。庾仲雍《荆州记》：“临沮县有青溪山。山东有泉。泉侧有道士精舍。郭景纯尝作临沮县，故《游仙诗》嗟青溪之美。”郭璞为临沮县不见本传，大约在王敦起为记室参军时。

〔二〕鬼谷子：战国时人，姓王名诩，隐于鬼谷，因自号鬼谷子。

〔三〕颍阳：颍川之阳。相传唐尧时代的高士许由在此隐居。洗耳：相传尧以帝位让许由，许由认为其言不善，临河而洗其耳。以上二句言企慕许由的行迹。

〔四〕阊阖，“阊阖风”的简称，西方之风曰“阊阖风”。这两句是说风至而波纹起。

〔五〕灵妃：指宓妃，传说中洛水女神。

〔六〕蹇修：古贤人名，相传是伏羲氏之臣，掌媒事。

〔七〕要：求。末四句言女仙顾笑有情，但因为无媒不得交接。表示有意学仙而无缘。《离骚》：“吾令丰隆乘云兮，求宓妃之所在。解佩纕以结言兮，吾令蹇修以为理。”是这几句诗所本。

其　三

【题解】

这篇原列第四首，感时光迅速流过，学仙的志愿难偿，衰老逼来，无法避免，所以不免临川哀叹。

六龙安可顿〔一〕？运流有代谢〔二〕。时变感人思，已秋复愿夏。淮海变微禽，吾生独不化〔三〕。虽欲腾丹谿，云螭非我驾〔四〕。愧无鲁阳德，回日向三舍〔五〕。临川哀年迈〔六〕，抚心独悲吒〔七〕。

【注释】

〔一〕六龙：指日。古代神话传说谓日乘车，驾以六龙，羲和为御。顿：停。

〔二〕运流代谢：言四时移转，新陈交替。

〔三〕此二句言鸟类能随环境变化形体而人不能。《国语·晋语》：“赵简子叹曰：‘雀入于海为蛤，雉入于淮为蜃，鼋、鼍、龟、鳖莫不能化，惟人不能，悲夫！’”

〔四〕丹谿：传说中的不死之国。螭：传说中的神物，似龙而黄。以上二句是说虽然想上登仙乡，但不能像仙人乘风云驾螭龙，达不到目的。《文选》李善注引曹丕《典论》道：“夫生之必死，成之必败，天地所不能变，圣贤所不能免。然而惑者望乘风云，与螭龙共驾，适不死之国，国即丹谿。……然死者相袭，丘垄相望。逝者莫反，潜者莫形。足以觉也。”这里不但采其辞而且用其意。

〔五〕以上二句，言暂回日驭也不可能。鲁阳是古代神话中人物。《淮南子·览冥训》：“鲁阳公与韩遘难。战酣，日暮，援戈而麾之，日为之返三舍。”“三舍”是三星宿的距离。古代天文学家分周天的恒星为三垣二十八宿。一宿为一舍。

〔六〕临川：见阮籍《咏怀》（“朝阳不再盛”）注〔三〕。

〔七〕吒：叹。

其　四

【题解】

本篇原列第五首，慨叹人世才智之士知遇难以预期，有抱负未必能施展，而且无论穷达都各有其可悲。言外之意是不如隐遁。作者别有《答贾九州愁诗》，辞意相似，可以参看。

逸翮思拂霄，迅足羡远游〔一〕。清源无增澜，安得运吞舟〔二〕？珪璋虽特达〔三〕，明月难暗投〔四〕。潜颖怨青阳，陵苕哀素秋〔五〕。悲来恻月心，零泪缘缨流〔六〕。

【注释】

〔一〕逸翮：指善飞者。逸，迅疾。首二句言有才的人都希望能施展其才。

〔二〕增澜：就是重叠的大波。增，通“层”。吞舟：指能吞舟的大鱼。《韩诗外传》：“吞舟之鱼，不居潜泽。”这两句言有大才的人，如果不放在适当的地位也不能展其抱负。

〔三〕珪璋：玉器名。古代朝聘之礼琮璧须外加束帛，珪璋可以独行，所以说“特达”。古人常用玉比人的品德，这里以“珪璋特达”比有才德的人不借外助。

〔四〕明月：宝珠名。《汉书·邹阳传》：“明月之珠，夜光之璧，以暗投人于道，众莫不按剑相眄者。”这里用邹阳的比喻说明有才德的人如果才德不被人认识，还是像将明珠在暗中投掷与人，势必为人所拒绝。

〔五〕潜颖：指在幽潜之处结颖的植物。颖，禾穗。青阳：春日。陵苕：指在高处的植物。苕，草木之翘秀者。以上二句言植物因所处境地不同，有的怨春光来得迟，有的恨风霜到得早，比喻隐微的人恨不能显达，显达的人又恨地位高易遭风险，荣华不能长保（宋刘俣诗：“城上草，植根非不高，所恨风霜早。”和“陵苕哀素秋”同意）。

〔六〕零：落。

其　五

【题解】

本篇原列第六首，描写仙居的壮丽和列仙的生活，表示企慕之情。又举燕昭、汉武为例，慨叹世上学仙者都不得要领，无所成就。

杂县寓鲁门，风暖将为灾〔一〕。吞舟涌海底，高浪驾蓬莱。神仙排云出，但见金银台。陵阳挹丹溜〔二〕，容成挥玉杯〔三〕。姮娥扬妙音〔四〕，洪崖颔其颐〔五〕。升降随长烟〔六〕，飘飖戏九垓〔七〕。奇龄迈五龙〔八〕，千岁方婴孩。燕昭无灵气〔九〕，汉武非仙才〔一〇〕。

【注释】

〔一〕杂县（音爰）：海鸟名，又叫爰居。鲁门：鲁国城门。《国语·鲁语上》略云："海鸟曰爰居，止于鲁东门外三日。展禽曰：'今兹海其有灾乎？夫广川之鸟兽恒知风而避其灾也。'是岁也，海多大风，冬暖。"首二句言海上将起大风。

〔二〕陵阳：古仙人陵阳子明的简称。相传子明从鱼腹得书，因知服食之法，服石脂三年成仙。丹溜：即石脂，或称流丹，石硫黄之类。

〔三〕容成：也是仙人名。与陵阳子明都见《列仙传》。

〔四〕姮娥：即嫦娥。相传后羿从西王母得到不死药，嫦娥偷吃后逃往月中。

〔五〕洪崖：古仙人名。《列仙传》："洪崖先生姓张氏，尧时已三千岁。"

〔六〕"升降"句：咏宁封子事。《列仙传》："宁封子者黄帝时人，积火自烧而随烟上下。"

〔七〕九垓：犹"九天"。中央及四正四隅九方之天为九天。

〔八〕五龙：传说中五个画龙身的仙人，他们是一父四子。父曰宫龙，是土仙；长子叫角龙，木仙；次征龙，火仙；商龙，金仙；羽龙，水仙。

〔九〕《拾遗记》："燕昭王召其臣甘需曰：'寡人志于仙道，可得遂乎？'需曰：'上仙之人去滞欲而离嗜爱，洗神灭念，游于太极之门。今大王所爱之容，恐不及玉，纤腰皓齿，患不如神，而欲却老云游，何异操圭爵以量沧海乎？'"

〔一〇〕此句典出《汉武帝内传》："西王母曰：'刘彻好道，然形慢神秽，……殆恐非仙才也。'"

陶渊明

陶渊明(365—427),一名潜,字元亮。浔阳柴桑(今江西九江西南)人。他的祖和父都做过太守,但在他少年时代生活就是贫困的。他自己曾做过几次小官,时间都很短。最后一次出仕做彭泽令是在晋安帝(司马德宗)义熙元年(405),在官八十几天就辞职归去。从此隐居躬耕,过了二十年的田园生活。他之所以退隐,固然和他天性淡泊,不受羁束有关,但主要还是因为当时政治黑暗,仕途污浊,使他厌恶。他的许多好诗是写农村生活和他在躬耕中体验到的人生道理,大都自然深厚,亲切有味。他也有少数诗篇说到政治,或表示他的政治理想,见出他对于世事并不曾遗忘或冷淡。

归田园居 三首

【题解】

作者在乙巳岁(405)十一月辞彭泽令归田,《归田园居五首》可能作于次一年。这是第一首,自述离开仕途,归居田园,是适合本性的。在那简朴的乡村生活中,感到摆脱拘束返于自然的乐趣。

少无适俗韵〔一〕，性本爱丘山。误落尘网中〔二〕，一去三十年〔三〕。羁鸟恋旧林，池鱼思故渊。开荒南野际，守拙归田园。方宅十余亩，草屋八九间，榆柳荫后檐，桃李罗堂前。暧暧远人村〔四〕，依依墟里烟〔五〕。狗吠深巷中，鸡鸣桑树颠。户庭无尘杂，虚室有余闲。久在樊笼里，复得返自然。

【注释】

〔一〕适俗：适合世俗。韵：风度。

〔二〕尘网：尘俗人事的束缚，这里主要指仕途。

〔三〕三十年：有人疑当作十三年，因为从作者初仕为州祭酒到辞去彭泽令，经历的年数是十三而不是三十。又有人疑"三"当作"已"。

〔四〕暧暧：昏昧貌。

〔五〕依依：轻柔貌。墟里：村落。

其　二

【题解】

这篇原列第二首，写隐居之后交游稀少，一切尘俗杂虑都已屏绝，所关心的只是桑麻。

野外罕人事〔一〕，穷巷寡轮鞅〔二〕。白日掩荆扉，虚室绝尘想。时复墟曲中〔三〕，披草共来往〔四〕。相见无杂言，但道桑麻长。桑麻日已长，我土日已广。常恐霜霰至，零落同草莽。

【注释】

〔一〕人事：指与人交结往来。

〔二〕鞅：马驾车时颈上的皮带。这句是说居处僻陋，车马稀少。

〔三〕墟曲：犹“乡野”。曲，隐僻之地。此句一作“时复墟里人”。

〔四〕披：拨开。

其　三

【题解】

这篇原列第三首，续写田亩间的劳动和对于劳动的热爱。

种豆南山下〔一〕，草盛豆苗稀。晨兴理荒秽，带月荷锄归〔二〕。道狭草木长，夕露沾我衣；衣沾不足惜，但使愿无违〔三〕。

【注释】

〔一〕南山：指庐山。

〔二〕带月：一作“戴月”。

〔三〕愿无违：不违背隐居躬耕的心愿。

乞食

【题解】

这篇写作者向人乞贷，其人不但有所赠送，而且殷勤留饮，欢谈终日，因而感激赋诗。

饥来驱我去，不知竟何之〔一〕；行行至斯里，叩门拙言辞。主人解余意，遗赠副虚期〔二〕。谈谐终日夕，觞至辄倾杯。情欣新知欢〔三〕，言咏遂赋诗。感子漂母惠，愧我非韩才〔四〕。衔戢知何谢，冥报以相贻〔五〕。

【注释】

〔一〕“不知”句：言行无定向。

〔二〕副虚期：一作“岂虚来”。副，相称。虚，指心。这句是说主人有所赠遗，正和心中所期望的相称。

〔三〕新知：就是“新交”。知，相亲。

〔四〕漂母：漂洗着东西的老妇。韩信贫贱时曾有漂母怜悯他饥饿而给他饭吃。后来韩信为楚王，重报漂母（事见《史记·淮阴侯传》）。韩才：像韩信那样的才能。以上二句言主人的恩惠同漂母而自己的才能非韩信之比。

〔五〕衔戢：藏在心里。冥报：死后报答。结尾二句言此惠终身不忘，到死还要图答谢。

诸人共游周家墓柏下

【题解】

这首诗写及时行乐。陶澍《陶靖节集注》谓周家墓或是周访家墓。周、陶世姻。

今日天气佳，清吹与鸣弹〔一〕；感彼柏下人，安得不为欢〔二〕。清歌散新声，绿酒开芳颜；未知明日事，余襟良以殚〔三〕。

【注释】

〔一〕清吹（读去声）：指管乐。鸣弹：指弦乐。

〔二〕柏下人：指墓中死者。这两句说想到人命有尽，如何能不及时行乐呢。

〔三〕襟：心怀。殚：尽。末句言胸中要表示的意思已尽于此。

移　居 二首

【题解】

《移居》二首是作者在义熙六年（410）迁居南里时所写。第一首写良友过从谈论之乐。

昔欲居南村〔一〕，非为卜其宅；闻多素心人〔二〕，乐与数晨夕〔三〕。怀此颇有年，今日从兹役。弊庐何必广，取足蔽床席。邻曲时时来〔四〕，抗言谈在昔〔五〕。奇文共欣赏，疑义相与析。

【注释】

〔一〕南村：又名南里，在浔阳负郭。

〔二〕素心：心地朴素。

〔三〕数晨夕：屡共朝夕。

〔四〕邻曲：邻居，指殷景仁、颜延之等，即上文所说的"素心人"。

〔五〕在昔：古时。

其　二

【题解】

第二首写农务余时和朋友诗酒流连之乐。

春秋多佳日，登高赋新诗。过门更相呼，有酒斟酌之。农务各自归，闲暇辄相思。相思则披衣〔一〕，言笑无厌时。此理将不胜〔二〕？无为忽去兹。衣食当须纪〔三〕，力耕不吾欺。

【注释】

〔一〕披衣：言着衣出门互相寻访。

〔二〕将不胜：犹言岂不美。

〔三〕纪：经营。

和刘柴桑

【题解】

这篇是和刘程之的诗。刘与周续之、陶渊明被当时人称为"浔阳三隐"。刘曾作柴桑县令，所以渊明称他为刘柴桑。此诗通篇写刘，不是自叙。大意赞美刘归居故园，耕织自足，与世事日渐疏远。刘氏辞柴桑令与作者辞彭泽令志趣相同，和刘也就是自咏。

山泽久见招，胡事乃踌躇？直为亲旧故，未忍言索居〔一〕。良辰入奇怀，挈杖还西庐〔二〕。荒途无归人，时时见废墟；茅茨已就治，新畴复应畬〔三〕。谷风转凄薄〔四〕，春醪解饥劬；弱女虽非男，慰情良胜无〔五〕。栖栖世中事〔六〕，岁月共相疏；耕织称其用，过此奚所须。去去百年外，身名同翳如〔七〕。

【注释】

〔一〕索居：离群独居。

〔二〕奇怀:犹言美怀、高怀。这两句是说一旦良辰感怀,就挈杖而归。

〔三〕畬(音余):第三年理新田。

〔四〕谷风:东风。凄薄:寒凉。

〔五〕以上二句是因刘有女无男,对他作安慰之语。或谓作者以弱女比酒的淡薄,似非。

〔六〕栖栖:不安貌。

〔七〕同翳如:言一齐泯灭。

和郭主簿

【题解】

这是《和郭主簿二首》的第一首,诗中所写的是清阴满林、凯风时来的村居夏景,琴书时弄、蔬谷自给的闲适生活和望云怀古的避世幽情。

蔼蔼堂前林〔一〕,中夏贮清阴。凯风因时来〔二〕,回飙开我襟〔三〕。息交游闲业〔四〕,卧起弄书琴。园蔬有余滋,旧谷犹储今。营己良有极〔五〕,过足非所钦。舂秫作美酒〔六〕,酒熟吾自斟。弱子戏我侧,学语未成音。此事真复乐,聊用忘华簪〔七〕。遥遥望白云,怀古一何深。

【注释】

〔一〕蔼蔼:茂盛貌。

〔二〕凯风:南风。

〔三〕回飙:回风。

〔四〕息交:罢交游。游:玩弄娱情的意思。闲业:不急之务。

〔五〕营己:为自己的生活营谋。极:止境。

〔六〕秫:黏稻。

〔七〕华簪:是贵人所用的。簪,是古人连结冠与发的用物。

癸卯岁始春怀古田舍

【题解】

癸卯岁是晋安帝元兴二年(403)。此题有二首,都是怀古言志的诗,第一首怀荷蓧丈人,第二首怀长沮、桀溺。这里所选是第二首。

先师有遗训〔一〕:忧道不忧贫〔二〕。瞻望邈难逮〔三〕,转欲志常勤〔四〕。秉耒欢时务〔五〕,解颜劝农人〔六〕。平畴交远风,良苗亦怀新。虽未量岁功,即事多所欣〔七〕。耕种有时息,行者无问津〔八〕。日入相与归,壶浆劳近邻。长吟掩柴门,聊为陇亩民。

【注释】

〔一〕先师:指孔丘。

〔二〕"君子忧道不忧贫"是孔丘的话,见《论语·卫灵公》。

〔三〕这句言孔丘的道理高远难及。

〔四〕志常勤:言打算力耕。勤,劳。

〔五〕时务：及时应做的事，指农务。

〔六〕解颜：开口而笑。

〔七〕岁功：指一年中的收获，犹言年成。即事：当前的事。以上二句是说将来虽不能料量，现在已足可娱情。

〔八〕问津：打听渡水处。《论语·微子》："长沮、桀溺耦而耕，孔子过之，使子路问津焉。"这里作者以长沮、桀溺那样的躬耕隐士自比，而叹息世无孔丘和子路那样问津的人。

庚戌岁九月中于西田获早稻

【题解】

这诗作于义熙六年(410)，表现在获稻后赋岁功既成的欣喜，并说明力田自给合于人生大道，虽然劳体，却可以远避世患，所以古今的隐者都能够自得其乐。

人生归有道，衣食固其端〔一〕。孰是都不营〔二〕，而以求自安？开春理常业，岁功聊可观；晨出肆微勤〔三〕，日入负耒还。山中饶霜露〔四〕，风气亦先寒。田家岂不苦，弗获辞此难。四体诚乃疲〔五〕，庶无异患干〔六〕。盥濯息檐下，斗酒散襟颜。遥遥沮溺心，千载乃相关〔七〕。但愿长如此，躬耕非所叹。

【注释】

〔一〕端：开始。首二句言人生归趣有常道而衣食是其开端。

〔二〕孰：何。

〔三〕肆：操。

〔四〕饶：多。

〔五〕四体：两手两足。

〔六〕干：犯。

〔七〕沮溺：长沮和桀溺。以上二句，言千载以上隐者的心思竟然和自己的怀抱相契合。

饮　　酒 四首

【题解】

《饮酒二十首》从序文看来都是酒后偶然的题咏，不是一时所作。这是第一首，言衰荣无定，应该达观。正因达观，所以饮酒。

余闲居寡欢，兼比夜已长〔一〕，偶有名酒，无夕不饮。顾影独尽，忽焉复醉。既醉之后，辄题数句自娱；纸墨遂多，辞无诠次〔二〕。聊命故人书之，以为欢笑尔。

衰荣无定在，彼此更共之。邵生瓜田中，宁似东陵时〔三〕。寒暑有代谢〔四〕，人道每如兹。达人解其会〔五〕，逝将不复疑〔六〕。忽与一觞酒，日夕欢相持。

【注释】

〔一〕比:近。一作“秋”。

〔二〕诠次:选择,次序。

〔三〕邵生:指邵平。见阮籍《咏怀诗》(“昔闻东陵瓜”)注〔一〕。这两句言邵平在长安城东种瓜的时候,和他为东陵侯时的生活绝不相同。

〔四〕代谢:来者为代,去者为谢。

〔五〕解其会:通晓理之所在。

〔六〕逝:发语词。

其　二

【题解】

本篇原列第五首。诗中以即事即景的叙写说明安贫乐道的“真意”。作者认为:当隐者之心远远离开尘俗的时候,便觉得所在之地不偏而自偏,同时也就能够欣赏自然,从自然景色领会到无限的意趣。

结庐在人境〔一〕,而无车马喧。问君何能尔,心远地自偏。采菊东篱下,悠然见南山。山气日夕佳〔二〕,飞鸟相与还。此中有真意,欲辩已忘言〔三〕。

【注释】

〔一〕人境:人类聚居的地方。

〔二〕日夕:近黄昏的时候。

〔三〕末二句用《庄子》语。《庄子·齐物论》:"辩也者,有不辩也,大辩不言。"《庄子·外物》:"言者所以在意也,得意而忘言。"诗意是说从大自然的启示,领会到真意,不可言说,也无待言说。

其　三

【题解】

本篇原列第九首。诗中设为问答,表示作者自己隐居避世拒绝仕宦的心十分坚决,不可动摇。

清晨闻叩门,倒裳往自开〔一〕。问子为谁欤,田父有好怀。壶浆远见候,疑我与时乖。"褴褛茅檐下〔二〕,未足为高栖〔三〕。一世皆尚同〔四〕,愿君汩其泥〔五〕。"深感父老言,禀气寡所谐〔六〕。纡辔诚可学〔七〕,违己讵非迷!且共欢此饮,吾驾不可回。

【注释】

〔一〕倒裳:《诗经·齐风》:"东方未明,颠倒衣裳。"此句用其意,言急起迎客,不及正着衣裳。

〔二〕褴褛:同"蓝缕"。《方言》,"楚人谓贫人衣破丑敝为蓝缕"。

〔三〕高栖:指隐居。

〔四〕尚同:言以同于世俗为贵(《墨子》有《尚同》三篇,此非其义)。

〔五〕汩(音骨):同"淈",挠乱也。《楚辞·渔父》:"世人皆浊,何不淈其泥而扬其波?""掘其泥"就是和世人同浊,不要独清的意思。以上四句是田父的话。

〔六〕禀:受。这句是说天生的气质不能和世俗谐洽。

〔七〕纡辔:犹"回车",言违背本意,曲道而行。

其　四

【题解】

本篇原列第十四首。诗写饮酒的乐趣,那就是物我相忘的境界。

故人赏我趣,挈壶相与至。班荆坐松下〔一〕,数斟已复醉。父老杂乱言,觞酌失行次〔二〕。不觉知有我,安知物为贵。悠悠迷所留,酒中有深味〔三〕。

【注释】

〔一〕班荆:以荆树枝条铺地。班,布。《左传·襄公二十六年》:"伍举奔郑,将遂奔晋。声子将如晋,遇之于郑郊,班荆相与食,而言复故。"

〔二〕觞酌:进酒劝饮。

〔三〕留:止。末二句言世路悠悠,不知所归宿,但酒中深味可以追求。

拟　古

【题解】

这是《拟古九首》的最后一首,通首用比,以种桑江边,山河改易，劳而无功，喻入托身不慎，致遗后悔。一说，作者感慨晋朝覆亡，以桑比宗国。

种桑长江边，三年望当采；枝条始欲茂〔一〕，忽值山河改。柯叶自摧折，根株浮沧海〔二〕；春蚕既无食，寒衣欲谁待！本不植高原，今日复何悔。

【注释】

〔一〕始：才。

〔二〕沧海：指东海。

杂　诗

【题解】

这是《杂诗十二首》的第二首，写中夜不眠，因时节变更的感觉引起事业无成的悲哀。

白日沦西阿〔一〕，素月出东岭，遥遥万里辉，荡荡空中景。风来入房户，夜中枕席冷。气变悟时易，不眠知夕永。欲言无予和，挥杯劝孤影。日月掷人去，有志不获骋〔二〕；念此怀悲凄，终晓不能静。

【注释】

〔一〕西阿：犹言“西山”，和下句“东岭”相对。阿，大陵。

〔二〕骋：伸展。志不得伸的意思作者在诗中屡有表示。

咏荆轲

【题解】

本篇咏史，歌颂荆轲的侠义，惋惜他的失败。荆轲为燕太子丹复仇，以匕首逼秦王，不成被杀。事迹见《史记·刺客列传》。

燕丹善养士〔一〕，志在报强嬴〔二〕。招集百夫良〔三〕，岁暮得荆卿〔四〕。君子死知己，提剑出燕京；素骥鸣广陌〔五〕，慷慨送我行。雄发指危冠，猛气充长缨。饮饯易水上，四座列群英。渐离击悲筑〔六〕，宋意唱高声〔七〕。萧萧哀风逝，淡淡寒波生。商音更流涕，羽奏壮士惊〔八〕。心知去不归，且有后世名。登车何时顾，飞盖入秦庭〔九〕。凌厉越万里〔一〇〕，逶迤过千城。图穷事自至〔一一〕，豪主正怔营〔一二〕。惜哉剑术疏，奇功遂不成。其人虽已没，千载有余情。

【注释】

〔一〕燕丹：战国燕王喜太子名丹。

〔二〕强嬴：指秦国。秦为嬴姓。

〔三〕百夫良：能匹敌百人的良士。春秋时秦国子车氏的三子，国人称之为三良,《诗经·黄鸟》称之为“百夫之特”。

〔四〕荆卿:即荆轲,燕国人谓之荆卿。

〔五〕素骥:白马。《史记》说荆轲从燕出发时燕太子丹及宾客着白衣冠(丧服)相送易水上。作者本此翻创为白马送行。

〔六〕渐离:人名,姓高。筑:乐器名,似筝,十三弦,颈细而曲。

〔七〕宋意:燕国的勇士。

〔八〕商、羽:各为五音之一。

〔九〕飞盖:似谓车行如飞,极言其迅速。一说,“飞”字形容其高,就是“飞阁”、“飞檐”的飞。盖,车篷。

〔一〇〕凌厉:见嵇康《赠秀才入军》(“良马既闲”)注〔四〕。

〔一一〕“图穷”句:荆轲献秦王督亢地图,中藏匕首。秦王展图,图穷而匕首现。荆轲取匕首刺秦王。事:即指行刺。

〔一二〕豪主:指秦王。怔营:惶惧。

读山海经 二首

【题解】

《山海经》十八卷是记述古代神话传说奇物异境的书,汉刘歆校定,晋郭璞作注和图赞。陶渊明《读山海经十三首》,本篇为第一首,是总冒,写隐居多闲,耕种之余泛览图书的乐趣。

孟夏草木长,绕屋树扶疏〔一〕。众鸟欣有托,吾亦爱吾庐。既耕亦已种,时还读我书。穷巷隔深辙,颇回故人车〔二〕。欢言酌春酒〔三〕,摘我园中蔬。微雨从东来,好风与之俱。泛览周王传〔四〕,流观山海图〔五〕。俯仰终宇宙〔六〕,不乐复何如。

【注释】

〔一〕扶疏:分布。

〔二〕以上二句,言居处偏僻,车辙不通,常使故人回车而去。

〔三〕欢言:犹"欢然"。言,一作"然"。

〔四〕周王传:指《穆天子传》,书共六卷,记周穆王西游故事,郭璞注解。

〔五〕山海图:即《山海经》图。郭璞有《山海经图赞》。

〔六〕终:穷竟。这句是说俯仰之间可以穷宇宙之事。

其　二

【题解】

陶渊明《读山海经》诗除第一首外每首都是歌咏《山海经》中所载的事物。这篇原列第十首,咏精卫和刑天。

精卫衔微木〔一〕,将以填沧海。刑天舞干戚〔二〕,猛志故常在。同物既无虑〔三〕,化去不复悔〔四〕。徒设在昔心〔五〕,良辰讵可待〔六〕!

【注释】

〔一〕精卫:古代神话中的鸟名。它本是炎帝的少女,名女娃,溺死于东海。死后化为鸟,名精卫,常衔西山木石以填于东诲。见《山海经·北山经》。

〔二〕刑天：《山海经·海外西经》云："刑天与帝争神。帝断其首，葬于常羊之野。乃以乳为目，以脐为口，操干戚而舞。"干戚：盾和板斧。此句旧作"形夭无千岁"，宋人曾纮始自正其误。

〔三〕这句言女娃既已溺死而化为飞鸟，就异于人类而同于其他的物。即再死也不过从鸟再化为另一物，当无忧虑。

〔四〕这句言刑天已被杀，化为异物，可不再悔恨既往。

〔五〕这句言空有昔日的壮志。

〔六〕良辰：指实现壮志的时候。讵：犹"岂"。

桃花源诗　并记

【题解】

"桃花源"是陶渊明的理想国。其中人物耕桑自给，与世隔绝，没有君长统治，没有剥削制度。从这种理想生活的描写见出作者对于现实政治的否定。东晋以来各地在战乱中往往有人筑坞壁自保，在小小的地域中维持着安定的生活。陶渊明桃花源的描写，也许是将当时坞壁生活理想化的结果。

晋太元中〔一〕，武陵人捕鱼为业〔二〕，缘溪行，忘路之远近。忽逢桃花林，夹岸数百步，中无杂树，芳草鲜美，落英缤纷；渔人甚异之。复前行，欲穷其林。林尽水源，便得一山。山有小口，仿佛若有光。便舍船，从口入。初极狭，才通人〔三〕，复行数十步，豁然开朗。土地平旷，屋舍俨然，有良田美池桑竹之属。阡陌交通，鸡犬相闻。其中往来种作，男女衣着，悉如外人。黄发垂髫〔四〕，并怡然自乐。见渔人，乃大惊；问所从来。具答之。便要还家，设酒杀鸡作食。村中闻有此人，咸来问讯。自云先世避秦时乱，率妻子邑人来此绝境〔五〕，不复出焉，遂与外人间隔。问今是何世，乃不知有汉，无论魏晋。此人一一为具言所闻，皆叹惋。余人各复延至其家，皆出酒食。停数日，辞去。此中人语云："不足为外人道也。"既出，得其船。便扶向路〔六〕，处处志之。及郡下，诣太守说如此。太守即遣人随其往，寻向所志，遂迷不复得路。南阳刘子骥〔七〕，高尚士也，闻之，欣然规往〔八〕。未果。寻病终。后遂无问津者。

嬴氏乱天纪〔九〕，贤者避其世。黄绮之商山〔一〇〕，伊人亦云逝〔一一〕。往迹浸复湮，来径遂芜废。相命肆农耕〔一二〕，日入从所憩。桑竹垂余荫，菽稷随时艺。春蚕收长丝，秋熟靡王税〔一三〕。荒路暧交通，鸡犬互鸣吠。俎豆犹古法〔一四〕，衣裳无新制。童孺纵行歌，斑白欢游诣。草荣识节和，木衰知风厉；虽无纪历志〔一五〕，四时自成岁。怡然有余乐，于何劳智慧。奇踪隐五百〔一六〕，一朝敞神界〔一七〕。淳薄既异源，旋复还幽蔽〔一八〕。借问游方士，焉测尘嚣外〔一九〕？愿言蹑轻风，高举寻吾契〔二〇〕。

【注释】

〔一〕太元:晋孝武帝(司马曜)年号(376—396)。

〔二〕武陵:今湖南常德。

〔三〕才:仅。

〔四〕黄发:老人之称。垂髫(音条):幼者之称。髫,小儿垂发。

〔五〕绝境:与世隔绝之境。

〔六〕扶:沿。

〔七〕南阳:今河南南阳。刘子骥:名驎之,好游山泽。见《晋书·隐逸传》。

〔八〕规:谋划。

〔九〕乱天纪:犹言悖天时。本于《尚书·胤征》"俶扰天纪"句。这句是说秦政暴虐,造成祸乱。

〔一〇〕黄:指夏黄公。绮:指绮里季。黄、绮与园公及角里先生避秦时乱隐于商山,称"商山四皓"。商山在今陕西商县东南。

〔一一〕伊人:此人,指黄、绮。

〔一二〕肆:尽力。

〔一三〕靡:无。

〔一四〕俎豆:古代祭祀时所用礼器。

〔一五〕纪历志:岁时的记载。

〔一六〕这句说从秦到晋奇异的踪迹已隐没五百年,这是约数。

〔一七〕敞:犹言开放。神界:犹言仙境。

〔一八〕幽蔽:言复与外界隔绝,就是记中所谓"迷不复得路"。

〔一九〕"借问"二句:《庄子·德充符》:"孔子曰:'彼游方之外者也,而丘游方之内者也。'"这二句言游于寰宇之内的人不能测知尘世以外的事。

〔二〇〕吾契:与我志意相合的人。

挽歌辞

【题解】

“挽歌”是古代用于丧葬的歌，相传最初是拖引柩车的人所唱。陶渊明有《挽歌辞三首》，第一首写敛，第二首写祭，第三首写葬，都作亡人自叹语气。本篇是第三首。

荒草何茫茫，白杨亦萧萧。严霜九月中，送我出远郊。四面无人居，高坟正嶕峣〔一〕。马为仰天鸣，风为自萧条。幽室一已闭〔二〕，千年不复朝。千年不复朝，贤达无奈何。向来相送人，各已还其家；亲戚或余悲，他人亦已歌。死去何所道，托体同山阿〔三〕。

【注释】

〔一〕嶕峣：高貌。

〔二〕幽室：指圹穴。

〔三〕山阿：山陵。

吴隐之

吴隐之(？—413)，字处默，鄄城(今山东濮县东南)人。博涉文史，以儒雅及清廉著名。

酌贪泉诗

【题解】

隐之于晋安帝隆安(397—401)中为广州刺史。离州二十里，地名石门，有水名叫贪泉，相传饮此水者立刻产生无厌的贪欲。隐之故意酌水自饮，并赋这首诗。

古人云此水，一歃怀千金〔一〕。试使夷齐饮，终当不易心〔二〕。

【注释】

〔一〕歃：饮。怀千金：言心里有希望获得千金的贪念。

〔二〕这两句以伯夷、叔齐做影，表示自己操守坚定，不因任何事物改变情操。

无名氏

休洗红 二首

【题解】

第一首慨叹人寿有限，第二首慨叹世事无常，都是因衣服颜色新旧变化联想到人生的变化。

休洗红，洗多红色淡。不惜故缝衣，记得初按茜〔一〕。人寿百年能几何？后来新妇今为婆。

其　二

休洗红，洗多红在水。新红裁作衣〔二〕，旧红翻作里。回黄转绿无定期，世事反复君所知〔三〕。

【注释】

〔一〕茜：草名，又叫茅蒐，是红色染料。

〔二〕新红：指衣料。

〔三〕回、转：都表示变化无定。黄、绿：可能和《诗经·绿衣》“绿兮衣兮，绿衣黄里”二句联想。这两句是将“新红”二句的意思推广。

绵州巴歌

【题解】

绵州:隋代所置,治巴西县。今为绵阳县,属四川省。这一首是咏瀑布的歌谣,歌辞先说在豆子山听到溪涧里流水声像打鼓似的,到扬平山就见到流水冲击石头,溅起水点,像下雨似的。这是瀑的来路。由鼓声联想到娶新妇,由下雨联想到龙女,由龙女引出织绢,绢就是指瀑的本身。最后还交代瀑的去路,就是一半流到罗江县,一半流到玄武县。

豆子山〔一〕,打瓦鼓。扬平山〔二〕,撒白雨。下白雨,取龙女。织得绢,二丈五,一半属罗江〔三〕,一半属玄武〔四〕。

【注释】

〔一〕豆子山:即豆圌山,在绵州。

〔二〕扬平山:未详。

〔三〕罗江:县名,在四川北部。又是水名,在罗江县东。

〔四〕玄武:县名,即今四川中江。

子夜歌 四首

【题解】

《子夜歌》是《吴声歌曲》。《旧唐书·音乐志》："《子夜》，晋曲也。晋有女子夜，造此声，声过哀苦。"《乐府诗集》载四十二首，都是男女恋歌。

宿昔不梳头〔一〕，丝发披两肩。婉伸郎膝上〔二〕，何处不可怜？

其　二

自从别欢来〔三〕，奁器了不开〔四〕。头乱不敢理，粉拂生黄衣〔五〕。

其　三

欢愁侬亦惨〔六〕，郎笑我便喜。不见连理树，异根同条起？

其　四

遣信欢不来〔七〕，自往复不出。金铜作芙蓉，莲子何能实〔八〕？

【注释】

〔一〕宿昔：犹昨夜，见无名氏《饮马长城窟行》注〔二〕。

〔二〕婉伸：犹“屈伸”。

〔三〕欢：爱人。

〔四〕奁器：指镜匣。了不：犹“略不”。

〔五〕粉拂：即粉拍，敷粉时用来蘸粉拍脸。黄衣：黄色霉苔。本篇是说别后久不对镜整容，大致和《诗经·伯兮》“自伯之东，首如飞蓬”等句的意思相同。

〔六〕侬：第一人称代名词，吴人自称为“侬”。

〔七〕信：使者。

〔八〕芙蓉：见《古诗（涉江采芙蓉）》注〔一〕。莲子：隐“怜子”。后二句是双关语。芙蓉和莲是一物，莲是金铜所铸当然结不成果实。“芙蓉”也就是“夫容”，金铜为容也就是板面孔的意思。对方既然如此无情，一番爱怜终究是要落空的。果实的“实”和真实的“实”双关。

子夜四时歌

【题解】

《子夜四时歌》是从《子夜歌》变化出来的。《乐府诗集》载七十五首，包括晋、宋、齐辞。今选春、夏、秋、冬歌各一首。

春林花多媚，春鸟意多哀。春风复多情，吹我罗裳开。（春歌）

朝登凉台上，夕宿兰池里。乘月采芙蓉，夜夜得莲子〔一〕。（夏歌）

仰头看桐树，桐花特可怜。愿天无霜雪，梧子解千年〔二〕。（秋歌）

渊冰厚三尺，素雪覆千里。我心如松柏，君情复何似？（冬歌）

【注释】

〔一〕“夜夜”句双关，参看上《子夜歌》注〔八〕。

〔二〕梧子：隐“吾子”。解：得也。

大子夜歌　二首

【题解】

这两首都是赞美《子夜歌》之词。第一首说《子夜》本是歌谣;第二首说歌谣的妙处是出之于口,发之于心,不借助于乐器,也就是第一首所说的"天然"。

歌谣数百种,子夜最可怜〔一〕。慷慨吐清音,明转出天然〔二〕。

其　二

丝竹发歌响,假器扬清音〔三〕。不知歌谣妙,声势出口心〔四〕。

【注释】

〔一〕怜:爱。

〔二〕明转:明亮宛转。

〔三〕假:借。器:指乐器。

〔四〕势:指余音。口:一作"由"。

安东平

【题解】

安东平:属《清商曲辞·西曲歌》。《乐府诗集》共收五曲,这里选第二、三、四,这三曲意相联贯。

吴中细布,阔幅长度。我有一端〔一〕,与郎作裤。

其　二

微物虽轻,拙手所作。余有三丈,为郎别厝〔二〕。

其　三

制为轻巾,以奉故人。不持作好〔三〕,与郎拭尘。

【注释】

〔一〕一端:普通以二丈为一端,又有丈八、丈六、六丈诸说。这里说“我有一端”后面又说“余有三丈”,是以六丈为一端。

〔二〕别厝:就是“另作措置”。厝,同“措”。

〔三〕这句说不是用来当作好礼物。

宋诗

颜延之

颜延之(384—456),字延年,琅邪临沂(今山东临沂北)人。少孤贫。好读书,无所不览。饮酒,不护细行。颜作诗好雕词炼句,多用古事,笔墨往往不能流畅,当时与谢灵运齐名,而才不如谢。

阮步兵

【题解】

《宋书·颜延之传》:"(延之)领步兵校尉,赏遇甚厚。延之好酒疏诞,不能斟酌当世,见刘湛、殷景仁专当要任,意有不平,常云:'天下之务当与天下共之,岂一人之智所能独了。'辞甚激扬,每犯权要。……湛深恨焉,言于彭城王义康,出为永嘉太守。延之甚怨愤,乃作《五君咏》。"《五君咏》咏嵇、阮等五人,以古事喻自己的怀抱。本篇咏阮籍,是《五君咏》的第一篇。籍曾为步兵校尉,所以称阮步兵。

阮公虽沦迹〔一〕,识密鉴亦洞〔二〕。沉醉似埋照〔三〕,寓词类托讽〔四〕。长啸若怀人〔五〕,越礼自惊众〔六〕。物故不可论〔七〕,途穷能无恸〔八〕。

【注释】

〔一〕沦迹：言晦其踪迹。

〔二〕鉴：照，指观察识别。洞：深。

〔三〕埋照：犹言韬光，有才识而深自敛藏的意思。照，光。

〔四〕"寓词"句：指《咏怀诗》而言。颜延之注《咏怀诗》道："阮公身仕乱朝，常恐遇祸，因兹发咏，故每有忧生之嗟。虽志在刺讥，而文多隐避。百世而下难以情测也。"

〔五〕啸：见曹植《美女篇》注〔九〕。《三国志·魏书》注引《魏氏春秋》："籍少时尝游苏门山。有隐者，莫知姓名，籍从与谈太古无为之道及论五帝三王之义。苏门生萧然曾不经听。籍乃对之长啸，清韵响亮。苏门生逌尔而笑。籍既降，苏门生亦啸，若鸾凤之音焉。"

〔六〕越礼：不拘礼教。《文选》李善注引《晋阳秋》："阮籍嫂尝归家，籍相见与别。或以礼讥之。籍曰：'礼岂为我设耶?'"

〔七〕物故：世故。此句言阮籍不论世事，因为世事已不可论。

〔八〕这句本《魏氏春秋》："籍时率意独驾，不由径路，车辙所穷，辄痛哭而返。"(《三国志·魏书》注引)

嵇中散

【题解】

本篇咏嵇康，是《五君咏》的第二篇。嵇康曾拜中散大夫。

中散不偶世〔一〕，本自餐霞人〔二〕。形解验默仙〔三〕，吐论知凝神〔四〕。立俗迕流议〔五〕，寻山洽隐沦〔六〕。鸾翮有时铩〔七〕，龙性谁能驯〔八〕。

【注释】

〔一〕不偶世：和世俗之人不相谐合。《文选》李善注引《晋阳秋》："嵇康性不偶俗。"

〔二〕餐霞人：即仙人。神仙家以霞为"日之精"，并相传有餐霞之法。

〔三〕形解：犹"尸解"，言遗弃形体而解脱仙去。晋人有关于嵇康尸解成仙的传说，见《文选》李善注引顾恺之《嵇康赞》。

〔四〕吐论：指嵇康作《养生论》，《文选》李善注引孙绰《嵇中散传》："嵇康作《养生论》，入洛，京师谓之神人。"凝神：言其精神修养达到凝静专一的境地，语本《庄子·逍遥游》："藐姑射之山有神人居焉，其神凝。"

〔五〕这句说身在世俗而言行不合于世俗人的见解。或疑当作"立议迕流俗"。嵇康非汤、武而薄周、孔，这是大迕流俗的议论。

〔六〕洽隐沦：言与隐士相亲。嵇康尝入山采药忘返，并与隐者孙登、王烈同游。

〔七〕铩（音杀）：羽毛摧残。古人常以"铩羽"喻人不得志。

〔八〕钟会曾对司马昭说："嵇康卧龙也，不可起。"（见《晋书·嵇康传》）末句似本此。

向常侍

【题解】

本篇咏向秀，是《五君咏》的第五篇。向秀字子期，河内怀县人。官至散骑常侍。《向秀别传》云："秀与嵇康、吕安为友，趣舍不同，康傲世不羁，安放逸迈俗，而秀雅好读书。"

向秀甘淡薄，深心托豪素〔一〕。探道好渊玄，观书鄙章句[二]。交吕既鸿轩，攀嵇亦凤举[三]。流连河里游[四]，恻怆山阳赋[五]。

【注释】

〔一〕豪素：犹言纸笔。豪，同“毫”。

〔二〕这两句指向秀好老庄之学和作《庄子》注而言。向秀注《庄子》不屑作琐屑的章句分析，而能够阐明《庄子》的玄理。

〔三〕鸿轩、凤举：指吕安、嵇康说，言秀所交的朋友都是不凡的人。轩，高飞。

〔四〕河里：即河内。嵇、吕都曾寓居河内的山阳县（今河南修武），和向秀交游。

〔五〕山阳赋：吕安与嵇康死后，向秀作《思旧赋》，有句云：“济黄河以泛舟，经山阳之旧居。”

谢灵运

谢灵运(385—433),陈郡阳夏(今河南太康)人。谢玄之孙,晋时袭封康乐公。入宋降为侯。累官至侍中。喜游山陟险,每出游,随从数百。元嘉十年获罪,弃市广州。年四十九。灵运的诗好摹写山水,往往工妙,但有时累于繁富,伤于刻画,或夹杂玄言理语,淡而少味。

邻里相送至方山

【题解】

这诗是灵运在宋武帝(刘裕)永初三年(422)七月离建业赴永嘉太守任时别邻里之作。方山:在江宁(在今江苏南京地区)东五十里。《丹阳记》云:"山形方如印,故曰方山,亦名天印山。"

祗役出皇邑〔一〕,相期憩瓯越〔二〕。解缆及流潮,怀旧不能发。析析就衰林〔三〕,皎皎明秋月。含情易为盈〔四〕,遇物难可歇〔五〕。积疴谢生虑〔六〕,寡欲罕所阙〔七〕。资此永幽栖〔八〕,岂伊年岁别〔九〕。各勉日新志〔一〇〕,音尘慰寂蔑〔一一〕。

【注释】

〔一〕祗役:言承朝命赴任。皇邑:京都,指建业。

〔二〕瓯越:今浙江永嘉一带地属古之东越,亦称东瓯。

〔三〕析析:风吹木声。

〔四〕此句言由于本蓄怀旧之情,容易觉得哀感盈满胸中。

〔五〕这句言遇此衰林秋月,伤感更难止歇。

〔六〕痾:病。本句言因积病而屏绝生活的谋虑。

〔七〕这句言由于欲望本来少,并不觉有何不足。

〔八〕这句言借此永作屏居之计。

〔九〕伊:犹"惟"。本句言相别不是一年半载的事。

〔一〇〕日新:《易·大畜》:"日新其德。"

〔一一〕末句言愿音问相通以慰寂寞。

七里濑

【题解】

七里濑:在浙江桐庐富春江上,其下数里有严陵濑。水流沙上为"濑"。本篇大意是说旅途艰苦,景物荒寒,引起迁斥之感,但如寄意高远,于道有所悟,便不以迁斥为恨,而以古人严子陵等为同调。

羁心积秋晨,晨积展游眺。孤客伤逝湍〔一〕,徒旅苦奔峭〔二〕。石浅水潺湲〔三〕,日落山照曜。荒林纷沃若〔四〕,哀禽相叫啸。遭物悼迁斥〔五〕,存期得要妙〔六〕。既秉上皇心〔七〕，岂屑末代诮〔八〕？目睹严子濑〔九〕，想属任公钓〔一〇〕。谁谓古今殊？异代可同调〔一一〕。

【注释】

〔一〕逝湍：奔流而去的水。急流为“湍”。《论语·子罕》：“子在川上曰：‘逝者如斯夫，不舍昼夜。’”本句隐用其意。

〔二〕奔：崩落。峭：指高峻的江岸。

〔三〕潺湲：水流貌。

〔四〕沃若：犹“沃然”。沃，柔，盛。

〔五〕物：指荒林哀禽。迁斥：贬谪。

〔六〕存：想。期：希冀。要妙：精微玄妙。

〔七〕秉上皇心：言秉心同于上古时代的人。上古时代的人生活简单，恬淡少欲。上皇，指伏羲氏。

〔八〕屑：顾。末代：衰乱之世。

〔九〕严子濑：即严陵濑，东汉严光垂钓处。严光字子陵，少与刘秀同游学，刘秀即帝位，光不肯出仕，隐于富春山，耕钓以终。

〔一〇〕任公钓：《庄子·外物》有寓言说任公子以五十犗牛为饵，钓于东海，一年以后才钓得一条大鱼。从淛河（浙江）以东，苍梧以北，人人饱吃了鱼肉。

〔一一〕末句言自己虽与严光、任公不同时代而心意相合，犹如音声之和，也就是说那样江海渔钓的简朴生活正是自己所羡慕的。

登池上楼

【题解】

本篇是作者在永嘉郡(今浙江温州)守任所病起登楼之作。诗中写景物变换,感物怀归。作者从京都外放永嘉,由于被当权者所排斥,这时他的心情不安,进退两难,诗中也反映了这种情绪。

潜虬媚幽姿,飞鸿响远音。薄霄愧云浮,栖川怍渊沉〔一〕。进德智所拙,退耕力不任。徇禄反穷海,卧痾对空林〔二〕。衾枕昧节候,褰开暂窥临〔三〕。倾耳聆波澜,举目眺岖嵚〔四〕。初景革绪风,新阳改故阴〔五〕。池塘生春草,园柳变鸣禽〔六〕,祁祁伤豳歌,萋萋感楚吟〔七〕。索居易永久,离群难处心〔八〕。持操岂独古,无闷徵在今〔九〕。

【注释】

〔一〕这四句借鸿、虬起兴(因为正在向高处和深处眺望),说自己不能像鸿雁高飞、虬龙深隐那样得所,而是进退失据,俯仰有愧。陶渊明《始作镇军参军经曲阿作》诗"望云惭高鸟,临水愧游鱼",取喻相似。虬:两角小龙。薄霄:停留在天空。薄,通"泊",犹止。云浮:浮在云上。怍:惭愧。渊沉:潜沉在深渊。

〔二〕这四句说自己做官时不能进德修业,于时无益,想退隐又不能力耕自给，为了得些俸禄反而穷居海边（指永嘉）。这是不甘外放的牢骚话，同时也反映进退两难的心情。进德：提高德行修养，《易经·乾·文言》："君子进德修业，欲及时也。"力不任：指体力不能胜任。徇：从，求。痾（音阿）：病。

〔三〕这两句说卧床日久连季节的变换也不明白了，现在才来看看外景。昧：不明。褰开：指揭开帘幔，打开窗户。

〔四〕这两句说下听水声，上望山形。聆：听。岖嵚（音区歆）：险峻。

〔五〕初景、新阳：指春光。绪风、故阴：指寒冬。革：除。绪风，余风，指寒气。《楚辞·涉江》"欸秋冬之绪风"，王逸注："绪，余也。"故阴，旧冬。《神农本草》："春夏为阳，秋冬为阴。"

〔六〕"园柳"句：说藏在园柳中的啼唤的鸟类也变换了，指春天的鸣禽如黄莺之类，不是冬季所有。这两句写景物变换。两句都是被人传诵的名句，因为写景能直书所见，不借雕琢，在谢诗中特别显得自然。据传说作者自己也喜爱这两句。

〔七〕这两句说想起《诗经》和《楚辞》中的句子，发生感慨。《诗经·豳风·七月》："春日迟迟，采蘩祁祁，女心伤悲，殆及公子同归。"《楚辞·招隐士》："王孙游兮不归，春草生兮萋萋。"祁祁：多貌。萋萋：盛貌。这里只取这几句里"归"字的意思。作者怀念会稽的故居，动了归心，因而联想古人的诗句。

〔八〕这两句怀念远方的故人。"离群索居"是成语（见《礼记·檀弓上》），就是离开朋友，独处无偶。易永久：言容易觉得时日长久。处心：安心。

〔九〕这两句说高蹈避世而无忧烦，不但古人有这种风操，在今人中也能找到。无闷：遁世无闷，见《易经·乾·文言》。操（去声）：操守，操行。徵：求。诗意归结到向往隐遁。思归也是为了想隐居。

登江中孤屿

【题解】

这是谢灵运游永嘉江心孤屿的诗,从“怀新”、“寻界”写到登屿,从眼前景物写到昆山仙境的想象。

江南倦历览,江北旷周旋〔一〕。怀新道转迥〔二〕,寻异景不延〔三〕。乱流趋孤屿〔四〕,孤屿媚中川〔五〕。云日相晖映,空水共澄鲜。表灵物莫赏,蕴真谁为传〔六〕。想象昆山姿〔七〕,缅邈区中缘〔八〕。始信安期术〔九〕,得尽养生年。

【注释】

〔一〕旷:久。开端二句言在江的南北两岸游览已久。

〔二〕此句言一心贪寻新境,转觉道路遥远。

〔三〕这句言探得奇景又恨时间容易过去,不能延长。“景”字是景光的“景”,不是景物的“景”。

〔四〕乱流:横绝水流而直渡。此句一作“乱流趋正绝”,非是。今从五臣注本《文选》。

〔五〕媚:妍美悦人。中川:川中。

〔六〕表:显明。灵:神异。真:仙人。以上二句言此山的灵异如此表著而世人不赏,即使蕴藏仙真又有谁能传呢?

〔七〕昆山:昆仑山,传说中神仙住处。

〔八〕缅邈:远也。区中缘:人世的尘缘。

〔九〕安期：即安期生，传说中的仙人名。《列仙传》说他是琅邪阜乡人，自言千岁。

石壁精舍还湖中作

【题解】

本篇前幅写石壁游观的乐趣，中幅写湖中所见晚景，后幅写从一天游览生活中体会到的理趣。诗中所与的景物在会稽。

昏旦变气候，山水含清晖。清晖能娱人，游子憺忘归〔一〕。出谷日尚早，入舟阳已微〔二〕。林壑敛暝色，云霞收夕霏〔三〕。芰荷迭映蔚〔四〕，蒲稗相因依〔五〕。披拂趋南径〔六〕，愉悦偃东扉〔七〕。虑澹物自轻〔八〕，意惬理无违〔九〕。寄言摄生客〔一〇〕，试用此道推。

【注释】

〔一〕憺：安适。

〔二〕阳：日光。微：昏暗。

〔三〕霏：云飞貌。

〔四〕映蔚（音郁）：双声，言光色相映照。

〔五〕稗：植物名，草之似谷者。因依：双声，言相依倚。

〔六〕披拂：犹“扇动”，言趋行时扇动空气，有凉拂拂的快感。

〔七〕偃：息也。

〔八〕此句言如果思想澹泊就觉得外物无足轻重。

〔九〕惬:满足。本句言志满意得由于不违于理。

〔一〇〕摄生客:注意保养生命的人。

从斤竹涧越岭溪行

【题解】

斤竹涧:在今浙江乐清东。本篇写过涧、越岭、溪行一路所见之景和即景怀人之情。

猿鸣诚知曙,谷幽光未显。岩下云方合,花上露犹泫〔一〕。逶迤傍隈隩〔二〕,迢递陟陉岘〔三〕。过涧既厉急〔四〕,登栈亦陵缅〔五〕。川渚屡径复〔六〕,乘流玩回转。蘋萍泛沉深,菰蒲冒清浅〔七〕。企石挹飞泉〔八〕,攀林摘叶卷〔九〕。想见山阿人〔一〇〕,薜萝若在眼。握兰勤徒结〔一一〕,折麻心莫展〔一二〕。情用赏为美,事昧竟谁辨〔一三〕。观此遗物虑,一悟得所遣〔一四〕。

【注释】

〔一〕泫:露重欲滴貌。以上四句写山中晓景。

〔二〕隈隩:山曲。

〔三〕迢递:远貌。陉:连山中断处。岘:山岭小高。

〔四〕厉:以衣涉水为“厉”。急:急流。

〔五〕栈:用树木架成的路。陵:越。缅:远。

〔六〕径:直。复:回曲。

〔七〕冒:覆盖。

〔八〕企:举踵。挹:酌。

〔九〕叶卷:叶初生未展。

〔一〇〕《楚辞·九歌·山鬼》云:"若有人兮山之阿,被薜荔兮带女萝。"这里"山阿人"就是《楚辞》的山鬼,借指作者所怀的人。

〔一一〕此句言手持香草欲赠而人不在,空教企望之念交结在心中。

〔一二〕折麻:《楚辞·九歌·大司命》云:"折疏麻兮瑶华,将以遗兮离居。"王逸注云:"疏麻,神麻也。"神麻也是香草。此句和上句同意,都是说要赠送礼物给所怀之人而不可能,使怀念之情无由得申。

〔一三〕此二句言情之所赏便是心以为美,而这种事理却幽昧莫能分辨。

〔一四〕末二句言观赏这些佳景而遗弃世俗的考虑,便能悟得排遣忧思的方法。

夜宿石门诗

【题解】

石门:在今浙江嵊县界,灵运在这里营造别墅。《山居赋》自云有南北两居,石门是南居。又《游名山志》云:"石门溯水上入两山口,两边石壁,右边石岩下临涧水。"

朝搴苑中兰〔一〕,畏彼霜下歇〔二〕。暝还云际宿,弄此石上月。鸟鸣识夜栖,木落知风发。异音同至听〔三〕,殊响俱清越〔四〕。妙物莫为赏〔五〕，芳醑谁与伐〔六〕？美人竟不来，阳阿徒晞发〔七〕。

【注释】

〔一〕搴：取也。

〔二〕歇：尽也。

〔三〕此句言鸟吟风发的声音同至于耳。

〔四〕清越：清晰而能远扬。

〔五〕妙物：指上文所提到的云、石、月、鸟、木、风等物。

〔六〕醑：美酒。伐：夸美。

〔七〕末二句用《楚辞·九歌》语，《九歌·少司命》云："望美人兮未来。"又云："晞汝发兮阳之阿。"阳：山南。阿：曲隅，日所经行之处。晞：乾。诗句表示孤独和高傲之感，言共赏无人，独游而已。

鲍　照

鲍照(约415—470),字明远,东海(今山东郯城西南)人。家世贫贱。临川王义庆任命他为国侍郎,宋文帝迁为中书舍人。后临海王子项镇荆州,鲍照为前军参军。子项作乱,照为乱兵所杀。鲍诗气骨劲健,语言精练,词采华丽。常常表现慷慨不平的思想情感。在刘宋一代的诗人中最为特出。七言诗到他手里有显著的发展,对于唐代作家颇有影响。

代东门行

【题解】

东门行:古乐府《相和歌》。代:犹拟。本篇写行客念家。前半追叙临别的苦景,后半描写客中的愁况。

伤禽恶弦惊〔一〕,倦客恶离声〔二〕。离声断客情,宾御皆涕零〔三〕。涕零心断绝,将去复还诀〔四〕。一息不相知〔五〕,何况异乡别。遥遥征驾远,杳杳白日晚。居人掩闺卧,行子夜中饭。野风吹草木〔六〕,行子心肠断。食梅常苦酸,衣葛常苦寒〔七〕。丝竹徒满坐,忧人不解颜。长歌欲自慰,弥起长恨端〔八〕。

【注释】

〔一〕首句用《战国策·楚策》更赢的故事。更赢用无箭的空弓射下一只悲鸣而徐飞着的雁。他解释空弓为什么能射下这只雁的道理说：这雁本已受伤，所以飞得慢，又因久已失群，所以悲鸣。旧创还在，惊心未忘，所以一听见弓弦声就竭力高飞，这样就使得它的创伤骤然加剧，所以立刻掉了下来。

〔二〕离声：离歌之声。

〔三〕宾：指送别者。御：御车者。

〔四〕诀：别。这句是说临去又回头告别。

〔五〕一息：一喘息之间，即片刻。

〔六〕草：一作"秋"。

〔七〕这二句是比喻，言作客总是忧苦的，好像食梅衣葛，酸寒自知。梅，不能使它不酸；葛，不能使它不寒；忧人，不能使他快乐。

〔八〕解颜：见陶渊明《癸卯岁始春怀古田舍》注〔六〕。末四句言乐歌不能解忧，反而更引起愁绪。

代放歌行

【题解】

放歌行：是《相和歌》。这篇歌辞写旷士不仕而自放，小人奔竞不知疲。

蓼虫避葵堇，习苦不言非〔一〕。小人自龌龊〔二〕，安知旷士怀〔三〕？鸡鸣洛城里，禁门平旦开〔四〕。冠盖纵横至〔五〕，车骑四方来。素带曳长飙，华缨结远埃〔六〕。日中安能止？钟鸣犹未归〔七〕。夷世不可逢〔八〕，贤君信爱才〔九〕。明虑自天断〔一〇〕，不受外嫌猜。一言分珪爵〔一一〕，片善辞草莱〔一二〕。岂伊白璧赐〔一三〕，将起黄金台〔一四〕。今君有何疾，临路独迟回〔一五〕？

【注释】

〔一〕蓼虫：见王粲《七哀诗》（"边城使心悲"）注〔五〕。堇：甘菜。一名堇葵。首二句以蓼虫生来不识甘味比小人不知旷士的高尚。

〔二〕龌龊：拘牵于琐碎的事情，局限于狭隘的境地。

〔三〕旷士：旷达之士。"旷达"就是"龌龊"的反面。

〔四〕禁门：天子所住的地方为禁中，门有禁卫，称禁门。平旦：天正明的时候。

〔五〕冠盖：冠冕和车盖。这里指仕宦的人。

〔六〕素带：古大夫所用的带，就是"绅"。华缨：用彩色丝做成的冠缨。"结远埃"和上句的"曳长飙"都是形容在风尘中奔驰的形状。

〔七〕钟鸣：指夜残漏尽的时候。后汉安帝《禁夜行诏》云："钟鸣漏尽，洛阳城中不得有行者。"这里说"钟鸣未归"，见奔竞日盛，古风不存。

〔八〕夷世：太平之世。这句是说现在正是太平之世，是不容易再遇到的。从此以下八句都是写小人歌颂当朝，熟于揣摩。

〔九〕信：一作"言"。

〔一〇〕天：指君。

〔一一〕珪：上圆下方的玉。古时封功臣要赐给珪。这句是说只要有一言之美就分给封地和爵位。

〔一二〕草莱：指山野。这句是说只要有片善可取就被引上朝堂，辞别山野。

〔一三〕伊：犹“惟”。

〔一四〕黄金台：台名。燕昭王筑此台，上置千金以招聘天下贤士。

〔一五〕末二句是小人诘问旷士之词。临路迟回，言不肯向仕途前进。

代东武吟

【题解】

东武吟：和《泰山吟》、《梁甫吟》同类，是齐地的土风。东武，泰山下小山名。这诗假托汉朝老军人的自白，来讽谏当时的君主。宋文帝（刘义隆）屡次对北魏用兵不利，也许有遇下寡恩，或使老将闲废，不能人尽其力的情况。

主人且勿喧，贱子歌一言：仆本寒乡士，出身蒙汉恩。始随张校尉〔一〕，召募到河源〔二〕。后逐李轻车，追虏出塞垣〔三〕。密途亘万里〔四〕，宁岁犹七奔〔五〕。肌力尽鞍甲，心思历凉温〔六〕。将军既下世〔七〕，部曲亦罕存〔八〕。时事一朝异，孤绩谁复论〔九〕？少壮辞家去，穷老还入门。腰镰刈葵藿，倚杖牧鸡豘〔一〇〕。昔如鞲上鹰〔一一〕，今似槛中猿。徒结千载恨，空负百年怨〔一二〕。弃席思君幄〔一三〕，疲马恋君轩〔一四〕。愿垂晋主惠〔一五〕，不愧田子魂〔一六〕。

【注释】

〔一〕张校尉：指张骞。骞以校尉的身份从大将军击匈奴。

〔二〕召：一作“占”。河源：黄河之源。

〔三〕李轻车：指李蔡，蔡于汉武帝元朔（前128—前123）中为轻车将军，击匈奴右贤王有功。出：一作“穷”。

〔四〕密：近。亘：绵延之意。这句是说最近的路也走了万里，其余就不用问了。

〔五〕这句是说最安静的年头尚有七次奔命。七奔，用《左传》成语，《左传·成公七年》：“吴始伐楚。子重、子反于是乎一岁七奔命。”

〔六〕历凉温：言经过寒暑。

〔七〕下世：死亡。

〔八〕部曲：指将军统率的兵士。汉代军队编制，营有部，部有曲。

〔九〕孤绩：独有的功绩。

〔一〇〕豘：猪。

〔一一〕韝：革制的臂衣。打猎时用鹰，鹰立在韝上。此句以“韝上鹰”比昔日的英俊有为。

〔一二〕怨：读平声。

〔一三〕这句用晋文公故事。《韩非子·外储说左上》记载晋公子重耳在多年流浪之后回到晋国为君（文公），走到黄河边上，就下令说：“笾豆捐之，席蓐捐之，手足胼胝面目黧黑者后之。”他手下的功臣咎犯讽谏他道：“笾豆所以食也，而君捐之，席蓐所以卧也，而君弃之，手足胼胝面目黧黑有功劳者也，而君后之。今臣与在后中，不胜其哀。”重耳听了便收回成命。

〔一四〕这句用战国魏人田子方故事。《韩诗外传》卷八：“田子方出见老马于道，喟然有志焉，以问于御者曰：‘此何马也？’曰：‘故公家畜也，罢而不为用，故出放也。’田子方曰，‘少尽其力而老去其身，仁者不为也’。束帛而赎之。”

〔一五〕晋主：指晋文公。

〔一六〕田子：指田子方。魂：通“云”，语末助词。

代出自蓟北门行

【题解】

本篇也是拟乐府，属《杂曲歌辞》，写壮士从军卫国的壮志和朔方边塞的风物。

羽檄起边亭〔一〕，烽火入咸阳。征骑屯广武〔二〕，分兵救朔方〔三〕。严秋筋竿劲〔四〕，虏阵精且强。天子按剑怒，使者遥相望〔五〕。雁行缘石径，鱼贯度飞梁〔六〕。箫鼓流汉思〔七〕，旌甲被胡霜。疾风冲塞起，沙砾自飘扬。马毛缩如猬，角弓不可张〔八〕。时危见臣节，世乱识忠良。投躯报明主，身死为国殇〔九〕。

【注释】

〔一〕边亭：边境上的亭候，驻兵伺候敌寇的地方。

〔二〕广武：县名，今山西代县。

〔三〕朔方：郡名，今鄂尔多斯右翼后旗套外黄河西岸。

〔四〕筋竿：即弓箭。

〔五〕遥相望：言不绝于路。

〔六〕这二句写队伍在途中前进。飞梁，高架的桥梁像凌空飞起。

〔七〕此句言军乐传达出汉人的情思。一说“思”当作“飔”，似非。下云

“疾风”,此句不应言“飕”。作者《送别王宣城》诗亦有“发郢流楚思”之句可以相证。

〔八〕角弓:用角装饰的弓。

〔九〕国殇:为国战死的人。

拟行路难 七首

【题解】

行路难:是乐府杂曲,本为汉代歌谣,晋人袁山松改变其音调,制造新词,流行一时。古辞和袁辞都不存,鲍照作十八首,歌咏人世的种种忧患,寄寓悲愤。今选七首。本篇原列第一首,言时光易逝,需要排忧行乐。

奉君金卮之美酒,玳瑁玉匣之雕琴。七彩芙蓉之羽帐,九华蒲萄之锦衾〔一〕。红颜零落岁将暮,寒光宛转时欲沉〔二〕。愿君裁悲且减思〔三〕,听我抵节行路吟〔四〕。不见柏梁铜雀上,宁闻古时清吹音〔五〕?

【注释】

〔一〕羽帐:用翠鸟的毛羽做成之帐。九华蒲萄:指锦上的花纹图案。以上四句言贡献排除忧愁的四种物件。

〔二〕光:一作“花”。

〔三〕裁悲、减思(读去声):言略消忧愁。

〔四〕抵(音纸):侧击,和“抵”字不同。节:乐器名,又名拊鼓。行路吟:即指歌《行路难》曲。

〔五〕柏梁：台名，汉武帝元封三年（前108）筑，在长安。铜雀：台名，建安十五年（210）曹操建，在邺城西北。清吹：见陶渊明《诸人共游周家墓柏下》注〔一〕。末二句引古事说明听歌行乐须及时。

其 二

【题解】

本篇原列第二首，设为闺怨，言人心易改，可为长叹。

洛阳名工铸为金博山〔一〕，千斫复万镂，上刻秦女携手仙〔二〕。承君清夜之欢娱，列置帏里明烛前。外发龙鳞之丹彩〔三〕，内含麝芬之紫烟〔四〕。如今君心一朝异，对此长叹终百年。

【注释】

〔一〕博山：香炉名，形状像海中的博山。

〔二〕秦女携手仙：指弄玉和萧史。相传弄玉是春秋时秦穆公的女儿，嫁给萧史，夫妇骑龙凤飞升而去。这里有意以仙侣携手和情人变心相比照。

〔三〕此句言香炉在烛前光彩炫耀，有如龙鳞。

〔四〕此句言炉内烧麝香。

其　三

【题解】

本篇原列第三首，也是闺怨诗。诗中所咏的女子似是小家碧玉，嫁在富贵人家，但不忘旧日的爱人。“云间”、“野中”和“别鹤”、“双凫”的比较，就是今和昔的比较。《古诗(西北有高楼)》所写楼上弦歌的女子，有人猜测就是梁冀西第中的婢妾，这诗椒阁上的金兰，大约也是同样遭遇的人。《宋书》说南郡王义宣后房千余，和汉时梁冀正不相上下。当时被豪贵之家当笼鸟养着的女子正不知有多少。这诗如非别有寄托，很可能就是为这类的女子诉苦。

璇闺玉墀上椒阁〔一〕，文窗绣户垂绮幙〔二〕。中有一人字金兰，被服纤罗蕴芳藿〔三〕。春燕差池风散梅，开帏对影弄禽爵〔四〕。含歌揽涕恒抱愁〔五〕，人生几时得为乐？宁作野中之双凫，不愿云间之别鹤〔六〕。

【注释】

〔一〕璇闺、玉墀：形容建筑之美。璇闺，又专作女子居处的美称。璇，美石。椒阁：阁内以花椒涂壁。汉朝后妃的住屋用椒末和泥涂壁，取其芳香，称为椒房。

〔二〕绮：一作“罗”。

〔三〕藿:即藿香,芳香的草。

〔四〕差池:不齐。影:本作"景",指日光。禽:一作"春"。爵:即"雀"。

〔五〕含歌:歌声衔而不发。揽涕:犹"收涕"。揽,敛也。此句一作"含歌揽泪不能言"。

〔六〕之双凫:一作"双飞凫"。别鹤:失去配偶的鹤。之别鹤,一作"别翅鹤"。最后两句是说宁愿贫贱而双栖,不愿富贵而孤独。

其　四

【题解】

本篇原列第四首,言人生有命,愁闷须自己宽解。但人心易感,宽解毕竟很难,而且所愁所感有时是难言和不敢言的。

泻水置平地,各自东西南北流〔一〕。人生亦有命,安能行叹复坐愁?酌酒以自宽,举杯断绝歌路难〔二〕。心非木石岂无感?吞声踯躅不敢言〔三〕。

【注释】

〔一〕泻:倾也。首二句以平地倒水,水流方向不一喻人生贵贱不齐。这和范缜《神灭论》里的"飘茵堕溷"是同样有名的比喻。

〔二〕这句是说《行路难》的歌唱因饮酒而中断。

〔三〕吞声:声将发又止。从"吞声"、"踯躅"、"不敢"见出所忧不是细微的事。

其　五

【题解】

本篇原列第六首，言孤直难容，只得退出仕途。这是门第社会中的不平之鸣。钟嵘《诗品》说鲍照“才秀人微，取湮当代”，这诗见出一个才高、气盛、敏感、自尊的诗人在贵族统治社会压抑下的无可奈何之情。

对案不能食〔一〕，拔剑击柱长叹息。丈夫生世能几时？安能叠燮垂羽翼〔二〕。弃檄罢官去〔三〕，还家自休息。朝出与亲辞，暮还在亲侧。弄儿床前戏，看妇机中织。自古圣贤尽贫贱，何况我辈孤且直〔四〕。

【注释】

〔一〕案：见张衡《四愁诗》注〔一六〕。

〔二〕叠燮：即“蹀躞”，小步走路。

〔三〕檄：文书。一作“置”。

〔四〕孤：孤寒，谓身世寒微。

其　六

【题解】

本篇原列第七首，言富贵无常。晋恭帝（司马德文）禅位给刘裕，和杜宇处境相类。恭帝废为零陵王之后一年中，在宋兵看守之下，生活狼狈，与诸妃共处一室，亲自在床前烹煮食物。刘裕在永初二年（421）杀了零陵王。以往禅位之君少有被杀的，刘裕开了一个残暴的例。疑诗中"羽毛憔悴"、"岂忆往日"和"死生变化非常理"云云都有所指。

秋思忽而至，跨马出北门。举头四顾望，但见松柏园〔一〕。荆棘郁蹲蹲〔二〕。中有一鸟名杜鹃，言是古时蜀帝魂〔三〕。声音哀苦鸣不息，羽毛憔悴似人髡〔四〕。飞走树间啄虫蚁〔五〕，岂忆往日天子尊？念此死生变化非常理，中心恻怆不能言。

【注释】

〔一〕松柏园：指坟园。古人坟地种松柏。

〔二〕蹲蹲：或作"撙撙"，丛聚茂密貌。

〔三〕蜀帝：指杜宇，周末时蜀国的王，称帝后号为望帝。后来禅位给开明，自己入山隐去。相传他的灵魂变为杜鹃鸟。

〔四〕髡：剃发。

〔五〕啄:一作"逐"。

其　七

【题解】

本篇原列第八首,写夫妇久别,妇人独居的惆怅。

中庭五株桃,一株先作花。阳春妖冶二三月,从风簸荡落西家〔一〕。西家思妇见悲惋,零泪沾衣抚心叹:初我送君出户时,何言淹留节回换〔二〕?床席生尘明镜垢,纤腰瘦削发蓬乱。人生不得长称意,惆怅徙倚至夜半〔三〕。

【注释】

〔一〕落西家:花落西家可见风从东来。《礼记·月令》:"孟春之月东风解冻。"东风是春季常起的风。

〔二〕何言:句言何尝说到在外淹留如此之久,至于时节转换呢。

〔三〕徙倚:见《古诗(凛凛岁云暮)》注〔一五〕。

赠傅都曹别

【题解】

都曹:官名,《宋书·百官志》:"都官尚书领都官、水部、库部、功部四曹。"傅都曹:名字未详。闻人倓《古诗选笺》说这首是赠傅亮诗,傅卒于元嘉三年(426),时鲍尚幼,闻人倓说似不足据。本篇通篇用比体,以"轻鸿"喻傅,"孤雁"自喻。

轻鸿戏江潭〔一〕,孤雁集洲沚〔二〕。邂逅两相亲〔三〕,缘念共无已。风雨好东西〔四〕,一隔顿万里。追忆栖宿时,声容满心耳。落日川渚寒,愁云绕天起。短翮不能翔,徘徊烟雾里〔五〕。

【注释】

〔一〕潭(音浔):水崖。

〔二〕集:止也。沚:小洲。

〔三〕邂逅:不期而会。

〔四〕好:读去声。这句本于《尚书·洪范》:"星有好风,星有好雨。"注:"箕星好风,毕星好雨。"箕是东方木宿,毕是西方金宿。

〔五〕短翮:言翅小。末二句是谦辞。

发后渚

【题解】

本篇写方冬行役，辞家就道，景色荒寒，意绪愁惨。后渚：在建业城外江上。

江上气早寒，仲秋始霜雪〔一〕。从军乏衣粮，方冬与家别。萧条背乡心，凄怆清渚发。凉埃晦平皋〔二〕，飞潮隐修樾〔三〕。孤光独徘徊〔四〕，空烟视升灭。途随前峰远，意逐后云结。华志分驰年〔五〕，韶颜惨惊节〔六〕。推琴三起叹，声为君断绝。

【注释】

〔一〕始：同“初”。近人用“始”字有迟久而后得的意思，此不同。

〔二〕皋：水边地。

〔三〕修樾：长长的树荫。

〔四〕孤光：指日。这句写空江寥阔，但见日影孤悬而已。王维《使至塞上》“长河落日圆”，写景相似。

〔五〕华志：犹言美志。作者在《吴兴黄浦亭庾中郎别》诗中又有“藻志远存追”句，华志也就是藻志。这句是说美好的愿望消散于奔驰的岁月之中。

〔六〕韶：美。这句是说颜色惨伤因为心惊节序的变迁。

咏 史

【题解】

本篇咏严君平的穷居寂寞。以富贵名利、豪侈繁华的享受和安贫乐道的生活相对照。

五都矜财雄〔一〕,三川养声利〔二〕。百金不市死〔三〕,明经有高位〔四〕。京城十二衢,飞甍各鳞次〔五〕。仕子彯华缨〔六〕,游客竦轻辔。明星晨未晞〔七〕,轩盖已云至〔八〕。宾御纷飒沓〔九〕,鞍马光照地。寒暑在一时,繁华及春媚〔一〇〕。君平独寂寞〔一一〕,身世两相弃〔一二〕。

【注释】

〔一〕五都:洛阳、邯郸、临淄、宛、成都。

〔二〕三川:郡名,其地有河、洛、伊三水。声利:名利。

〔三〕不市死:不死于市。

〔四〕明经:通经学。汉朝以明经术者为博士官。

〔五〕飞甍(音萌):言高屋如凌空。甍,屋脊。

〔六〕彯(音飘):《广雅》:"彯彯,长组之貌。"

〔七〕明星晨未稀:言尚早。刘峻《广绝交论》"鸡人始唱,鹤盖成阴",与此同意。明星,金星。晞,本作"稀"。

〔八〕轩:有藩蔽的车,贵者所乘。云至:言纷纷来会,其多如云。

〔九〕飒沓:众盛貌。

〔一〇〕这两句是比喻春光明媚、百物繁华的盛况和个人冷淡萧条的情味同时存在，相映可叹。

〔一一〕君平：字严遵，汉代人。在成都卖卜，每日得百钱则闭户下帘而读《老子》。

〔一二〕末句言君平隐于卜筮，不图仕进，是弃绝世俗。世俗的人都追逐繁华，当然也屏弃君平，让他寂寞穷居。李白《古风》十三演此语为“君平既弃世，世亦弃君平”两句。

拟古 二首

【题解】

鲍集有《拟古八首》，这是第三首，歌咏幽、并少年骑射精妙，意气豪壮，有报国立功的志向。主题和曹植《白马篇》相类。

幽并重骑射，少年好驰逐。毡带佩双鞬〔一〕，象弧插雕服〔二〕。兽肥春草短，飞鞚越平陆〔三〕。朝游雁门上，暮还楼烦宿〔四〕。石梁有余劲，惊雀无全目〔五〕。汉虏方未和，边城屡翻覆。留我一白羽，将以分虎竹〔六〕。

【注释】

〔一〕鞬（音件）：盛弓之器。

〔二〕象弧：用象牙装饰的弓。雕服：雕画的盛箭器。

〔三〕飞鞚：跑马。鞚，马勒。

〔四〕雁门:指雁门山,在今山西代县西北,魏、晋时代这里是边地要塞。楼烦:县名,在今山西崞县东。以上二句写驰骋之捷。

〔五〕"石梁"句:用宋景公故事。《阚子》:"宋景公使工人为弓,九年乃成。公曰:'何其迟也?'工人对曰,'臣不复见君矣。臣之精尽于此弓矣'。献弓而归,三日而死。景公登虎圈之台,援东面而射之。矢逾于西霜之山,集于彭城之东,其余力逸劲,犹饮羽于石梁。""惊雀"句:用后羿故事。《帝王世纪》:"帝羿有穷氏与吴贺北游。贺使羿射雀。羿曰:'生之乎?杀之乎?'贺曰:'射其左目。'羿引弓射之,误中右目。羿抑首而愧,终身不忘。"以上二句写射术之精。

〔六〕白羽:矢名。虎竹:铜虎符和竹使符,这是汉朝用于军事征发的两种符。符剖为左右两半,古人用做凭信。汉制右符留在京师,左符分给郡守。末二句言愿从军立边功,为郡守。

其　二

【题解】

这是《拟古八首》的第四首,言少壮时专攻学问,徒然自苦,老年应该放志行乐,引古事证明贤愚同尽,毁誉也无所谓。这都是愤词。

凿井北陵隈,百丈不及泉〔一〕。生事本澜漫,何用独精坚〔二〕。幼壮重寸阴〔三〕,衰暮反轻年〔四〕。放驾息朝歌〔五〕,提爵止中山〔六〕。日夕登城隅〔七〕,周回视洛川。街衢积冻草,城郭宿寒烟。繁华悉何在?宫阙久崩填。空谤齐景非，徒称夷叔贤[八]。

【注释】

〔一〕北陵：地名。《尔雅》称雁门山为北陵。首二句是比喻，言徒劳无益。

〔二〕澜漫：此言分散与繁多。精坚：言专心刻苦。以上二句是说人生可做的事是多方面的，无穷无尽的，何必专守一途。

〔三〕寸阴：极短的时间。

〔四〕轻年：言不重视时间。反：一作"及"。

〔五〕朝歌：商纣的都城，在今河南淇县北。《汉书·邹阳传》："邑号朝歌，墨子回车。"墨子反对音乐，相传他憎恶"朝歌"这两字的意义而不肯走近那地方。本句反用这个故事。

〔六〕爵：饮酒器。中山：汉郡名，本古中山国地，在今河北定县。《搜神记》："狄希，中山人也，能造千日酒。"本句暗用这个故事，和上句都是写放志行乐，承上"衰暮轻年"。

〔七〕"日夕"以下六句举眼前近事说明繁华不能久保。

〔八〕夷叔：伯夷、叔齐的简称。《论语·季氏》："齐景公有马千驷，死之日民无得而称焉；伯夷、叔齐饿于首阳之下，民到于今称之。"末二句言贤愚共尽，不必强为分别。

学刘公干体

【题解】

这诗借朔雪为比喻，言皎洁之士只能在一定的环境中表现其美，如世风恶劣便不得不退避。刘履《选诗补注》说"此明远被间见疏而作"，是可能的。原诗五首，这是第三首，取喻和结构似学刘桢《赠从弟三首》(“凤凰集南岳”)。

胡风吹朔雪,千里度龙山〔一〕。集君瑶台上,飞舞两楹前。兹晨自为美,当避艳阳天〔二〕。艳阳桃李节,皎洁不成妍〔三〕。

【注释】

〔一〕龙山:指逴龙之山。《楚辞·大招》王逸注:“北方有常寒之山,阴不见日,名曰逴龙。”

〔二〕晨:一作“辰”。“艳阳天”,指春日。

〔三〕末二句言当桃李盛开的时节无所容朔雪的皎洁。

谢　　庄

谢庄(421—466),字希逸,陈郡阳夏(今河南太康)人。仕宋文帝(刘义隆)、武帝(刘骏)、明帝(刘彧)三代,累官至散骑常侍光禄大夫。诗笔清丽研炼。

怀园引

【题解】

本篇是怀故园的诗,开端借鸿雁起兴,中以池鹤做比。这首诗在三五七言中又杂用《楚辞》调,谢庄以前没有用这种形式的。沈约《八咏》诗专学它,梁、陈间的小赋也由此滥觞。它对于庾信、江总等人的七言诗也有影响。

鸿飞从万里,飞飞河岱起〔一〕。辛勤越霜雾,联翩溯江汜。去旧国,违旧乡,旧山旧海悠且长。回首瞻东路,延翮向秋方〔二〕。登楚都,入楚关,楚地萧瑟楚山寒。岁去冰未已,春来雁不还〔三〕。风肃幌兮露濡庭,汉水初绿柳叶青。朱光蔼蔼云英英,离禽喈喈又晨鸣〔四〕。菊有秀兮松有蕤,忧来年去容发衰。流阴逝景不可追,临堂危坐怅欲悲。轩鸟池鹤恋阶墀,岂忘河渚捐江湄〔五〕?试托意兮向芳荪，心绵绵兮属荒樊。想绿蘋兮既冒沼〔六〕，念幽兰兮已盈园。夭桃晨暮发，春莺旦夕喧。青苔芜石路，宿草尘蓬门。遭吾游夫鄢郢〔七〕，路脩远以萦纡。羌故园之在目〔八〕，江与汉之不可逾。目还流而附音，候归烟而托书〔九〕。还流兮潺湲，归烟容裔去不旋〔一〇〕。念卫风于河广〔一一〕，怀邶诗于毖泉〔一二〕。汉女悲而歌飞鹄〔一三〕，楚客伤而奏南弦〔一四〕。或巢阳而望越，亦依阴而慕燕〔一五〕。咏零雨而卒岁〔一六〕，吟秋风以永年〔一七〕。

【注释】

〔一〕河岱：黄河、泰山。岱，一作"代"。

〔二〕秋方：西方。

〔三〕以上二句写楚地萧瑟，同时点明冬去春来，又是一年，客子仍旧留滞未归。

〔四〕朱光：日光。蔼蔼：日光微暗貌。英英：犹"泱泱"，云起貌。离：一作"新"。

〔五〕轩鸟：即指鹤。春秋时卫懿公好鹤，鹤有乘轩者。见《左传·闵公二年》。这两句以鹤依阶墀而时念江河，比人虽恋官禄不忘故园。

〔六〕冒：覆盖。

〔七〕遭：移行。鄢郢：春秋时楚地名。鄢，在今湖北宜城。郢有二：一在今湖北江陵北，一在江陵东南。

〔八〕羌：楚人发语词。

〔九〕还流、归烟：指向故乡去的水和云。

〔一〇〕容裔：随风飘荡貌。

〔一一〕河广:是《诗经·卫风》篇名。《毛诗序》云:“宋襄公母归于卫,思而不止,故作是诗。”诗云:“谁谓河广,一苇杭之。谁谓宋远,跂予望之。……”

〔一二〕毖泉:指《诗经·邶风》的《泉水》篇。据《毛诗序》,这是卫国女子嫁在别国,思归宁的诗。诗云:“毖彼泉水,亦流于淇。有怀于卫,靡日不思。……”

〔一三〕飞鹄:指汉乐府诗《飞鹄行》(又名《双白鹄》,又名《艳歌何尝行》),是写夫妇离别的诗。

〔一四〕南弦:犹“南音”,楚人钟仪被郑国所囚,送给晋国。晋君使钟仪弹琴,钟仪操南音(楚声)。晋范文子说:“乐操土风,不忘旧也。”(见《左传·成公九年》)

〔一五〕此二句即《古诗》“胡马依北风,越鸟巢南枝”意。阳、阴:即南、北。

〔一六〕零雨:《诗经·东山》云:“我徂东山,滔滔不归。我来自东,零雨其濛。”

〔一七〕秋风:汉武帝《秋风辞》云:“秋风起兮白云飞,草木黄落兮雁南归。兰有秀兮菊有芳,怀佳人兮不能忘。”

陆　凯

陆凯，字智君，代（今河北蔚县东）人。谨重好学，以忠厚见称。曾做正平太守，在郡七年，号称良吏。

赠范晔诗

【题解】

《荆州记》："陆凯与范晔交善，自江南寄梅花一枝，诣长安与晔，兼赠诗……"唐汝谔《古诗解》则云："晔为江南人，陆凯代北人，当是范寄陆耳。"范晔字蔚宗，顺阳郡（治所在今河南淅川东南）人。

折花逢驿使，寄与陇头人〔一〕。江南无所有，聊赠一枝春。

【注释】

〔一〕陇头人：犹言"陇山人"。陇山在今陕西陇县西北。

无名氏

读曲歌 九首

【题解】

读曲歌:属《吴声歌曲》。《乐府诗集》收无名氏《读曲歌》八十九首,今选九首。据《宋书·乐志》和《古今乐录》,《读曲歌》起于宋元嘉十七年(440)。《古今乐录》解释"读曲"的字义是"窃声读曲细吟",可能《读曲》的特点就是唱时不奏乐器。《读曲》又作《独曲》(《玉台新咏》卷十录"柳树得春风"一首,题为《独曲》),"独曲"的意义可能就是徒歌。

柳树得春风,一低复一昂〔一〕。谁能空相忆,独眠度三阳〔二〕。

其　二

折杨柳。百鸟啼园林,道欢不离口〔三〕。

其　三

逋发不可料〔四〕,憔悴为谁睹?欲知相忆时,但看裙带缓几许。

其　四

奈何许〔五〕！石阙生口中，衔碑不得语〔六〕。

其　五

思欢不得来，抱被空中语。月没星不亮，持底明依绪〔七〕。

其　六

打杀长鸣鸡，弹去乌臼鸟〔八〕。愿得连冥不复曙，一年都一晓〔九〕。

其　七

暂出白门前〔一〇〕，杨柳可藏乌〔一一〕。欢作沉水香，依作博山炉〔一二〕。

其　　八

一夕就郎宿，通夜语不息。黄檗万里路，道苦真无极〔一三〕。

其　　九

登店卖三葛〔一四〕，郎来买丈余。合匹与郎去，谁解断粗疏〔一五〕。

【注释】

〔一〕首二句作者以春风比所欢，以柳树自比。柳树得春风就飞舞起来，自己离所欢就没有乐趣。

〔二〕三阳：即三春，指春季的三个月。

〔三〕道：语。欢：可以指鸟的所欢，也可以指人的所欢，指人说较有情味。其人心中无时不有“欢”在，因而觉得林中百鸟都在说着他了。

〔四〕逋发：似说头发因脱落而稀少。逋，欠。料：理。

〔五〕许：语助词。

〔六〕这两句是双关隐语。石阙就是碑，石阙在口，就是“衔碑”。碑，隐“悲”。

〔七〕星不亮：隐“心不谅”。底：什么。“明”字双关，既是照明的“明”，又是表明的“明”。这两句是说：那人的心既不谅解，我拿什么表明心迹呢？

〔八〕乌臼：又叫鸦舅，候鸟名，形似老鸦而小，在北方俗名黎雀，天明时就啼唤。杀鸡弹鸟是恨其惊醒好梦,又怪它催送天明。

〔九〕都:犹"凡",是总计之词。末二句是说但愿天老不亮,一夜像一年那么长。

〔一〇〕白门:刘宋都城建康(今南京)城门名。后来成为南京的别称。

〔一一〕可藏乌:言柳叶已茂密。

〔一二〕这两句是比喻也是隐语,言致欢怀抱。沉水香,又名沉香或蜜香,是一种香木,放在炉里燃烧,其烟极香。

〔一三〕黄檗:树名,即黄柏,味极苦。"道"字义取双关。它是道路的道,又是道语的道。

〔一四〕三葛:葛布名。

〔一五〕解:犹"能"。"断"字从"买丈余"三字来,丈余不足一匹,必须从整匹的葛布上剪断。"粗疏"两字中着重"疏"字。葛布是粗疏的,郎来买葛布叫人联想到"疏",已觉不吉利,偏又只买丈余,又叫人联想到"断",就更不吉利了。所以将整匹给他。末句表面是说不能截断那葛布(以"粗疏"代葛),实际是说爱情不能断也不能疏。

石城乐

【题解】

石城乐:属《西曲歌》。《乐府诗集》载五首,今选第五首。石城:在竟陵郡,今湖北钟祥县治。《旧唐书·乐志》云宋臧质作此曲。

闻欢远行去,相送方山亭〔一〕。风吹黄檗藩,恶闻苦篱声〔二〕。

【注释】

〔一〕方山亭:《太平广记》引《幽明录》:“东阳丁哗出郭,于方山亭宿。”是方山亭在东阳郭外。东阳,在今浙江金华,距石城很远,东阳郭外的方山亭和此诗所称或非一地。

〔二〕后二句是双关隐语。黄檗:是苦木,黄檗做藩篱可称“苦篱”,“篱”和“离”同音双关。

西乌夜飞　二首

【题解】

这也是《西曲歌》。《古今乐录》说是宋元徽五年(477)荆州刺史沈攸之所作的曲。《乐府诗集》载歌辞五首,这里所选是第一和第四。

日从东方出,团团鸡子黄〔一〕。夫归恩情重〔二〕,怜欢故在傍。

其　二

阳春二三月,诸花尽芳盛。持底唤欢来〔三〕? 花笑莺歌咏。

【注释】

〔一〕鸡子黄:即蛋黄,比初出的太阳。

〔二〕归:或疑当作“妇”,似非。古歌谣往往以“日”、“月”比喻丈夫,这诗正是以日出比夫归。

〔三〕持底:持何物。

齐诗

吴迈远

吴迈远，《南史·檀超传》说他曾被宋明帝召见，钟嵘《诗品》则称为“齐朝请”，想是由宋入齐的人。今据钟嵘《诗品》列入齐，《檀超传》说吴迈远“好为篇章，……每作诗得称意语，辄掷地呼曰：‘曹子建何足数哉。’”迈远的乐府诗作男女赠答之辞，往往辞巧意新，宛转华丽。

长相思

【题解】

本篇拟女子托客寄书给在远方游宦的丈夫。《乐府诗集》编在《杂曲歌辞》。

晨有行路客，依依造门端。人马风尘色，知从河塞还。时我有同栖〔一〕，结宦游邯郸。将不异客子，分饥复共寒。烦君尺帛书，寸心从此殚〔二〕。遣妾长憔悴〔三〕，岂复歌笑颜？檐隐千霜树，庭枯十载兰。经春不举袖〔四〕，秋落宁复看？一见愿道意〔五〕，君门已九关〔六〕。虞卿弃相印〔七〕，担簦为同欢〔八〕。闺阴欲早霜，何事空盘桓〔九〕？

【注释】

〔一〕同栖：指丈夫。

〔二〕殚：尽。

〔三〕“遣妾”以下六句是书中的言语。遣，《乐府诗集》作“道”，和下文“一见”句重复。今从《玉台新咏》卷四。

〔四〕不举袖：言不举手摘花。

〔五〕“一见”以下六句是托客子面陈的言语，叮嘱丈夫不要贪恋官禄，及早回家团聚。

〔六〕君门九关：用《楚辞》语。《九辩》云：“君之门以九重。”《招魂》云：“君无上天些，虎豹九关啄害下人些。”此句言君主九重之门已下关锁，不得亲近。

〔七〕虞卿：战国时的游说之士，赵孝王用为上卿。后因救魏齐抛弃相位离开赵国。见《史记》本传。

〔八〕担簦：言恢复贫贱生活。簦，有柄的笠。

〔九〕盘桓：徘徊不进貌。

长别离

【题解】

这一首也是乐府《杂曲歌辞》，拟女子叹夫妇离别。后八句劝夫的话是本篇中主要的意思。

生离不可闻，况复长相思。如何与君别，当我盛年时。蕙华每摇荡，妾心长自持〔一〕。荣乏草木欢，悴极霜露悲。富贵貌难变，贫贱颜易衰。持此断君肠，君亦且自疑〔二〕:淮阴有逸将,折羽谢翻飞〔三〕。楚有扛鼎士〔四〕,出门不得归。正为隆准公,仗剑入紫微〔五〕。君才定何如,白日下争晖〔六〕。

【注释】

〔一〕长:一作“空”。

〔二〕且自疑:是劝夫姑且将下面八句中的问题想一想。且,《玉台新咏》卷四作“宜”。

〔三〕逸将:指汉初淮阴侯韩信。逸,超出寻常。“折羽”句:以鸟为比,言韩信终于为刘邦所残害。谢翻飞,言不再能自由飞翔。

〔四〕扛鼎士:指项籍。《史记·项羽本纪》:“项籍长八尺余,力能扛鼎。”扛,举也。

〔五〕隆准公:指汉高祖刘邦。《史记·高祖本纪》:“高祖为人隆准而龙颜。”隆准,高鼻。入紫微:言即天子位。紫微,星名,像帝王所居。此二句言韩、项的一番努力恰恰起了为刘邦扫除障碍,帮助他做皇帝的作用。

〔六〕末二句言你的才能比韩、项怎样?以韩、项之才徒然身殉功名而不能自返,才不如韩、项的人又当怎样呢?“白日下争晖”,喻断不能及。

鲍令晖

鲍令晖(生卒未详,据钟嵘《诗品》列入齐),鲍照之妹。钟嵘《诗品》道:“齐鲍令晖歌诗往往崭绝清巧,拟古尤胜。”

古意赠今人

【题解】

本篇是女子寄夫望归之辞。一作吴迈远诗,今从《玉台新咏》。

寒乡无异服,毡褐代文练〔一〕。日月望君归,年年不解綖〔二〕。荆扬春早和〔三〕,幽冀犹霜霰〔四〕。北寒妾已知,南心君不见〔五〕。谁为道辛苦?寄情双飞燕。形迫杼煎丝〔六〕,颜落风催电〔七〕。容华一朝尽〔八〕,惟余心不变。

【注释】

〔一〕文练:熟丝织品之有花纹者。

〔二〕解:一作“改”。綖(音衍):旧注训为冠上覆,恐不是此诗之义。綖,缓,见《吕氏春秋·勿躬》“而莫敢愉綖”句高诱注。这句是说望夫的心无解缓之期。

〔三〕荆扬:荆州和扬州,在南方。

〔四〕幽冀:幽州和冀州,在北方。

〔五〕南心:指自己在南方望夫的心。

〔六〕杼煎丝:喻忙迫不得休息,指大而言。

〔七〕风催电:喻容颜老丑十分迅速,自指。

〔八〕尽:一作“改”。

谢　朓

谢朓(464—499),字玄晖。陈郡阳夏人。出身贵族,母为宋长城公主。仕齐至中书吏部郎。齐东昏侯永元(499—501)初江祐等谋立始安王遥光,遥光以朓兼知卫尉,企图引他为党羽,他不肯依从,致下狱死,年才三十六。谢朓诗风格秀逸,为当时作家所爱重,梁武帝说:"不读谢诗三日觉口臭。"(见《太平广记》引《谈薮》,谢朓的所谓"新变体"的诗已有唐风,对于五言诗的律化影响极大。

玉阶怨

【题解】

本篇是宫怨诗。《乐府诗集》收入《相和歌辞·楚调曲》。

夕殿下珠帘,流萤飞复息。长夜缝罗衣,思君此何极〔一〕?

【注释】

〔一〕何极:言无穷。

王孙游

【题解】

《乐府诗集》入《杂曲歌辞》。《楚辞·招隐士》:“王孙游兮不归,春草生兮萋萋。”本篇所咏从这两句生出。

绿草蔓如丝,杂树红英发。无论君不归,君归芳已歇〔一〕。

【注释】

〔一〕芳已歇:言春已尽,暗指美人迟暮。歇,尽。

暂使下都夜发新林至京邑赠西府同僚

【题解】

谢朓曾为随王萧子隆文学。子隆好诗赋,谢朓深被赏爱,被长史王秀之所嫉,因事还都。朓于途中作诗寄同僚,叙恋旧之情。下都:即指还金陵。新林:浦名,在今南京市西南。京邑:指金陵。西府:指荆州随王府。

大江流日夜,客心悲未央〔一〕。徒念关山近,终知返路长〔二〕。秋河曙耿耿〔三〕,寒渚夜苍苍。引领见京室,宫雉正相望〔四〕。金波丽鳷鹊,玉绳低建章〔五〕。驱车鼎门外,思见昭丘阳〔六〕。驰晖不可接〔七〕,何况隔两乡?风云有鸟路,江汉限无梁〔八〕。常恐鹰隼击,时菊委严霜〔九〕。寄言罻罗者,寥廓已高翔〔一〇〕。

【注释】

〔一〕未央:未已。

〔二〕此二句言去都已近,去西府更远。

〔三〕耿耿:明净。

〔四〕宫雉:宫墙。

〔五〕金波:指月光。鳷鹊:汉观名,在甘泉宫外。玉绳:星名。建章:汉宫名。"鳷鹊"、"建章"都是借宋称京室。

〔六〕鼎门:《帝王世纪》:"成王定鼎于郏鄏。"皇甫谧曰:"其南门名定鼎门。"这里用来指建康的南门。昭丘:楚昭王墓。在荆州当阳东。《方言》:"冢大者为丘,丘南曰阳。"以上二句言驱车到都门,又思荆州。

〔七〕驰晖:指日。

〔八〕云:一作"烟"。此二句言寥廓的空际不能限飞鸟,而江汉近地人却不能通。

〔九〕此二句言在西府中常畏谗邪中伤,如鸟怕鹰隼搏击,菊怕严霜摧残。

〔一〇〕罻(音胃)罗:捕鸟的网。作者以鸟自比,以罗者比王秀之。末二句言今我远避,谗者无所施其计了。

晚登三山还望京邑

【题解】

这首诗写登山临江所见春晚之景和遥望京师而引起的故乡之思。三山：山名，在今江苏南京西南长江南岸。山周回四里，上有三峰，南北接。京邑：指金陵，故址在今江苏南京东南。

灞涘望长安，河阳视京县〔一〕。白日丽飞甍，参差皆可见〔二〕。余霞散成绮，澄江静如练。喧鸟覆春洲〔三〕，杂英满芳甸〔四〕。去矣方滞淫〔五〕，怀哉罢欢宴。佳期怅何许〔六〕，泪下如流霰。有情知望乡，谁能鬒不变〔七〕？

【注释】

〔一〕涘：岸。王粲《七哀诗》（“西京乱无象”）：“南登霸陵岸，回首望长安。”河阳：县名，故址在今河南孟县西。京县：指洛阳。潘岳《河阳县诗》：“引领望京室，南路在伐柯。”以上二句以古人的望京比自己的望京，以霸陵、河阳比三山，以长安，洛阳比金陵。

〔二〕这两句写夕阳明丽。三山在建业之西，东望正见夕阳所照之处。

〔三〕喧：一作“暄”。覆：言其多。

〔四〕芳甸：长满芳草的郊野。

〔五〕“去矣”以下写怀归之情。滞淫：见王粲《七哀诗》（“荆蛮非我乡”）注〔一〕。

〔六〕佳期：指还乡之期。何许：犹“何所”。

〔七〕鬒：黑发。一作“缜”。

之宣城郡出新林浦向板桥

【题解】

本篇是作者赴宣城郡太守任途中所咏。诗先写江路远景，次写自喜得官外郡可以远隔尘嚣，全身远害。宣城郡：在今安徽宣城。板桥：浦名。《文选》李善注引《水经注》：“江水经三山，又湘浦出焉。水上南北结浮桥度水，故曰板桥浦，江又北经新林浦。”

江路西南永，归流东北骛〔一〕。天际识归舟，云中辨江树。旅思倦摇摇，孤游昔已屡。既欢怀禄情，复协沧州趣〔二〕。嚣尘自兹隔，赏心于此遇〔三〕。虽无玄豹姿，终隐南山雾〔四〕。

【注释】

〔一〕归流：指江水，江以入海为归。骛：奔驰。首二句言自己逆江而行，回望东北。宣城在京邑西南。

〔二〕此二句言既得官禄又能幽隐。沧洲：沧江冷僻之地，是隐者的居处。谢灵运《富春渚》诗云：“久露干禄请，始果远游诺。”这里直用其调。

〔三〕赏心：指心所喜悦的事。

〔四〕末二句言幽栖远害。《列女传·贤明》：“陶答子治陶三年，名誉不兴，家富三倍。其妻独抱儿而泣。姑怒，以为不祥。妻曰：'妾闻南山有玄豹隐雾而七日不食，欲以泽其衣毛，成其文章。至于犬豕，肥以取之，逢祸必矣。'期年，答子之家果被盗诛。”

落日怅望

【题解】

本篇写深秋暮景触动归怀，并思离友。

昧旦多纷喧〔一〕，日晏未遑舍〔二〕。落日余清阴，高枕东窗下。寒槐渐如束，秋菊行当把。借问此何时？凉风怀朔马〔三〕。已伤归暮客〔四〕，复思离居者。情嗜幸非多，案牍偏为寡。既乏琅邪政，方憩洛阳社〔五〕。

【注释】

〔一〕昧旦：天将明未明的时候。

〔二〕舍：止。

〔三〕以上二句仿张协《杂诗》：“借问此何时，蝴蝶飞南园。”凉风怀朔马：言北风引起朔马对故土的怀恋，用《古诗（胡马依北风）》意。

〔四〕归暮：犹言迟归。张溥《汉魏六朝一百三家集》作“归慕”，恐非。疑本作“慕归”，《百三家集》误倒。

〔五〕琅邪政：《后汉书·张宗传》：“宗字诸君，南阳鲁阳人也。迁琅邪相，其政好严猛，敢杀伐。”洛阳社：《晋书·董京传》：“京字威辇，初与陇西计吏俱至洛阳，被发而行，逍遥吟咏，常宿白社中。”末二句言不为严政，但事吟咏。

游东田

【题解】

本篇写游览东田时所见初夏景物。东田:齐惠文太子立楼馆于钟山下,名为“东田”。

戚戚苦无悰〔一〕,携手共行乐〔二〕。寻云陟累榭,随山望菌阁〔三〕。远树暖阡阡,生烟纷漠漠〔四〕。鱼戏新荷动,鸟散余花落。不对芳春酒,还望青山郭〔五〕。

【注释】

〔一〕悰:乐。

〔二〕行乐:指游东田。

〔三〕累:重叠。榭:台上有屋曰“榭”。菌阁:高阁形如芝菌。累榭、菌阁,均见《楚辞》,此指山庄言。

〔四〕阡阡:即“芊芊”,盛。漠漠:散布貌。

〔五〕青山郭:近青山的城郭。末二句是因游赏而有所怀,所以不对春酒而望青山边的城郭。

新亭渚别范零陵云

【题解】

这是送别范云的诗,时范为零陵郡内史。新亭:在今江苏南京南。零陵:南齐郡名,治所在今湖南零陵北。

洞庭张乐地,潇湘帝子游〔一〕。云去苍梧野〔二〕,水还江汉流〔三〕。停骖我怅望,辍棹子夷犹〔四〕。广平听方藉〔五〕,茂陵将见求〔六〕。心事俱已矣,江上徒离忧〔七〕。

【注释】

〔一〕洞庭:山名,又称君山,在洞庭湖中。张乐:犹言作乐。传说黄帝在此奏《咸池》之乐。潇湘:水名。湘水至零陵西与潇水合流,称潇湘。相传帝尧的二女娥皇、女英随舜不返,死于湘水。帝子:即指尧女。洞庭、潇湘都是范赴零陵经过的地方。

〔二〕苍梧:山名,即九嶷山。传说舜死于苍梧之野。

〔三〕零陵的水由江汉金陵东流入海,所以说"水还"。

〔四〕停骖:犹言停车。古代驾车用四马,两旁的马为骖。夷犹:犹豫不前。以上二句言一去一留,临别依恋。

〔五〕晋郑袤为广平太守,郡人爱戴。临去,百姓恋慕涕泣。此句言范将如郑袤在广平,声名藉甚。

〔六〕汉司马相如谢病居茂陵。武帝遣人往求其书，及至，已卒。此句言自己将如司马相如谢病家居，以遗文见求于世。

〔七〕徒离忧：用《楚辞·山鬼》成语。离，同“罹”，遭。

孔稚圭

孔稚圭(448—501),字德璋,会稽山阴(今浙江绍兴)人。风韵清疏,喜文咏,爱山水,饮酒,不乐世务。齐明帝建武(494—497)初为商康太守,永元初迁太子詹事。卒于元末。

游太平山

【题解】

本篇形容太平山的幽险,四句都是写景。太平山:在今浙江绍兴东南七十八里。

石险天貌分,林交日容缺〔一〕。阴涧落春荣,寒岩留夏雪〔二〕。

【注释】

〔一〕前二句言林石遮蔽天日的一部分。

〔二〕后二句言因为涧阴,春天的花在此也要凋落;因为岩寒,虽在夏季也留有积雪。

无名氏

西洲曲

【题解】

这首诗写一个女子对所欢的思和忆。开头说她忆起梅落西洲那可纪念的情景，便寄一枝梅花给现在江北的所欢，来唤起他相同的记忆。以下便写她从春到秋、从早到晚的相思。诗中有许多辞句表明季节，如"折梅"表早春，"单衫"表春夏之交，"采红莲"应在六月，"南塘秋"该是早秋(因为还有"莲花过人头")，"弄莲子"已到八月，"鸿飞满西洲"便是深秋景象。这篇诗《乐府诗集》列于杂曲，作古辞，原来该是长江流域的民歌，字句当已经过文人的修饰。音节之美是本诗的特色，代表《吴歌》、《西曲》最成熟、最精致阶段的作品。

忆梅下西洲〔一〕，折梅寄江北。单衫杏子红，双鬓鸦雏色〔二〕。西洲在何处？两桨桥头渡。日暮伯劳飞〔三〕，风吹乌臼树。树下即门前，门中露翠钿〔四〕。开门郎不至，出门采红莲。采莲南塘秋，莲花过人头。低头弄莲子，莲子青如水。置莲怀袖中，莲心彻底红〔五〕。忆郎郎不至，仰首望飞鸿〔六〕。鸿飞满西洲，望郎上青楼〔七〕。楼高望不见，尽日栏杆头。栏杆十二曲，垂手明如玉。卷帘天自高，海水摇空绿〔八〕。海水梦悠悠〔九〕，君愁我亦愁〔一〇〕。南风知我意，吹梦到西洲。

【注释】

〔一〕下：落。落梅时节是本诗中男女共同纪念的时节。西洲：地名，未详所在。它是本篇中男女共同纪念的地方（唐温庭筠《西洲曲》云："西洲风色好，遥见武昌楼。"本篇的西洲或许在武昌附近）。

〔二〕红：一作"黄"。鸦雏色：言其乌黑发亮。鸦雏，小鸦。

〔三〕伯劳：鸣禽，仲夏始鸣。

〔四〕翠钿：用翠玉做成或镶嵌的首饰。

〔五〕莲心：隐"怜心"，就是相爱之心。彻底红：就是红得通透底里。这一句意思双关。

〔六〕望飞鸿：有望书信的意思，古人有鸿雁传书的传说，成为典实。

〔七〕青楼：见曹植《美女篇》注〔一二〕。

〔八〕以上二句似倒装。秋夜的一片蓝天像大海。风吹帘动，隔帘见天便觉似海水滉漾。一说内地人有呼江为海者，海水即指江水。

〔九〕悠悠：渺远。天海寥廓无边，所以说它"悠悠"，天海的"悠悠"正如梦的"悠悠"。

〔一〇〕君：指在江北的所欢。

梁诗

河中之水歌

休沐寄怀

望荆山

赠张徐州谡

江南曲

行路难

入若耶溪

舟中望月

萧　　衍

萧衍(464—549),字叔达,南兰陵中都里(今江苏武进西北)人。齐竟陵王萧子良招延文学,衍与沈约、谢朓、王融、范云、萧琛、任昉、陆倕等号称“八友”。受禅后在位四十八年,是为梁武帝。

河中之水歌

【题解】

本篇歌咏一个名唤莫愁的女子。《玉台新咏》卷九、《艺文类聚》卷四十三作古辞。《乐府诗集·杂歌谣辞》作梁武帝萧衍诗。这诗是否萧衍所作不能确知,但从诗的风格考察,列于齐、梁作品中是合宜的,姑从《乐府诗集》。

河中之水向东流,洛阳女儿名莫愁〔一〕。莫愁十三能织绮,十四采桑南陌头。十五嫁为卢家妇,十六生儿字阿侯。卢家兰室桂为梁,中有郁金苏合香〔二〕。头上金钗十二行,足下丝履五文章〔三〕。珊瑚挂镜烂生光,平头奴子提履箱〔四〕。人生富贵何所望?恨不嫁与东家王〔五〕。

【注释】

〔一〕莫愁：乐府《清商曲辞》有《莫愁乐》，所咏是石城女子莫愁，和本篇的莫愁不是同一人。

〔二〕郁金苏合香：两种香都是植物名，郁金香出大秦国，苏合香出大食国。

〔三〕五文章：言有纹纵横交互，成“㐅”字。五，古作“㐅”。亦通“午”，一纵一横为“午”。

〔四〕平头奴子：言僮仆戴平头巾。平头，巾名。

〔五〕望（读平声）：怨责。东家王：唐人上官仪、元稹、李商隐、韩偓都以为指王昌。《襄阳耆旧传》：“王昌字公伯，为东平相散骑，早卒。妇任城王曹子文女。”末二句言莫愁这样富贵应该没有什么怨望了，但她仍不免有所恨，恨所嫁的人不是她所慕的东家王昌。张玉縠《古诗赏析》道：“结二句忽然撇去，言如莫愁之早嫁富贵何敢遽望，但恨不早嫁如东家王昌者，虽处贫贱倡随足乐也。”这样是以末二句为歌者的口吻，也可通，不过元稹《筝》云：“莫愁私地爱王昌。”李商隐《代应》云：“本来银汉是红墙，隔得卢家白玉堂。谁与王昌报消息？尽知三十六鸳鸯。”都是以此恨属莫愁。惜本事不可考。

东飞伯劳歌

【题解】

本篇是乐府《杂曲歌辞》，描写一个男子恋慕一个少女的心曲。《玉台新咏》卷九、《艺文类聚》卷四十三和《乐府诗集》卷六十八并作古辞。《文苑英华》卷二百六作梁武帝诗。因其和上篇风格相近，姑且编在这里。

东飞伯劳西飞燕，黄姑织女时相见〔一〕。谁家女儿对门居？开颜发艳照里闾〔二〕。南窗北牖挂明光〔三〕，罗帷绮箔脂粉香。女儿年几十五六，窈窕无双颜如玉。三春已暮花从风，空留可怜与谁同〔四〕。

【注释】

〔一〕黄姑：即河鼓，星名，也叫做牵牛，在银河南，和银河北的织女星相对（李煜诗逸句“迢迢牵牛星，杳在河之阳。粲粲黄姑女，耿耿遥相望。”以黄姑为织女，未知何据）。首二句是比，言彼此常常相见而不相往来。

〔二〕颜：一作“华”。艳：一作“色”。

〔三〕“南窗”句：言彼女临窗，容光焕发。曹植《美女篇》云：“容华耀朝日。”阮籍《咏怀》诗云：“西方有佳人，皎若白日光。”这句诗以“明光”代白日，以白日喻佳人。《艺文类聚》作“桂月光”，似非。

〔四〕末二句言年华易逝，将来谁复同怜。与谁同，一作“谁与同”。

沈　约

沈约(441—512),字休文,吴兴武康(今浙江德清)人。幼孤贫,笃志好学,博通群籍。历仕宋、齐、梁三代。著述很多,诗文都被时人推重。沈诗工于用意,不露圭角。尝撰《四声谱》,倡声病之说。

新安江至清浅深见底贻京邑同好

【题解】

这首诗描写新安江的清澄,并讽游好勿恋嚣尘。时作者离京师往东阳。新安江:源出安徽婺源西北率山,东流经休宁、歙县入浙江境至建德合兰溪水东北流为浙江。

眷言访舟客〔一〕,兹川信可珍。洞澈随清浅,皎镜无冬春〔二〕。千仞写乔树,百丈见游鳞〔三〕。沧浪有时浊〔四〕,清济涸无津〔五〕。岂若乘斯去,俯映石磷磷。纷吾隔嚣滓,宁假濯衣巾〔六〕?愿以潺湲水,霑君缨上尘〔七〕。

【注释】

〔一〕眷言:犹“睠然”,怀顾貌。

〔二〕以上二句言无论深处或浅处，冬季或春季都是透明的。

〔三〕以上二句言能写千仞乔木的影子于水底，纵然深到百丈也能见到游鱼。吴均《与朱元思书》："水皆缥碧，千丈见底，游鱼细石，直视无碍。"写景相似。

〔四〕沧浪：水名。《孟子·离娄》："沧浪之水清兮，可以濯吾缨；沧浪之水浊兮，可以濯吾足。"《水经注·沔水》："武当县西北汉水中有洲名沧浪洲，水曰沧浪水。"

〔五〕济：济水，源出河南王屋山，其故道过黄河而南，东流入山东省境，与黄河并行入海。《战国策·燕策》："齐有清济浊河。"谢朓《始出尚书省》诗："浊河秽清济。"《后汉书·郡国志》："温，苏子所都，济水出，王莽时大旱，遂枯绝。"

〔六〕嚣滓：犹"器尘"。这两句是说自己既然离去京邑，和嚣尘相隔，不必借此水洗濯衣巾。

〔七〕末二句言诸游好在京邑尘嚣之中，需要用此水濯缨。

休沐寄怀

【题解】

休沐：《初学记》卷二十："汉律，吏五日一休沐，言休息以洗沐也。"本篇写假日私居的闲适生活，时在初秋。

虽云万重岭，所玩终一丘〔一〕。阶墀幸自足，安事远遨游？临池清溽暑〔二〕，开幌望高秋。园禽与时变，兰根应节抽。凭轩搴木末，垂堂对水周〔三〕。紫箨开绿筱〔四〕，白鸟映青畴。艾叶弥南浦〔五〕,荷花绕北楼。送日隐层阁,引月入轻帱〔六〕。爨熟寒蔬翦,宾来春蚁浮〔七〕。来往既云劬,光景为谁留?

【注释】

〔一〕首二句言一丘一壑可以自足,与谢朓《高斋视事》诗"列俎归单味,连驾止容膝"同意。《汉书·叙传》:"栖迟于一丘,则天下不易其乐。"

〔二〕临池:言俯临清流。有人引王羲之书:"张芝临池学书,池水尽黑"二句注这句诗,以"临池"指学书,似非。

〔三〕以上二句本于《楚辞九歌·湘君》的"搴芙蓉木末"和"水周兮堂下"二句。搴:取。垂堂:堂边檐下地。

〔四〕箨:竹皮。筱:竹箭。

〔五〕艾:疑是"芰"之误。艾是生长在陆地的植物,不能"弥浦"。

〔六〕帱:帐。

〔七〕蚁浮:酒面的浮沫叫做"浮蚁"。本句言与宾客同酌春酒。

石塘濑听猿

【题解】

这一首是写景短章,或疑诗有残缺。

噭噭夜猿鸣〔一〕,溶溶晨雾合〔二〕。不知声远近,惟见山重沓。既欢东岭唱,复伫西岩答〔三〕。

【注释】

〔一〕嗷嗷：哀鸣声。

〔二〕溶溶：盛貌。

〔三〕伫：久待。

江 淹

江淹(444—505),字文通,济阳考城县(今河南兰考)人。出身孤寒,沉静好学,慕司马相如、梁鸿的为人。仕宋历齐入梁为散骑常侍,迁金紫光禄大夫。江诗幽深奇丽处,在宋、齐诗人中和鲍照较相近。

望荆山

【题解】

本篇前半写山川形势和风景,后半写因岁晏引起的悲思,是从宋建平王刘景素在荆州时所作。景素曾为荆州刺史。江自序云:"弱冠以五经授宋始安王刘子真,始安薨,建平王刘景素闻风而悦,待以布衣之礼。"荆山:在湖北南漳西。

奉义至江汉〔一〕,始知楚塞长。南关绕桐柏〔二〕,西岳出鲁阳〔三〕。寒郊无留影〔四〕,秋日悬清光。悲风桡重林〔五〕,云霞肃川涨〔六〕。岁宴君如何?零泪沾衣裳。玉柱空掩露,金樽坐含霜〔七〕。一闻苦寒奏,再使艳歌伤〔八〕。

【注释】

〔一〕奉义：犹“慕义”。义，《艺文类聚》作“诏”。

〔二〕南关：即指楚塞。对于中原说是南关。桐柏：山名，在河南桐柏西南和湖北随、枣阳两县接界处。

〔三〕鲁阳：县名，即今河南鲁山，境内有鲁阳山。

〔四〕无留影：树叶落尽，原野空旷，所以用“无留影”来形容。

〔五〕桡：散。一作“挠”，扰。

〔六〕肃：寒也。涨：读平声，叶韵。

〔七〕玉柱：弦乐器的代称。柱，是筝琴等乐器上架弦的东西。掩露、含霜：言气氛悲凄。

〔八〕苦寒、艳歌：即《苦寒行》、《艳歌行》，都是曲名，属《相和歌》。

古意报袁功曹

【题解】

本篇托为仿古，借歌颂从军写伤乱之感、求去之心和离群独立的抱负。可能作于荆州刘景素谋乱时（参看下《效古》题解）。袁功曹：袁炳，字叔明，历国常侍员外郎府功曹，江淹为他作传。

从军出陇北，长望阴山云。泾渭各异流〔一〕，恩情于此分。故人赠宝剑，镂以瑶华文〔二〕。一言凤独立，再说鸾无群〔三〕。何得晨风起，悠哉凌翠氛。黄鹄去千里，垂涕为报君〔四〕。

【注释】

〔一〕泾渭：二水名，分别发源于甘肃的笄头山和鸟鼠山，在陕西高陵合流。泾浊渭清，合流时清浊分明。

〔二〕瑶华：美玉之称，这里喻贵重。

〔三〕凤独立、鸾无群：都是说宝剑上刻镂的文字，作者用来自喻。自己和众人清浊不同所以离群独立。

〔四〕翠氛：指云气。末四句言愿得高飞远引。

游黄檗山

【题解】

黄檗山：在福建福清西，江淹曾被建平王刘景素贬为建安（今福建建瓯）令，得游此山。本篇描写自然景物极为瑰丽，见出作者诗才的一个方面。

长望竟何极？闽云连越边。南州饶奇怪，赤县多灵仙〔一〕。金峰各亏日〔二〕，铜石共临天。阳岫照鸾采，阴溪喷龙泉〔三〕。残杌千代木〔四〕，廧崒万古烟〔五〕。禽鸣丹壁上，猿啸青崖间。秦皇慕隐沦，汉武愿长年。皆负雄豪威，弃剑为名山。况我葵藿志，松朮横眼前〔六〕。所若同远好，临风载悠然。

【注释】

〔一〕赤县:中国的代称,"赤县神州"的简称。《史记·孟子荀卿列传》:"中国名曰赤县神州。"

〔二〕金峰:黄檗山有高峰十二。因日光映照,颜色金黄,所以形容为"金峰"。亏日:是说遮蔽一部分太阳。

〔三〕龙泉:黄檗山有"龙潭"九处。

〔四〕杌:无枝之木。

〔五〕廥崒:未详。疑"廥"作"嶜",廥崒,高峻貌。见班固《西都赋》。

〔六〕以上六句言嬴政、刘彻都是一代雄豪之主,尚且爱慕名山,我现在能游黄檗,何必还以谪官为悲呢?葵藿志:言甘于清贫。作者《杂拟》诗云:"处富不忘贫,有道在葵藿。"松朮:松脂朮根,都可供药用,为修长生术者所服食。

古离别

【题解】

江淹有《杂体三十首》,拟汉、魏、晋、宋诸家五言诗。本篇原列第一首,是拟古诗,写思妇怀征夫。

远与君别者,乃至雁门关。黄云蔽千里〔一〕,游子何时还?送君如昨日,檐前露已团。不惜蕙草晚,所悲道里寒〔二〕。君在天一涯,妾身长别离。愿一见颜色,不异琼树枝〔三〕。兔丝及水萍,所寄终不移〔四〕。

【注释】

〔一〕黄云：言尘埃和云相连而黄。谢灵运《拟邺中集》诗云："河洲多沙尘，风悲黄云起。"这句写塞外景象。

〔二〕以上二句言所悲不为感时而是怀远。句法从《古诗》"不惜歌者苦，但伤知音稀"二句来。

〔三〕琼树枝：见《别诗三首》（"晨风鸣北林"）注〔六〕。

〔四〕末二句言兔丝寄树，萍寄水，不能移借，比喻人的忠贞。

刘太尉琨伤乱

【题解】

这是《杂体三十首》第十五首，拟刘琨。首言国难，次言受恩奋勉，再次言才能有愧于古人，末言功未就，年已衰，但是如逢时会，治乱之数还不可知。本篇激昂悲壮，能得刘诗的声与情。

皇晋遘阳九〔一〕，天下横氛雾〔二〕。秦赵值薄蚀〔三〕，幽并逢虎据〔四〕。伊余荷宠灵，感激徇驰骛〔五〕。虽无六奇术〔六〕，冀与张韩遇〔七〕。宁戚叩角歌，桓公遭乃举〔八〕。荀息冒险难，实以忠贞故〔九〕。空令日月逝，愧无古人度。饮马出城濠，北望沙漠路。千里何萧条，白日隐寒树。投袂既愤懑，抚枕怀百虑。功名惜未立，玄发已改素。时哉苟有会，治乱惟冥数〔一〇〕。

【注释】

〔一〕阳九:道书说天厄叫做“阳九”。

〔二〕横:塞也。

〔三〕秦赵:姚泓与石勒所据之地。本句以太阳遭薄蚀比喻祖国土地被异族所侵占。

〔四〕段匹磾据幽州,刘琨领并州。虎据,喻威武之盛。

〔五〕以上二句言自己受恩感激,为国奔走。刘琨表云:“荷宠三世。”

〔六〕六奇:陈平从刘邦曾六出奇计。

〔七〕张韩:指张良、韩信。

〔八〕春秋时宁戚击牛角而歌,齐桓公举以为大田之官(见《淮南子·主术训》)。上二句本此。

〔九〕春秋时荀息受晋献公命辅奚齐。荀息对献公道:“臣竭其股肱之力加之以忠贞,其济君之灵也,不济则以死继之。”(见《左传·僖公九年》)上二句本此。

〔一〇〕末二句是策励之词,言治乱有关天数,不可逆料,且看时运际会如何。

效　古 二首

【题解】

效古:《诗纪》作《效阮公》。《梁书》本传云:“(宋建平王)景素为荆州,淹从之镇,少帝即位,多失德。景素专据上流,咸劝因此举事,淹每从容谏,……景素不纳。及镇京口,淹又为镇军参军事,领南东海郡丞。景素与腹心日夜谋议,淹知祸机将发,乃赠诗十五首以讽焉。”《效古十五首》,诗体仿效阮籍,笔墨可以乱真，但目的是假效古以讽谏，不是为模拟而模拟。这是第一首，写作者自己终夜不寐，忧慨时事，并以不畏霜雪的松竹自勉。

岁暮怀感伤，中夕弄清琴。戾戾曙风急〔一〕，团团明月阴〔二〕。孤云出北山，宿鸟惊东林。谁谓人道广，忧慨自相寻〔三〕。宁知霜雪后，独见松竹心。

【注释】

〔一〕戾戾：风声。鲍照《从临海王上荆初发新渚》诗："戾戾旦风遒。"

〔二〕阴：暗。天晓则月暗。

〔三〕相寻：言频仍。时君失德，诸王谋乱是"忧慨相寻"的原因。

其　二

【题解】

本篇原列《效古十五首》的第六首，以若木的超凡绝俗比喻志气高尚、眼光远大的人不轻听世俗小人的言语。

若木出海外〔一〕，本自丹水阴〔二〕。群帝共上下〔三〕，鸾鸟相追寻。千龄犹旦夕，万世更浮沉〔四〕。岂与异乡士〔五〕，瑜瑕论浅深。

【注释】

〔一〕若木：神话传说中的神木。明周祈《名义考》引《山海经》："灰野之山，有树青叶赤华，名曰若木，日所入处。"

〔二〕丹水：神话传说中的水名。《山海经·南山经》："丹穴之山，其上多金玉，丹水出焉，而南流注于渤海。"水南为阴。

〔三〕此句言诸神借若木上下九天。

〔四〕以上二句言若木长寿。

〔五〕异乡士：指景素左右的小人。

范　云

范云(451—503),字彦龙,南乡舞阴(今河南泌阳西北)人。仕齐官至广州刺史。入梁为吏部尚书。钟嵘《诗品》中称范诗"清便宛转,如流风回雪"。

赠张徐州谡

【题解】

本篇赠张谡,因张来访不遇,以诗致谢。《文选》李善注此题"谡"作"稷",是误字。同书丘希范《侍宴乐游苑送张徐州应诏诗》李善注引刘璠《梁典》云:"张谡字公乔,齐明帝时为北徐州刺史。"也作"谡",不作"稷"。

田家樵采去,薄暮方来归。还闻稚子说,有客款柴扉〔一〕。傧从皆珠玳,裘马悉轻肥。轩盖照墟落,传瑞生光辉〔二〕。疑是徐方牧〔三〕,既是复疑非。思旧昔言有,此道今已微。物情弃疵贱,何独顾衡闱〔四〕。恨不具鸡黍〔五〕,得与故人挥〔六〕。怀情徒草草〔七〕,泪下空霏霏。寄书云间雁,为我西北飞。

【注释】

〔一〕款：叩。

〔二〕傧：前导者。从（读去声）：后随者。传瑞：都是符信之类。传，或用棨，或用缯帛。瑞，用玉。这里用来作为符节的代称。以上四句是稚子口中描述的张来时车骑盛况。

〔三〕方牧：犹言方伯，州长的代称。

〔四〕疵：过失。作者言张来访已是不弃疵贱，言外有感张不势利的意思。大约这诗作于作者被免官的时候。衡闱：衡门。《诗经·衡门》“毛传”：“衡门，横木为门，言浅陋也。”以上四句言张独存古道，与世俗势利之交不同。

〔五〕这句用东汉范、张事。李善引谢承《后汉书》云：“山阳范式字巨卿，与汝南张元伯为友。春别京师，以秋为期。至九月十五日，杀鸡作黍。二亲笑曰：‘山阳去此几千里，何必至？’元伯曰：‘巨卿信士，不失期者。’言未绝而巨卿至。”

〔六〕挥：挥觞。陶渊明《时运》诗：“挥兹一觞，陶然自乐。”

〔七〕草草：劳心貌。

之零陵郡次新亭

【题解】

本篇是作者赴零陵（治所在今湖南零陵）内史任，在新亭止宿时所作。谢朓有《新亭渚别范云》诗，见前。

江干远树浮〔一〕，天末孤烟起。江天自如合，烟树还相似。沧流未可源，高飒去何已〔二〕。

【注释】

〔一〕干:大水之旁。

〔二〕沧:苍。水色青苍,所以流水称"沧流"。未可源:言不能穷其源。飒:同"帆"。已:止。末二句写水程行役之劳。

别　诗

【题解】

本篇是与何逊联句之作,何逊集题作《范广州宅联句》。范云为广州刺史在齐永元元年。当时联句的方法是每人作四句,分开来自成一首。

洛阳城东西,长作经时别〔一〕。昔去雪如花,今来花似雪〔二〕。

【注释】

〔一〕经时:何逊集作"经年",言经历多时。《古诗十九首》:"但感别经时。"

〔二〕末二句言冬去春来。

柳　恽

柳恽(465—511),字文畅,河东解(在今山西西南部)人,工诗,善尺牍。梁天监(502—518)初除长史,和沈约共定新律。曾两次为吴兴太守,为政清静。

江南曲

【题解】

本篇是闺怨诗,属乐府《相和曲歌辞》。

汀洲采白蘋,日暖江南春。洞庭有归客,潇湘逢故人〔一〕。故人何不返?春花复应晚〔二〕。不道新知乐,只言行路远〔三〕。

【注释】

〔一〕洞庭、潇湘:见谢朓《新亭渚别范零陵诗》注〔一〕。这两句是说有客从洞庭回到诗中主人公所在之地,这个归客对她提起曾在潇湘遇见她的故人。

〔二〕何:一作"久"。春花应晚:言春花又该到凋谢的时节,和首二句相应。应,一作"将"。以上二句是问归客之辞。

〔三〕只:一作"且",一作"空"。末二句是述归客的答辞。

吴　均

吴均(469—519),字叔庠,吴兴故鄣(今浙江安吉西北)人。家世寒贱。曾为建安王伟记室,补国侍郎。还为奉朝请。撰《通史》,未就而卒。均文体清拔,有古气,当时称"吴均体"。梁代诗人除江淹外,吴均、何逊都能名家,为其余作家所不及。

行路难

【题解】

这首诗写桐树枯死,制成琵琶,被人珍爱;桂树长在深山,千年不为人知,两相对照,喻人富贵而戕生,不如寂寞而自全。和古乐府《艳歌行》("南山石嵬嵬")意相近。吴均有《行路难五首》,这里选的是第一首。

洞庭水上一株桐,经霜触浪困严风。昔时抽心耀白日〔一〕,今旦卧死黄沙中。洛阳名工见咨嗟,一翦一刻作琵琶。白璧规心学明月,珊瑚映面作风花〔二〕。帝王见赏不见忘,提携把握登建章〔三〕。掩抑摧藏张女弹〔四〕,殷勤促柱楚明光〔五〕。年年月月对君子,遥遥夜夜宿未央〔六〕。

未央采女弃鸣篪〔七〕,争先拂拭生光仪。茱萸锦衣玉作匣〔八〕,安念昔日枯树枝?不学衡山南岭桂,至今千年犹未知〔九〕。

【注释】

〔一〕抽心:株干伸长。

〔二〕以上二句写琵琶上的装饰。

〔三〕建章:宫名,汉武帝时建。

〔四〕张女弹:古曲名,未详所起。

〔五〕楚明光:琴曲名。楚大夫明光被谗,见怒于楚王,因作此歌(见《琴操》)。

〔六〕未央:汉长安宫名。

〔七〕采女:宫女。

〔八〕茱萸锦:锦上有茱萸图案。

〔九〕末二句用讥讽的语调说琵琶犹以锦衣玉匣自豪,反轻视衡山老桂不为人所知。

答柳恽

【题解】

这首诗是答赠,同时是送行。柳恽有赠吴诗三首,这是答其中《夕宿飞狐关》一首。

清晨发陇西,日暮飞狐谷〔一〕。秋月照层岭,寒风扫高木。雾露夜侵衣,关山晓催轴〔二〕。君去欲何之,参差间原陆。一见终无缘,怀悲空满目〔三〕。

【注释】

〔一〕陇西:郡名,今甘肃东南部。飞狐谷:关隘名,就是柳恽原诗的"飞狐关",在今河北涞源北跨蔚县界。首二句举两个地名言其经历很远,两地相去三四千里,不能泥作朝发夕至。

〔二〕催轴:言催行。

〔三〕满目:言旧时情景历历如在眼前。

赠杜容成

【题解】

这是旧友重逢的诗。《帝王集》作简文帝《咏燕》,今从《玉台新咏》卷六作吴均诗。

一燕海上来,一燕高堂息〔一〕。一朝相逢遇,依然旧相识〔二〕。问我来何迟,山川几纡直〔三〕?答言海路长,风驶飞无力。昔别缝罗衣,春风初入帏;今来夏欲晚,桑扈薄树飞〔四〕。

【注释】

〔一〕首二句作者以海上燕自比,以高堂燕比杜。

〔二〕相：一作“所”。

〔三〕几纡直：言几经曲直。纡，一作“迂”。

〔四〕桑扈：鸟名，亦作“桑雇”。一作“桑蛾”。

酬别江主簿屯骑

【题解】

本篇是酬答友人留别的诗。疑题中“屯骑”上脱去一个字，这字是一个人的姓。主簿、屯骑：都是官名，不应既云“主簿”又云“屯骑”。诗中说“毛公与朱亥”，又说“夫君皆逸翮”，都见出这是酬别两人的诗。

有客告将离，赠言重兰蕙〔一〕。泛舟当泛济，结交当结桂。济水有清源，桂树多芳根。毛公与朱亥，俱在信陵门〔二〕。赵瑟凤凰柱〔三〕，吴醥金罍樽〔四〕。我有北山志〔五〕，留连为报恩。夫君皆逸翮〔六〕，抟景复凌骞〔七〕。白云间海树，秋日暗平原。寒虫鸣趯趯〔八〕，落叶飞翻翻。何用赠分手〔九〕？自有北堂萱〔一〇〕。

【注释】

〔一〕首二句言两友赠言之美。

〔二〕毛公：是战国时赵国的处士，藏于博徒。朱亥：是战国时魏国的贤者，隐于屠夫。两人都和信陵君结交。

〔三〕凤凰柱:刻瑟上的柱为凤凰形。

〔四〕醥:清酒。

〔五〕北山志:疑是言隐居之志,非《诗经·小雅·北山》诗意。吴均有《采药大布山》诗云:"我本北山北,缘涧采山麻。"谢朓《观朝雨》诗"方同战胜者,去翦北山莱",也是说弃仕而隐。

〔六〕夫君:犹言诸君。逸翮:见郭璞《游仙诗》("逸翮思拂霄")注〔二〕。

〔七〕抟景凌骞:言高飞。

〔八〕趯趯:跳跃。

〔九〕何用:何以。

〔一〇〕北堂萱:《诗经·伯兮》:"焉得萱草,言树之背。"《毛传》:"萱草令人忘忧。背,北堂也。"

赠王桂阳

【题解】

这首诗以松喻人,言当微贱的时候容易受凌侮,尽管有才能往往被轻忽。王桂阳:疑是桂阳郡太守王嵘。

松生数寸时,遂为草所没。未见笼云心〔一〕,谁知负霜骨。弱干可摧残,纤茎易陵忽〔二〕。何当数千尺,为君覆明月〔三〕。

【注释】

〔一〕笼云:高大可以笼聚云气。作者《山中杂诗三首》("绿竹可充食")

云:“桂树笼青云。”

〔二〕陵忽:陵侮轻忽。

〔三〕何当:犹“合当”。

赠周散骑兴嗣

【题解】

这是《赠周散骑兴嗣二首》的第一首。周兴嗣字思纂,梁武帝初拜员外散骑侍郎。见《梁书》本传。周有《答吴均三首》。

子云好饮酒〔一〕,家在成都县。制赋已百篇,弹琴复千转〔二〕。敬通不富豪〔三〕,相如本贫贱。共作失职人〔四〕,包山一相见〔五〕。

【注释】

〔一〕子云:扬雄字。

〔二〕弹琴:扬雄曾著《琴清英》,他自己可能善弹琴。

〔三〕敬通:东汉冯衍字。《后汉书》本传说他“幼有奇才……至二十而博通群书”。本篇以扬雄、冯衍比周兴嗣,以司马相如自比。

〔四〕失职:犹“失所”。宋玉《九辩》云:“贫士失职而志不平。”

〔五〕包山:山名,在太湖中,俗称洞庭西山。相传春秋时吴王阖闾在这里遇见一个异人,名山隐居。末句当谓共隐。

山中杂诗

【题解】

本篇是《山中杂诗三首》的第一首。《诗纪》校云："一作《还山》。"

山际见来烟，竹中窥落日。鸟向檐上飞，云从窗里出。

何　　逊

何逊(？—518),字仲言,东海郯(今山东郯城西)人。八岁能赋诗。少时被范云赏识,结为忘年交。范称何诗"能含清浊,中今古"。累官至卢陵王记室,卒。有《何水部集》。何诗不多,风格清泠,足成家数,梁人重谢朓诗,惟有何逊与谢较相近。

酬范记室云

【题解】

本篇是酬答范云的诗。范曾为齐竟陵王萧子良的记室参军。范原诗题为《贻何秀才》。何逊举秀才时年才弱冠。

林密户稍阴,草滋阶欲暗。风光蕊上轻〔一〕,日色花中乱。相思不独欢,伫立空为叹。清谈莫共理,繁文徒可玩。高唱子自轻〔二〕,继音予可惮〔三〕?

【注释】

〔一〕风光:在风中闪动的草木之光色。谢朓《和徐都曹出新亭渚》诗云:

"风光草际浮。"李周翰注云:"风本无光,草上有光色,风吹动之,如风之有光也。"

〔二〕高唱:指范云赠诗。范诗有"布鼓诚自鄙"句,是自谦的话,本句针对范诗"布鼓"句。

〔三〕继音:言答范诗。予可惮:是自励之辞,就是何可惮呢。惮,畏难的意思。

与苏九德别

【题解】

本篇写别友之情,别时或在夏季,诗中"青袍"、"团扇"当是作者眼前所见的东西。

宿昔梦颜色,咫尺思言偃〔一〕。何况杳来期〔二〕,各在天一面。踟蹰暂举酒,倏忽不相见。春草似青袍,秋月如团扇〔三〕。三五出重云,当知我忆君。萋萋若被径,怀抱不相闻〔四〕。

【注释】

〔一〕偃:疑作"宴"。《诗经·氓》:"言笑晏晏。""晏"即是"宴"的假借。首二句言虽近在咫尺不能不相思念,所以昨夜还梦见颜色。这样便生出下文何况远离的意思。

〔二〕来期:将来之会。

〔三〕"春草"句:《古诗(穆穆清风至)》:"青袍似春草。""秋月"句:古乐府

《怨歌行》:“裁为合欢扇,团团似明月。”这里借“春草”、“秋月”现成的比喻引起下文。

〔四〕三五:月半十五日,这是月最明的时候。末四句是说分别以后,每逢圆月当空的夜间、青草覆径的季节,不免要联想到眼前的团扇和青袍,触动对故人的想念,但是山川阻隔,这种想念之情却未必能够传达。

临行与故游夜别

【题解】

本篇《艺文类聚》与《文苑英华》均作《从政江州与故游别》。何逊从政江州时在梁初天监(502—518)中。

历稔共追随〔一〕,一旦辞群匹〔二〕。复如东注水,未有西归日。夜雨滴空阶,晓灯暗离室。相悲各罢酒,何时同促膝〔三〕。

【注释】

〔一〕稔:熟,谷一熟为一年。

〔二〕群匹:犹言朋俦,指诸旧游。

〔三〕同:一作“更”。

与胡兴安夜别

【题解】

这是秋夜在舟中留别的诗。

居人行转轼〔一〕,客子暂维舟。念此一筵笑,分为两地愁。露湿寒塘草,月映清淮流。方抱新离恨,独守故园秋〔二〕。

【注释】

〔一〕居人:留居的人,指胡兴安。行:将。转轼:回车。

〔二〕末二句言自己将抱恨独居。

扬州法曹梅花盛开

【题解】

本篇《诗纪》题作《咏早梅》,《汉魏六朝一百三家集·何记室集》题作《扬州法曹梅花盛开》。杜甫《和裴迪登州东亭送客逢早梅相忆见寄》诗道:“东阁官梅动诗兴,还如何逊在扬州。”依杜句从《百三家集》题为是。关于何逊在扬州的事迹,本传略而未叙。

兔园标物序〔一〕,惊时最是梅。衔霜当路发,映雪拟寒开。枝横却月观,花绕凌风台〔二〕。朝洒长门泣,夕驻临邛杯〔三〕。应知早飘落,故逐上春来〔四〕。

【注释】

〔一〕兔园:汉梁孝王所筑的园名。标物序:标识时节变迁。

〔二〕却月、凌风:当是扬州台观名。以上二句描写梅花点缀在台观之间更显得妍丽。

〔三〕长门:汉宫名。武帝陈皇后退居长门宫,愁闷悲思。司马相如曾为她作《长门赋》。临邛:汉县名,在蜀中。司马相如在临邛饮于卓王孙家,卓女文君奔相如。这两句言梅花惊时,能引起怨女的悲思,同时也能助文人的雅兴。

〔四〕上春:即孟春,指正月。

相　　送

【题解】

这一首是留赠送别者的诗。前半写行客惆怅的情怀,后半写江上凄寒的景色。何逊集中又有题为《相送》的联句五首。韦黯诗云:"子瞻天际水,予望路中尘。"王江乘诗云:"君还旧居处,为我一嚬眉。"何逊诗云:"一朝事千里,流涕向三春。"又:"愿子俱停驾,看我独解维。"又:"以我辞乡泪,沾君送别衣。"这些诗句都是辞别送者而不是送人的语气。本篇制题欠明白,但从相送联句类推,可以知道这不是送行的诗。"客心”和“孤游”两句作为远行者自己言情也远比代行人述更感动人。

客心已百念，孤游重千里〔一〕。江暗雨欲来，浪白风初起。

【注释】

〔一〕百念：言众感交集。重千里：犹言重之以千里。重，犹“更”。上句说作客已可悲，下句说作远客更可悲。

陶弘景

陶弘景(457—537),字通明,丹阳秣陵(约为今江苏南京地)人。隐于句曲山,自号华阳隐居。梁武帝即位,屡加礼聘,不肯出。卒谥贞白先生。

诏问山中何所有赋诗以答

【题解】

本篇为答齐高帝萧道成诏而作。

山中何所有?岭上多白云。只可自怡悦,不堪持赠君〔一〕。

【注释】

〔一〕君:指齐高帝。

庾肩吾

庾肩吾(487—550),字子慎,南阳新野(今河南新野)人。诗靡丽,工琢句。与刘孝威等十人号为高斋学士。

乱后行经吴御亭

【题解】

御亭:吴大帝(孙权)所建邮亭,在晋陵(今江苏武进)。本篇是侯景乱后凭吊之作。

邮亭一回望,风尘千里昏。青袍异春草,白马即吴门〔一〕。獯戎鲠伊洛,杂种乱轘辕〔二〕。辇道同关塞,王城似太原〔三〕。休明鼎尚重〔四〕,秉礼国犹存〔五〕。殷牖爻虽赜,尧城吏转尊〔六〕。泣血悲东走,横戈念北奔〔七〕。方凭七庙略,誓雪五陵冤〔八〕。人事今如此,天道共谁论?

【注释】

〔一〕以上二句指侯景。《梁书·侯景传》:"普通中童谣曰:'青丝白马寿阳来。'后景果乘白马,兵皆青衣。"《古诗(穆穆清风至)》,"青袍似春草。"《孔子家语》:"颜渊与孔子俱上泰山,东南望吴昌门外。孔子见白马,引颜渊指之:'若见吴昌门乎?'颜渊曰:'见之,有系练之状。'"是二句用辞所本。庾信

《哀江南赋》:"青袍如草,白马如练。"所指正相同。

〔二〕獯戎:即獯鬻,种族名,周代名猃狁,汉代名匈奴。鲠:阻。轘辕:山名,在今河南偃师东南,巩县西南,登封县西北。以上二句"伊洛"、"轘辕"当是借指南朝郊畿之地,否则中原久已沦于异族,本不消说。獯戎、杂种,指侯景。景是北朝朔方人,自齐降梁。

〔三〕辇道:宫苑中人君乘车游行的道。太原:是西周和猃狁交锋之地。《诗经·六月》:"薄伐猃狁,至于太原。"以上二句言侯景作乱,使得京邑和边塞无别。

〔四〕休:美。鼎尚重:春秋时楚庄王向周大夫王孙满问九鼎轻重。九鼎是三代传国的重器。楚有图周之意,所以问鼎。王孙满答楚王道:鼎之能迁移与否要看德的盛衰而不在鼎的轻重。"德之休明,虽小重也,其奸回昏乱,虽大轻也。"(见《左传·宣公三年》)这句诗是说梁德未衰,不致亡于异族。

〔五〕秉礼:春秋时齐桓公问大夫仲孙湫:"鲁可取乎?"仲孙回答,"不可,犹秉周礼。周礼所以本也。臣闻之国将亡本必先颠而后枝叶从之。鲁不弃周礼,未可动也。"(见《左传·闵公元年》)这句诗是说梁室犹似鲁国有可以保存之道。

〔六〕殷牖:殷代的牖里。牖,与"羑"通,"牖里"就是"羑里"。殷纣囚周文王于羑里,见《史记·周本纪》。爻:《周易》的卦画叫做"爻",是表示交错变动的。赜:是幽深难明的意思。相传周文王作卦爻辞,司马迁《报任少卿书》说:"文王拘而演周易。"尧城:借指台城。尧也有被囚的传说,见《竹书纪年》。吏:指狱吏。《史记·绛侯世家》:"吾尝将百万军,然安知狱吏之贵乎?"以上二句是说梁武帝在台城被侯景所逼。

〔七〕东走、北奔:指萧绎、萧纶等奔走赴援。

〔八〕七庙:七世之庙。《孙子》注:"古者兴师命将,必致斋于庙,授以成算,然后遣之,故谓之庙算。"庙略:犹"庙算"。五陵:长陵、安陵、阳陵、茂陵、昭陵。这些都是汉朝皇帝的陵,借指萧梁的祖陵。以上二句言画策复仇。

王　籍

王籍，字文海，琅邪临沂（今山东临沂北）人。好学，有才气。梁天监中除湘东王谘议参军，转中散大夫。作诗慕谢灵运。

入若耶溪

【题解】

本篇写泛溪而伤久客。《梁书·文学传》："（籍）除轻车湘东王谘议参军，随府会稽。郡境有云门天柱山，籍尝游之，或累月不反。至若耶溪赋诗，其略云：'蝉噪林逾静，鸟鸣山更幽。'当时以为文外独绝。"若耶溪：在今浙江绍兴南若耶山下。

艅艎何泛泛〔一〕，空水共悠悠。阴霞生远岫，阳景逐回流〔二〕。蝉噪林逾静，鸟鸣山更幽〔三〕。此地动归念，长年悲倦游。

【注释】

〔一〕艅艎：或作"余皇"，舟名。泛泛：船行无阻之貌。

〔二〕阳景：日影。

〔三〕这两句是传诵的名句。《颜氏家训·文章篇》说："王籍入若耶溪诗云‘蝉噪林逾静，鸟鸣山更幽’，江南以为文外独绝，物无异议。……《诗》云‘萧萧马鸣，悠悠旆旌’，《毛传》曰‘言不喧哗也’，吾每叹此解有情致，籍诗生于此耳。”

朱　超

朱超，生平不详。朱超、朱超道、朱越，各诗集所载名多互见，疑是一人。

舟中望月

大江阔千里，孤舟无四邻。唯余故楼月，远近必随人。入风先绕晕〔一〕，排雾急移轮。若教长似扇〔二〕，堪拂艳歌尘。

【注释】

〔一〕晕：月四周有时有云气围绕如环叫做月晕。这种现象由于上层云气含雨点或冰点，月光遇到它发生折射作用而造成，所以常为将风雨之兆。

〔二〕似扇：古人咏扇的诗赋形容扇的圆常以月为比，如古乐府《怨歌行》云："裁为合欢扇，团团似明月。"又傅玄《扇赋》云："何皎月之纤素。"本篇倒转过来，以扇比月。

陈诗

江津送刘光禄不及
渡青草湖
晚出新亭
五洲夜发
关山月
别毛永嘉

阴　　铿

阴铿，字子坚，武威姑臧（今甘肃武威）人。博涉史传，五言诗为当代所重。在梁朝曾为湘东王法曹参军。在陈朝曾为始兴王中录事参军。阴铿与何逊并称，传诗不多，风格流丽。

江津送刘光禄不及

【题解】

本篇写送刘而不及见刘，江边伫立，怅望去帆。

依然临送渚，长望倚河津。鼓声随听绝〔一〕，帆势与云邻。泊处空余鸟，离亭已散人。林寒正下叶，晚钓欲收纶〔二〕。如何相背远？江汉与城闉〔三〕。

【注释】

〔二〕鼓声：打鼓开船之声。

〔三〕纶：钓丝。

〔四〕城闉：城曲。末二句言刘去已归。

渡青草湖

【题解】

青草湖：在湖南岳阳西南，接湘阴县界，向来和洞庭湖并称。湖南岸有青草山。本篇写湖上春水浩淼，风日晴丽，善于刻画。

洞庭春溜满〔一〕，平湖锦帆张。沅水桃花色〔二〕，湘流杜若香〔三〕。穴去茅山近，江连巫峡长〔四〕。带天澄迥碧，映日动浮光。行舟逗远树，度鸟息危樯〔五〕。滔滔不可测，一苇讵能航〔六〕？

【注释】

〔一〕洞庭：即洞庭湖。《方舆纪要》："青草湖北连洞庭，南接潇湘，东纳汨罗。"

〔二〕沅水：即沅江，入洞庭湖，桃源县在它的左岸。这里"桃花色"三字可能由陶渊明《桃花源诗》联想。

〔三〕杜若：香草名。《楚辞》中《湘君》和《湘夫人》篇有"采芳洲兮杜若"、"搴汀洲兮杜若"之句。本篇此句可能由《楚辞》联想。

〔四〕茅山：即句曲山。在江苏句容东南。山有华阳洞，相传汉代茅盈、茅固、茅衷兄弟三人在此得道成仙。这两句想象湖与茅山、巫峡相连。巫峡也有巫山神女的传说。

〔五〕逗：停止。这句是说行舟到远处就像停在远树边不动了。度鸟：度湖的鸟。“度鸟”句，是说鸟不能一翅飞度，中途常在帆樯休息。以上两句都是形容湖面广阔。

〔六〕讵：犹“岂”。《诗经·河广》：“谁谓河广，一苇杭之。”“杭”就是“航”。末二句是说此湖不是小舟可渡。

晚出新亭

【题解】

本篇写江行。新亭：见谢朓《新亭渚别范零陵云》注题解。

大江一浩荡，离悲足几重？潮落犹如盖〔一〕，云昏不作峰〔二〕。远戍唯闻鼓，寒山但见松〔三〕。九十方称半〔四〕，归途讵有踪？

【注释】

〔一〕枚乘《七发》：“江水逆流，海水上潮。……波涌而涛起。……其少进也，浩浩溰溰，如素车白马，帷盖之张。”此句言潮势虽已低落，波涛还像车盖一般。

〔二〕这句言云雾一片迷漫，不成峰峦之状。

〔三〕戍：防军驻守处。古时兵营中以鼓角纪时，日出日落的时候都击鼓。这两句是名句。因为江阔云昏所以闻见只有戍鼓、山松而已。

〔四〕《战国策·秦策》：“行百里者半于九十。”言长路跋涉到末后更难，一百里路程走过九十里只能算走过一半。这句诗表示同样的意思。

五洲夜发

【题解】

五洲：在今湖北浠水西兰溪西大江中。作者又有《晚泊五洲》诗。

夜江雾里阔，新月迴中明。溜船惟识火〔一〕，惊凫但听声〔二〕。劳者时歌榜〔三〕，愁人数问更。

【注释】

〔一〕溜船：顺流而下的船。这句是说见灯火而知有行船。

〔二〕声：指凫飞之声。这句是说因闻声而知有惊凫。惊凫，也可能指船而言。木华《海赋》"鹬如惊凫之失侣"，就是以惊凫比船行之速。古人画鸟像于船头，有"鹢首"、"青雀"、"白鹄"、"鸭头船"等名。参看《焦仲卿妻》注〔八七〕。

〔三〕劳者：指榜人，即船夫。

徐　　陵

徐陵(507—582),字孝穆,东海郯人。博涉经史,有口辩。在梁累官至散骑侍郎。入陈,迁光禄大夫太子少傅。文章为当代所宗,每一篇出,好事者争相传写。诗作传留很少。

关山月

【题解】

这是乐府《横吹曲》题。本篇写关山客子的室家之思。

关山三五月,客子忆秦川〔一〕。思妇高楼上,当窗应未眠。星旗映疏勒〔二〕,云陈上祁连〔三〕。战气今如此,从军复几年〔四〕。

【注释】

〔一〕秦川:指关中,就是从陇山东到函谷关一带地方。

〔二〕旗:星名。《史记·天官书》:"房心东北曲十二星曰旗。"疏勒:汉西域诸国之一。王都疏勒城在今新疆疏勒。

〔三〕祁连:山名,即天山。

〔四〕末二句言目前战争的气氛仍然浓厚,不知还要从军多久。

别毛永嘉

【题解】

毛永嘉:毛喜,字伯武,曾为永嘉内史。本篇是别毛先归留赠之作。大意说自己老而且病,恐毛归而己已死,眼前的一别实际就是永别了。这诗四十字像是一笔写下,貌虽俳偶实则单行,在陈、隋作品中特别显得气格高劲。

愿子厉风规〔一〕,归来振羽仪〔二〕。嗟余今老病,此别空长离。白马君来哭〔三〕,黄泉我讵知?徒劳脱宝剑,空挂陇头枝〔四〕。

【注释】

〔一〕风规:风谏箴规。

〔二〕振羽仪:犹云立法式。

〔三〕这句用后汉范、张故事,范式与张劭为友,张死,范梦张来诀,告以葬期。范素车白马前往奔丧,未到而丧已发引。张柩车到圹忽然不能动,范赶到,执绋引柩,柩车才动(见《后汉书·范式传》)。

〔四〕末二句用季札挂剑故事。春秋时,吴延陵季子聘晋,路过徐国。徐君爱季子所佩宝剑,希望季子送给他。季子从他的表情看出他的心思。便打定主意从晋国回来时将剑赠送给徐君。但是当他再经过徐国时徐君已死,便将剑挂在徐君的墓树上而去(事见《新序·节士》)。

北朝诗

刘　昶

刘昶(435—498),字休道,宋文帝第九子。前废帝子业即位,疑昶有异志。昶于魏和平六年(465)奔魏。

断　句

【题解】

这首诗题为《断句》,断句:同于“绝句”,就是联句未成的意思。《南史》本传载此诗,说是刘昶在奔魏途中所作。

白云满鄣来〔一〕,黄尘暗天起。关山四面绝,故乡几千里?

【注释】

〔一〕鄣:边地险要处的城堡。

萧　悫

萧悫，字仁祖，南兰陵（今江苏武进西北）人。本是南朝萧梁的宗室，后入北齐。颜之推说他工于吟咏。

秋　思

【题解】

这是秋夜思家的诗。《北齐书·古道子传》："悫曾秋夜赋诗，其两句云：'芙蓉露下落，杨柳月中疏。'为知音所赏。"《颜氏家训·文章篇》也举这两句，题为《秋思》。

清波收潦日〔一〕，华林鸣籁初〔二〕。芙蓉露下落，杨柳月中疏。燕帏缃绮被，赵带流黄裾〔三〕。相思阻音息〔四〕，结梦感离居。

【注释】

〔一〕潦：雨水大貌。首句言夏去秋来。夏水浊，秋水清。夏多雨水，秋则收潦。

〔二〕籁：凡孔窍发声都叫做"籁"。本句言繁荣的树林开始被秋风吹响。

〔三〕燕帏、赵带：谓燕姬之帏，赵女之带。流黄：是一种间色，这里指流黄色的绢。间色有五种：绀、红、缥、紫、流黄。

〔四〕息：一作"信"。

颜之推

颜之推(529—591),字介,琅邪临沂(今山东临沂北)人。初事梁元帝(萧绎)为散骑侍郎。江陵沦陷,奔齐,累官黄门侍郎平原太守。齐亡后入周。卒于隋文帝开皇(589—604)中。之推博学好古,亦深于诗。

古　意

【题解】

颜有《古意二首》,第一首追哀梁元帝,第二首写羁旅不得志之感。这里选录第一首。

十五好诗书,二十弹冠仕〔一〕。楚王赐颜色,出入章华里〔二〕。作赋凌屈原,读书夸左史〔三〕。数从明月宴〔四〕,或侍朝云祀〔五〕。登山摘紫芝,泛江采绿芷。歌舞未终曲,风尘暗天起。吴师破九龙〔六〕,秦兵割千里〔七〕。狐兔穴宗庙,霜露沾朝市。璧入邯郸宫〔八〕,剑去襄城水〔九〕。未获殉陵墓,独生良足耻。悯悯思旧都,恻恻怀君子〔一〇〕。白发窥明镜,忧伤没余齿〔一一〕。

【注释】

〔一〕弹冠仕:《汉书·王吉传》:"王阳在位,贡公弹冠。"言王吉、贡禹二人志趣相同,王在朝时贡也入仕。弹冠,是说将入仕而拂除冠上的尘埃。

〔二〕章华:春秋时楚灵王所建台名。以上二句言曾为梁元帝之臣。元帝都江陵,本是古楚国地方,所以作者以楚王指梁元帝,以下亦多用楚事。

〔三〕左史:指左史倚相,他是春秋时代楚国的一位博学的史官,能读"三坟"、"五典"、"八索"、"九丘"等古书(见《左传·昭公十二年》)。

〔四〕明月宴:梁元帝在江陵建有明月楼。谢庄《月赋》:"君王乃厌晨欢,乐宵宴,去烛房,即月殿。"

〔五〕朝云祀:宋玉《高唐赋》:"王游高唐,怠而昼寝,梦见一妇人曰:'妾巫山之神女也,朝为行云,暮为行雨,朝朝暮暮,阳台之下。'旦朝视之,如言。故为立庙,号曰朝云。"

〔六〕九龙:《淮南子·泰族训》:"阖闾伐楚,……破九龙之钟。"注:"楚为九龙之虡以悬钟也。"

〔七〕割千里:谓秦割楚地千里。

〔八〕璧入邯郸:楚有和氏璧,为赵惠文王所得。邯郸,赵地。

〔九〕雷次宗《豫章记》:"孔章掘得二剑,留其一,匣而进之张华。后张华遇害,此剑飞入襄城水中。"为此句所本。以上四句言江陵破后宫室残毁,宝物四散。

〔一〇〕旧都:指江陵。君子:指梁元帝。以上四句言自愧独生,不胜怀旧之感。

〔一一〕没余齿:终余年。

王　　褒

王褒(约 513—576),字子渊,琅邪临沂(今山东临沂北)人。仕梁历吏部尚书左仆射。聘魏被留。在周和庾信同以文学被宇文氏所重视,周武帝时为宜州刺史,卒于位。

渡河北

【题解】

本篇写北渡黄河所见景色和羁旅之感。

秋风吹木叶,还似洞庭波〔一〕。常山临代郡〔二〕,亭障绕黄河〔三〕。心悲异方乐,肠断陇头歌〔四〕。薄暮临征马,失道北山阿。

【注释】

〔一〕起二句写河上风来波起,落叶纷纷,风景有似故国。《楚辞·九歌》:"洞庭波兮木叶下。"

〔二〕常山:汉关名,在今河北唐县西北。代郡:在今河北蔚县东北。

〔三〕亭障:《后汉书·王霸传》:"诏霸与杜茂治飞狐道,堆石布土,筑起亭障自代至平城三百余里。"

〔四〕陇头歌:乐府《横吹曲》歌名。

庾　信

庾信(512—580),字子山,庾肩吾之子。梁元帝时聘西魏,羁留长安,不久梁亡,从此流寓北方,非其所愿,常常有故国之思。庾诗的体格和当时流行的诗没有什么分别,但因为才力丰美,工于语言,成就却超越了同时的作家。晚年抒写悲愤、叙述丧乱的诗往往沉痛感人。

咏　怀 六首

【题解】

倪(璠)本《庾子山集》及冯氏《诗纪》都作《拟咏怀》。《艺文类聚》无"拟"字。这些诗并非摹仿阮籍,加"拟"字是错误的。阮诗寄易代之感,庾述丧乱之哀,各有千秋,不相高下。庾信有《咏怀二十七首》,这里选六首。本篇原列第四首,自叙从江陵聘魏,羁留长安,本非所愿,思念旧国,悲愤无穷。

楚材称晋用〔一〕,秦臣即赵冠〔二〕。离宫延子产〔三〕,羁旅接陈完〔四〕。寓卫非所寓,安齐独未安〔五〕。雪泣悲去鲁〔六〕,凄然忆相韩〔七〕。唯彼穷途恸,知余行路难〔八〕。

【注释】

〔一〕楚材晋用:《左传·襄公二十六年》:"虽楚有材,晋实用之。"注:"言楚亡臣多在晋。"

〔二〕秦臣赵冠:《后汉书·舆服志》:"武冠谓之赵惠文冠,秦灭赵,以其君冠赐近臣。"

〔三〕离宫:行宫。这里指招待外国贵宾的客馆。春秋时郑大夫子产相郑伯到晋国(见《左传·襄公二十一年》)。

〔四〕"羁旅"句:春秋时陈公子完奔齐,齐国使他为国卿。他自称"羁旅之臣",不肯接受(见《左传·庄公二十二年》)。以上借古事叙述自己出使北方成为羁臣。

〔五〕"寓卫"句:用黎侯事。《诗经·式微》毛序云:"狄人迫逐黎侯,黎侯寓于卫。""安齐"句:用晋公子重耳事。重耳出亡到齐国。齐桓公将女儿齐姜嫁给他。重耳有安居之意(见《左传·僖公二十三年》与《国语·晋语》)。以上二句言留仕北方非其所乐。

〔六〕雪泣:拭泪。去鲁:《韩诗外传》卷三:"孔子去鲁,迟迟乎其行也。"这句是以去鲁喻自己离父母之邦。

〔七〕相韩:《史记·留侯世家》:"韩破。良悉以家财求客刺秦王,为韩报仇,以大父、父五世相韩故。"庾氏父子仕梁(庾信父肩吾为梁散骑常侍中书令),深念旧恩,所以以张良五世相韩为比。

〔八〕穷途:见颜延之《五君咏·阮步兵》注〔八〕。末二句言有途穷之悲。

其　二

【题解】

本篇原列第六首,言自己本是梁朝文学之臣,梁朝以国士相待,有知己之感,而不能报答。

畴昔国士遇,生平知己恩。直言珠可吐,宁知炭欲吞〔一〕。一顾重尺璧,千金轻一言〔二〕。悲伤刘孺子〔三〕,凄怆史皇孙〔四〕。无因同武骑,归守霸陵园〔五〕。

【注释】

〔一〕炭欲吞:战国初,晋人豫让初事范中行氏,无所知名。改事智伯,颇受尊宠。后来智伯被赵襄子所灭,豫让立志刺赵襄子,为智氏报仇,漆身为癞,吞炭为哑,使人不识。后行刺不成,被捉,赵襄子问他:你不是曾事范中行氏吗?智伯灭范中行氏,你不为报仇,为什么现在坚决为智伯报仇呢?豫让道:范中行氏以一般人待我,所以我以一般人的行为报答他,智伯以国士待我,所以我以国士的行为报答他(见《战国策·赵策》)。欲,一作"可"。以上四句叙自己曾受梁恩,才学被重视。不料遭逢国变,如果要图报,只有走豫让的路了。

〔二〕以上二句言知遇之隆,承上"直言"句来。

〔三〕刘孺子:指汉宣帝玄孙刘婴,婴年二岁被王莽立为平帝的继位者,号曰孺子。不久王莽篡位自立,废婴为安定公。这句引孺子婴的事表示对梁敬帝(萧方智)的悲悼。敬帝逊位于陈。陈以敬帝为江阴王,死于外邸。

〔四〕史皇孙:汉武帝之孙,父为戾太子刘据,母名史良娣,妻王氏,因巫蛊事,四人同遇害。这句诗是伤悼梁帝室子孙多被杀戮。

〔五〕武骑:指司马相如。相如在汉景帝时曾为武骑常侍。霸陵园:指汉文帝陵园。司马相如在武帝朝被任为孝文园令。末二句言不能回到故乡守梁主的陵墓。庾信本是梁朝的文学之臣,所以以司马相如为比。

其　三

【题解】

本篇原列第七首以远戍自喻，言久羁异域，恨心不歇，还作种种无益的希望。

榆关断音信〔一〕，汉使绝经过。胡笳落泪曲，羌笛断肠歌。纤腰减束素〔二〕，别泪损横波〔三〕。恨心终不歇，红颜无复多。枯木期填海，青山望断河〔四〕。

【注释】

〔一〕榆关：犹“榆塞”，泛指北方边塞。

〔二〕减束素：言腰部渐渐瘦细。宋玉《登徒子好色赋》：“腰如束素。”

〔三〕横波：指眼。

〔四〕填海：精卫填海，见陶渊明《读山海经》（“精卫衔微木”）注〔一〕。“青山”句：言望山崩可以阻塞河流。断，读上声。末二句言虽抱希望实际是无聊的空想。

其　四

【题解】

本篇原列第十一首，追念梁元帝江陵之败。

摇落秋为气〔一〕，凄凉多怨情。啼枯湘水竹〔二〕，哭坏杞梁城〔三〕。天亡遭愤战〔四〕，日蹙值愁兵〔五〕。直虹朝映垒，长星夜落营〔六〕。楚歌饶恨曲，南风多死声〔七〕。眼前一杯酒，谁论身后名〔八〕？

【注释】

〔一〕"摇落"句：宋玉《九辩》："悲哉秋之为气也，……草木摇落而变衰。"

〔二〕"啼枯"句：相传舜死于苍梧，他的两妃将沉湘水，望苍梧而哭，泪洒竹上，点点成斑。

〔三〕"哭坏"句：相传杞梁战死，妻号哭极哀，杞城为之崩坏。参看《古诗(西北有高楼)》注〔三〕。

〔四〕天亡：言灭亡由于天意。项羽对乌江亭长说："天之亡我，我何渡为？"(见《史记·项羽本纪》)

〔五〕日蹙：《诗经·召旻》："今也日蹙国百里。"蹙，犹"促"。

〔六〕直虹：《晋书·天文志》："虹头尾至地，流血之象。""长星"句：《晋书·天文志》："蜀后主建兴十三年，诸葛亮帅大众伐魏，屯于滑南，有长星赤而芒角，自东北西南流，投亮营，……占曰：两军相当，有大流星来走军上及坠军中者皆破败之征也。"以上二句是举梁元帝在江陵败亡的征象。

〔七〕楚歌：见项羽《垓下歌》注题解。南风：南方之乐。《左传·襄公十八年》："晋人闻有楚师。师旷曰：'不害。吾骤歌北风，又歌南风。南风不竞，多死声，楚必无功。'"《梁书·元帝纪》："魏师至，帝在幽逼，求酒饮之，制诗四绝，其一曰：'南风且绝唱，西陵最可悲。今日还蒿里，终非封禅时。'"以上二句是引楚事叙元帝之败。

〔八〕《世说新语·任诞》："张季鹰曰：使我有身后名，不如眼前一杯酒。"是"眼前"句用辞所本。末二句言江陵君臣，只图眼前，没有后虑。

其　五

【题解】

本篇原列第十二首，叙述梁元帝和岳阳王萧詧结怨，以致西魏来攻。

周王逢郑忿〔一〕，楚后值秦冤〔二〕。梯冲已鹤列，冀马忽云屯〔三〕。武安檐瓦振，昆阳猛兽奔〔四〕。流星夕照镜〔五〕，烽火夜烧原。古狱饶冤气，空亭多枉魂〔六〕。天道或可问，微兮不忍言〔七〕。

【注释】

〔一〕《左传》屡次记载周、郑交恶，郑伯不听王命的事。这句借来述梁元帝和萧詧构衅。元帝曾杀萧詧的哥哥萧誉，因此结怨。魏恭帝元年(554)遣于谨攻江陵，萧詧发兵响应。

〔二〕战国时秦遣张仪至楚，以商於之地六百里诱楚怀王，使楚与齐绝交。楚绝齐而秦不与地。两国战于丹阳，楚大败。这就是“楚值秦冤”的事(见《史记·张仪传》)。楚后：指梁元帝。后，君。秦：指西魏。

〔三〕梯冲：云梯和冲车，攻城之具。鹤列：阵名。以上二句言于谨、萧詧的军容之盛。

〔四〕武安：地名，在今河北涉县东北。战国时初为赵地，后属秦。赵惠王时，秦军在武安西鼓噪勒兵，武安屋瓦尽振(见《史记·廉颇蔺相如列传》)。昆阳：汉县名，在今河南叶县。《后汉书·光武帝本纪》：“王寻、王邑围昆阳，驱猛兽虎豹犀象之属以助威。”以上二句言攻城之急。

〔五〕流星:《晋书·天文志》:“奔星所坠,其下有兵。”照镜:言流星之明。又疑“镜”是“境”之误。

〔六〕古狱:《述异记》载汉武幸甘泉,长阪道中有赤虫,东方朔言其地是古狱地,所以生此虫。空亭:《后汉书·王忳传》载忳为郿县令,夜宿嫠亭,遇女鬼诉冤。以上二句言江陵战斗中杀伤惨重。

〔七〕末二句言梁亡或有致亡之道,所以天理并非不可问,不过这是自己所不忍说的。

其　六

【题解】

本篇原列第二十二首,伤悼梁元帝在江陵的覆亡和自己在异乡的留滞。

日色临平乐,风光满上兰〔一〕。南国美人去〔二〕,东家枣树完〔三〕。抱松伤别鹤〔四〕,向镜绝孤鸾〔五〕。不言登陇首,唯得望长安〔六〕。

【注释】

〔一〕首二句言长安风光正美。西汉时上林有平乐馆和上兰观。上林在长安西。

〔二〕“南国”句:指梁元帝之死。元帝都江陵,本是古楚国地方,楚有“南国”之称。屈原《离骚》以“美人”喻君。所以称元帝为“南国美人”。

〔三〕"东家"句:指敬帝在建业即位,不久让位给陈氏,东南诸郡幸得保全,未沦于异族。汉人王吉字子阳,家住长安,东邻家有大枣树,树枝垂在王家的院中。王妻摘枣给王吉吃。当王吉知道枣的来处之后,认为妻做了坏事,把她驱逐了。东家听到这件事,过意不去,就要砍掉枣树,邻里众人劝止东家砍树,并说服王吉将妻接回。里中因此产生一首歌谣道:"东家有树,王阳妇去。东家枣完,王阳妇还。"(见《汉书·王吉传》)这就是这句诗用语的出处。完,是保全的意思。

〔四〕别鹤:琴曲名。商陵牧子所作。牧子娶妻五年而无子,父兄要为他改娶。牧子悲怆,取琴而为别鹤之歌(见《琴操》)。这句中的"松"字似有误,别鹤事与松不相干。疑当作"桐","抱桐"就是说抱琴。

〔五〕孤鸾:事见刘敬叔《异苑》,罽宾国王买得一鸾,三年不肯一鸣。他的夫人道:听说鸾和同类的在一处就鸣了,何不让它照镜子?王依言用镜子照它。鸾见了自己的影子,悲鸣冲霄,一奋而绝。本篇"别鹤"、"孤鸾"都是作者用来自比。

〔六〕末二句言登陇山只见长安,自己的乡关在南国不能再见。

寄王琳

【题解】

王琳:字子珩,平侯景有功。当元帝迁都江陵,为萧詧所败,敬帝立于建业,又被陈霸先篡位。王琳西攻岳阳,东拒霸先,为梁室的忠臣。

玉关道路远,金陵信使疏〔一〕。独下千行泪,开君万里书〔二〕。

【注释】

〔一〕玉关：玉门关，在今甘肃敦煌西。首二句言南北道远，音讯疏隔。

〔三〕书：信。时王琳在郢城练兵，志在为梁雪耻，他寄给庾信的书信可以想象是不乏慷慨忠壮之词的，所以庾信为之下泪。

和侃法师

【题解】

一作《和侃法师别诗》。原三首，这里所选是第一首。侃法师：南人，从周还乡。

秦关望楚路，灞岸想江潭〔一〕，几人应落泪，看君马向南〔二〕。

【注释】

〔一〕秦关：指函谷关。灞岸：霸陵岸的省称。霸陵岸见王粲《七哀诗》（“西京乱无象”）注〔六〕。这里以“秦关”、“灞岸”代长安。长安是后周的都城，作者和侃法师在此作别。楚路、江潭：指故国。

〔二〕末二句，言南方人留在北方不得还乡者应以不得同归为恨。

重别周尚书

【题解】

周尚书：名弘正，字思行。弘正自陈聘周，南归时庾信以诗赠别。先已有《送周尚书弘正二首》，这是再送，所以题为“重别”。这是《重别周尚书二首》的第一首。

阳关万里道〔一〕，不见一人归。惟有河边雁，秋来南向飞〔二〕。

【注释】

〔一〕阳关：关名，在今甘肃敦煌西南一百三十里，玉门关在其北。两关都是出塞必经之地。这里借“阳关道”表示身在西北，离乡万里，和《赠王琳》诗“玉关”句相同。

〔二〕末二句以秋雁渡河比弘正南归。

杨柳歌

【题解】

本篇借歌咏杨柳寄寓故梁之思。庾又有《枯树赋》，可以参看。

河边杨柳百丈枝，别有长条踠地垂[一]。河水冲激根株危，倏忽河中风浪吹[二]。可怜巢里凤凰儿，无故当年生别离[三]。流槎一去上天池，织女支机当见随[四]。谁言从来荫数国，直用东南一小枝[五]。昔日公子出南皮，何处相寻玄武陂[六]。骏马翩翩西北驰，左右弯弧仰月支[七]。连钱障泥渡水骑[八]，白玉手板落盘螭[九]。君言丈夫无意气，试问燕山那得碑[一〇]？凤凰新管萧史吹[一一]，朱鸟春窗玉女窥[一二]。衔云酒杯赤玛瑙，照日食螺紫琉璃[一三]。百年霜露奄离披[一四]，一旦功名不可为。定是怀王作计误，无事翻复用张仪[一五]。不如饮酒高阳池，日暮归时倒接篱[一六]。武昌城下谁见移[一七]？官渡营前那可知[一八]？独忆飞絮鹅毛下，非复青丝马尾垂[一九]。欲与梅花留一曲，共将长笛管中吹[二〇]。

【注释】

〔一〕踠地垂：言下垂到地而屈曲。踠，一作“宛”，屈曲。

〔二〕以上二句，以杨柳根株随波喻梁室倾覆，略如陶渊明《拟古（种桑长江边）》诗意。

〔三〕以上二句慨梁室臣民流散。刘向《九叹》：“哀枯杨之冤雏。”王逸注云：“悲哀飞鸟生雏，其身烦冤而不得出，在于枯杨之树，居危殆也。”

〔四〕槎：同“楂”，水中浮木。织女支机：《荆楚岁时记》：“汉武帝令张骞使大夏，寻河源，经月而至一处，见一女织。……织女取支机石与骞而还。”

〔五〕以上二句言梁武帝时之盛。用辞似本“若木”、“细柳”的传说。周祈

《名义考》引《山海经》:“灰野之山,有树青叶赤华,名曰若木,日所入处。”《论衡·说日篇》:“日旦出扶桑,暮入细柳。”《齐王宪神道碑》云:“若木一枝,旁荫数国。”

〔六〕这两句借曹丕兄弟事指梁简文帝(萧纲)及元帝。南皮:地名,在今河北沧县西南。曹丕《与吴质书》云:“昔日南皮之游诚不可忘。”玄武陂:即玄武池,在邺城(今河北临漳)西南。曹丕《于玄武陂作》诗云:“兄弟共行游,驱车出西城。柳垂重阴绿,向我池边生。”

〔七〕月支:见曹植《白马篇》注〔五〕。

〔八〕连钱:一作“连乾”,马饰。障泥:马鞯,因其下垂于马身的两旁,用来挡尘土,所以叫障泥。晋王济尝乘一马,着连乾障泥,遇水不肯渡。济云:此必惜障泥,使人解去,便渡(见《晋书·王济传》)。

〔九〕手板:笏。晋明帝(司马绍)为太子时曾以玉手板弄铜盘螭口中,板溜入铜螭腹内,不能出(见《太平御览》)。

〔一〇〕燕山碑:东汉窦宪大破匈奴北单于,登燕然山刻石纪功而归(见《后汉书》本传)。以上八句言简文兄弟游豫逸乐而无勒碑燕然的意气。

〔一一〕萧史:见鲍照《拟行路难》其二注〔二〕。

〔一二〕朱鸟:南方星宿名。《文选·景福殿赋》曰:“朱鸟舒翼以峙衡。”玉女:传说中的仙女,即太华神女。

〔一三〕琉璃:即“壁流离”,出西域。天然琉璃今名青金石。人为者即玻璃、珐琅之类。以上四句写富贵盛丽之状。

〔一四〕奄:忽。离披:分散零落貌。喻梁室衰亡。

〔一五〕用张仪:楚怀王用张仪事,见庾信《咏怀》其五注〔二〕。这里似借指梁武帝受侯景之降,终受其害。

〔一六〕高阳池:在襄阳。接篱:头巾。晋山简在襄阳,优游好酒,常醉于高阳池上。当时儿童歌云:“山公至何许?往至高阳池。日夕倒载归,酩酊无所知。时时能骑马,倒着白接篱。”(见《晋书·山简传》)

〔一七〕晋陶侃命军士种柳。都尉夏施偷移武昌西门官柳。陶侃问施："此是武昌西门前柳,何因盗来?"施伏罪(载《晋书·陶侃传》)。为此句所本。

〔一八〕魏文帝(曹丕)《柳赋序》云:"昔建安五年上与袁绍战于官渡,时余从行,始植斯柳,自彼迄今十五载矣,感物伤怀乃作斯赋。"为此句所本。官渡:在河南中牟东北。那可:一作"那得"。

〔一九〕以上二句说仅记得柳絮如鹅毛,不再见青丝像马尾。言日久年深,山河变移,昔人所种杨柳都不存在。

〔二〇〕梅花:曲中有《落梅花》,又有《折杨柳》。末二句言仅留哀曲,和笛里梅花共吹。

无名氏

企喻歌 二首

【题解】

《乐府诗集·梁鼓角横吹曲》有《企喻歌》四曲，这里所选是第一曲和第四曲。前曲是歌颂勇武的诗，大意说英雄好汉单人匹马也可闯。后曲写从军者拼野死不葬，情调悲壮。《乐府诗集》引《古今乐录》说这一曲是苻融所作。苻融是苻坚的季弟，氐族人。

男儿欲作健〔一〕，结伴不须多。鹞子经天飞，群雀两向波〔二〕。

其　二

男儿可怜虫，出门怀死忧〔三〕。尸丧狭谷中，白骨无人收〔四〕。

【注释】

〔一〕作健：做健儿。

〔二〕两向波：言左右飞逃，像波涌。这里也可能以“波”为“播”。播，逃散。

〔三〕以上二句是说男儿如果出门就怕死那真是可怜虫了。

〔四〕末二句言白骨暴露在山谷是意料中事。这两句一作“深山解谷口，把(白)骨无人收”。

琅邪王歌

【题解】

本篇写爱刀甚于爱女，也见出北方尚武之风。《乐府诗集》载《琅邪王歌》八曲，这是第一曲。

新买五尺刀，悬着中梁柱。一日三摩娑〔一〕，剧于十五女〔二〕。

【注释】

〔一〕摩娑：用手抚摩。

〔二〕剧：甚。

折杨柳歌辞 二首

【题解】

《折杨柳》是汉人旧曲，但歌辞出于“胡人”。《乐府诗集》载五首，这里第一首原列第四，第二首原列第五。从第一首见出歌辞本是胡歌汉译。第二首反映北人的马上生活。

遥看孟津河〔一〕，杨柳郁婆娑。我是虏家儿，不解汉儿歌〔二〕。

其 二

健儿须快马，快马须健儿。跸跋黄尘下〔三〕，然后别雄雌。

【注释】

〔一〕孟津：地名，今名河阳渡，在河南孟县南。

〔二〕虏儿、汉儿：即胡人、汉人。

〔三〕跸跋：马蹄击地的声音。

幽州马客吟歌辞

【题解】

幽州马客吟：也是汉人旧曲。《乐府诗集》载五首，本篇是第一首。这一首是劳苦人民的不平之鸣，言无钱难于生活。

快马常苦瘦，剿儿常苦贫〔一〕。黄禾起羸马，有钱始作人〔二〕。

【注释】

〔一〕快：一作“恽”。剿儿：指劳苦人民。剿，劳。

〔二〕黄禾：或是带稻的禾。羸：瘦弱。作：和“起”同义。后二句以黄禾能救病马，比有钱才能养活人。

陇头歌辞 三首

【题解】

陇头歌：曲名，本出魏晋乐府，这三篇风格和一般北歌不大同，或是汉、魏旧辞。

陇头流水，流离山下〔一〕。念吾一身，飘然旷野。

其　　二

朝发欣城〔二〕，暮宿陇头。寒不能语，舌卷入喉。

其　　三

陇头流水，鸣声呜咽。遥望秦川〔三〕，心肝断绝。

【注释】

〔一〕陇头：陇山的顶上。陇山在今陕西陇县西北。《三秦记》：“其坂九回，上者七日得越。上有清泉，四注而下，所谓‘陇头水’也。”流离：淋漓。

〔二〕欣城：地名，未详。

〔三〕秦川：指关中，就是从陇山到函谷关一带地方。

木兰诗

【题解】

本篇是歌咏女英雄木兰代父从军的故事诗。首十六句叙木兰准备代父出征。次十二句叙出发到战地。次六句叙经历十年战士生活后还乡。次八句叙入朝受赏。次十六句叙到家。最后四句是歌者之辞，用比喻赞叹木兰乔装之妙。这故事和这首诗可能产生在后魏，以魏与蠕蠕（即柔然）的战争为背景。木兰未必实有其人，关于她的姓氏里居，后世记载纷纭（有人说木兰姓魏，有人说姓朱，又有人说姓花，也有人说“木兰”是姓不是名。有说她是谯郡人，有人说是宋州人，又有黄州、商丘等说），都不足信。这诗产生在民间，虽有经后代文人润色的嫌疑（如“万里赴戎机”以下六句），保存民歌风调的地方还是不少，如开端和结尾以及“东市买骏马”、“爷娘闻女来”两节都很显明。

唧唧复唧唧〔一〕，木兰当户织。不闻机杼声，唯闻女叹息。问女何所思，问女何所忆。女亦无所思，女亦无所忆。昨夜见军帖，可汗大点兵〔二〕，军书十二卷，卷卷有爷名。阿爷无大儿，木兰无长兄，愿为市鞍马，从此替爷征。

东市买骏马，西市买鞍鞯〔三〕，南市买辔头，北市买长鞭。旦辞爷娘去〔四〕，暮宿黄河边。不闻爷娘唤女声，但闻黄河流水鸣溅溅。旦辞黄河去，暮至黑山头〔五〕。不闻爷娘唤女声，但闻燕山胡骑鸣啾啾〔六〕。

万里赴戎机，关山度若飞。朔气传金柝〔七〕，寒光照铁衣。将军百战死，壮士十年归。

归来见天子，天子坐明堂〔八〕。策勋十二转，赏赐百千强〔九〕。可汗问所欲，“木兰不用尚书郎〔一〇〕，愿驰千里足〔一一〕，送儿还故乡〔一二〕。”

爷娘闻女来，出郭相扶将。阿姊闻妹来〔一三〕，当户理红妆。小弟闻姊来，磨刀霍霍向猪羊〔一四〕。开我东阁门，坐我西阁床。脱我战时袍，着我旧时裳。当窗理云鬓，对镜帖花黄〔一五〕。出门看火伴，火伴皆惊忙〔一六〕。同行十二年，不知木兰是女郎。

雄兔脚扑朔，雌兔眼迷离〔一七〕。两兔傍地走，安能辨我是雄雌。

【注释】

〔一〕唧唧：叹声。第一句一本作“促织何唧唧”。《文苑英华》作“唧唧何力力”，注云：“力力”又作“历历”。本篇开头六句从《折杨柳枝歌》来，《折杨柳枝歌》有“敕敕何力力”一句，“力力”、“历历”、“敕敕”也都是表叹声之词。

〔二〕军帖：征兵的文书。可汗：西北民族君主之称，起于汉以后。

〔三〕鞯：马鞍的垫子。西魏至唐初行府兵制，当时应征从军的人须自备鞍马、弓箭等物。

〔四〕旦：一作“朝”。

〔五〕至：一作“宿”。黑山：即杀虎山，蒙古语为阿巴汉喀喇山，在今内蒙古呼和浩特东南百里。一作“黑水”。

〔六〕燕山：指燕然山，即今蒙古人民共和国境内之杭爱山。鸣：一作“声”。

〔七〕金柝：军用铜器，像锅，有三只脚，又有柄，容量相当于斗。白天做炊具，夜里用来报更，就是“刁斗”。

〔八〕明堂：天子祭祀、朝诸侯、教学、选士的地方。

〔九〕策勋：纪功。将勋位分做若干等，每升一等为一转。唐武德七年定武骑尉到上柱国十二等为勋官，用来酬赏功臣。策勋十二转是唐代制度，因此这里有经唐人窜改的嫌疑。不过这种地方不必拘泥，诗中许多数字都不宜视为确数，诗中屡次说“十二”，如军书是十二卷，同行是十二年，策勋又是十二转，若当做确数就都有问题，十二卷的军书卷卷有名是可怪的，“同行十二年”和“壮士十年归”是矛盾的，策勋至于十二转也未免太高，很难信为事实。“十二”无非言其多罢了，正如“十年”也不过是举其成数而已。赏赐：一作“赐物”。

〔一〇〕尚书郎：官名，尚书机关的侍郎。此句一作“欲与木兰赏，不愿尚书郎”。

〔一一〕千里足：指驼马等代步之物。《酉阳杂俎》作“愿借明驼千里足”，明驼：指骆驼。

〔一二〕儿：女子自称之词。

〔一三〕这句一作“阿妹闻姊来”。

〔一四〕霍霍：急速貌。

〔一五〕帖花黄：六朝以来女子有黄额妆，在额间涂黄。梁简文帝《美女篇》：“约黄能效月，裁金巧作星。”或许就是本篇所谓“帖花黄”的意思（后魏民间妇人作“黄眉黑妆”，情形或相似）。

〔一六〕皆：一作“始”。忙：一作“惶”。

〔一七〕扑朔：跳跃貌。迷离：不明貌。以上二句互文，雌兔的脚也扑朔，雄兔的眼也迷离。

敕勒歌

【题解】

敕勒：种族名，北齐时居朔州（今山西北境）。这一首诗是北齐人斛律金所唱敕勒民歌。《乐府诗集》引《乐府广题》：“其歌本鲜卑语，易为齐言。”可知这是一篇翻译作品。歌辞咏草原的广阔和水草牛羊之盛。

敕勒川，阴山下〔一〕。天似穹庐〔二〕，笼盖四野。天苍苍，野茫茫。风吹草低见牛羊。

【注释】

〔一〕阴山：阴山山脉起于河套西北，绵亘于内蒙古南境一带，和大兴安岭相接。

〔二〕穹庐：见刘细君《悲愁歌》注〔一〕。

隋诗

江　　总

江总(518—590),字总持,济阳考城(在今河南兰考)人。仕梁累官尚书仆射。入陈历任尚书令,不持政事,随后主游宴后庭,多作艳诗,与陈暄、孔范等十余人号为狎客。入隋拜上开府,卒于江都。

遇长安使寄裴尚书

【题解】

这首诗是作者流寓岭南时作。裴尚书:名忌,字无畏。陈宣帝(陈顼)时(569—582)为录尚书转都官尚书。

传闻合浦叶,远向洛阳飞〔一〕。北风尚嘶马〔二〕,南冠独不归〔三〕。去云目徒送,离琴手自挥〔四〕。秋蓬失处所,春草屡芳菲。太息关山月,风尘客子衣。

【注释】

〔一〕合浦:汉郡名,西汉治徐闻,东汉徙治合浦,即今广东合浦。传说合浦有杉树于东汉安帝永初五年(111)飞入洛阳城中(见刘欣期《交州记》)。

〔二〕"北风"句:用《古诗》"胡马依北风"意。

〔三〕南冠:楚人的冠。《左传·成公九年》:"晋侯观于军府,见钟仪,问之曰:‘南冠而絷者谁也?’有司对曰‘郑人所献楚囚也’。”这句是以戴南冠表示住南国。

〔四〕此二句本嵇康《赠秀才入军》(“息徒兰圃”)“目送归鸿,手挥五弦”。

南还寻草市宅

【题解】

这首诗是入隋后南归之作。江总宅在金陵。《金陵故事》:“鼎族多夹青溪,江宅尤占胜地。”

红颜辞巩洛,白首入镮辕〔一〕。乘春行故里,徐步采芳荪〔二〕。径毁悲求仲〔三〕,林残忆巨源〔四〕。见桐犹识井,看柳尚知门〔五〕。花落空难遍,莺啼静易谊〔六〕。无人访语默,何处叙寒温〔七〕?百年独如此,伤心岂复论。

【注释】

〔一〕镮辕:见庾肩吾《乱后行经吴御亭》注〔二〕。本篇“巩洛”、“镮辕”等地名都在今河南,这是借用。首二句言辞乡时还年轻,还家时已经老了。

〔二〕荪:香草。

〔三〕求仲:人名。汉代蒋诩在舍前竹下开三径,惟求仲和羊仲和他共游(见《三辅决录》)。

〔四〕林:指竹林。巨源:晋人山涛的表字。山涛是竹林七贤之一。

〔五〕魏明帝《猛虎行》“双桐生空井”句和陶渊明《五柳先生传》的“宅边有五柳树”句是“见桐”二句歌辞所本。以上四句由远而近,写宅外之景。

〔六〕"莺啼"句:和王籍《入若耶溪》"鸟鸣山更幽"句意相反,但是同样真切。王诗写山林,江诗写空宅,环境和情绪都有所不同。

〔七〕以上二句言独自寻防,没有人可晤语。

于长安归还扬州九月九日行薇山亭赋韵

【题解】

这首诗一作《长安九日诗》,有小异,详下。隋代以江都为扬州府治,作者卒于江都,年七十六。作这首诗的时候距卒时不远。

心逐南云逝,形随北雁来〔一〕。故乡篱下菊,今日几花开〔二〕。

【注释】

〔一〕心逐南云:言盼归心切。南云,是向南去的云。形:一作"身"。北雁:是从北来的雁。都是和人的归途同一方向。

〔二〕末二句一作"故园篱下菊,今日为谁开"。"园"字较胜。

薛道衡

薛道衡(539—609),字玄卿,河东汾阴(今山西荣河东北)人。历仕齐、周,至隋累官司隶大夫。道衡在周、隋颇有才名,被炀帝(杨广)所忌。大业五年(609)因论时政缢死。

昔昔盐

【题解】

昔昔盐:《乐苑》:“《昔昔盐》羽调曲,唐亦为舞曲。”昔昔,犹“夜夜”。盐,犹“艳”。本篇写闺怨。

垂柳覆金堤,蘼芜叶复齐。水溢芙蓉沼,花飞桃李蹊。采桑秦氏女〔一〕,织锦窦家妻〔二〕。关山别荡子〔三〕,风月守空闺。恒敛千金笑,长垂双玉啼〔四〕。盘龙随镜隐〔五〕,彩凤逐帷低〔六〕。飞魂同夜鹊〔七〕,倦寝忆晨鸡。暗牖悬蛛网,空梁落燕泥〔八〕。前年过代北,今岁往辽西。一去无消息,那能惜马蹄〔九〕。

【注释】

〔一〕秦氏女:指罗敷,见汉乐府诗《陌上桑》篇。

〔二〕窦家妻:指晋窦滔妻苏蕙。蕙字若兰。窦滔被谪戍流沙,若兰织锦为回文诗寄赠。

〔三〕荡子：即游子，见《古诗（青青河畔草）》注〔七〕。

〔四〕双玉：指泪。南朝人以“玉箸”为泪的代称。

〔五〕盘龙：铜镜上的装饰。随镜隐：言镜子因为闲置不用而隐藏在匣中。

〔六〕彩凤：锦幔上的花纹。逐帷低：言帷幔不上钩而长垂。

〔七〕这句用曹操《短歌行》“月明星稀”四句意。赵嘏《昔昔盐》二十首用本篇各句为题，第十三首作“惊魂同夜鹊”，似赵所见本“飞”作“惊”。

〔八〕这两句是当时流传的名句。上句出于《诗经·东山》“蟏蛸在户”，下句是古人所未道。传说炀帝将薛道衡处死的时候还问他：更能作“空梁落燕泥”否？

〔九〕惜马蹄：言爱惜马蹄而不肯回家，用苏伯玉妻《盘中诗》“何惜马蹄归不数”句意。

人日思归

【题解】

本篇写乡思。据刘悚《隋唐嘉话》，这首诗是薛聘陈时在江南作。

入春才七日〔一〕，离家已二年。人归落雁后，思发在花前〔二〕。

【注释】

〔一〕首句言时当正月初七(就是“人日”)。传说鸿雁正月自南归北。

〔二〕末二句言北归之念在春前早就起来,但真正归去的时候却要落在雁的后头。